大魚讀品
BIG FISH BOOKS

让日常阅读成为砍向我们内心冰封大海的斧头。

HALF the SKY

天空的另一半

普利策新闻奖得主讲述女性的绝望与希望

【美】尼可拉斯 · D. 克里斯多夫 雪莉 · 邓恩 著 吴茵茵 译

浙江人民出版社

献给全球所有站在前线拯救世界的人，即使一次只解救一名妇女。

女人能顶半边天。

——中国谚语

译校说明

本书中文翻译采纳中国台湾译者吴茵茵女士的译本，但因简体与繁体语言习惯的差异、专有名词翻译方式的不同，以及中英文语言习惯的差异等，为更简洁、流畅，及更符合简体读者的语言习惯，中文简体版在编辑过程中对繁体版译文做了适当的修改及调整。特此说明。

本书编辑室

2014年2月28日

删改说明

本书因故于第 5、9、12、18、22、85、119、154、156、218、219、232页以及原版第九章等处，做过一些删改，特此说明。我们对此深表歉意。

本书编辑室

2014年2月28日

目录

Contents

前言

女孩效应

要是没有女人，有多少男人会是今日的模样？少之又少，先生，少之又少啊！

——马克·吐温

斯雷·拉思是一个浑身散发着自信的柬埔寨少女，她有着浅褐色的皮肤，脸庞圆润，乌黑的秀发从脸上滑落下来，在人山人海的街市里，她站在一台手推车旁边，平静、超然地诉说自己的故事。她不时把黑眼珠前方的头发拨开，这也许是不自觉的紧张动作，是一个透露焦虑或创伤的信息。她修长的手指在空中比画着，又透出跟焦虑或创伤不协调的优雅。

拉思骨架纤细，不起眼的瘦弱身材跟她鲜明外向的个性有着天壤之别。当天空骤然下起一阵热带大雨，我们全身都被淋透了，她只是开怀大笑，并急忙把我们带到一间铁皮屋下躲雨。大雨在上方叮咚作响之际，她愉快地继续述说自己的故事。然而对于一位柬埔寨的乡村少女而言，拉思迷人的外貌与讨喜的个性却是惹祸上身的宿命之物，而她信任他人的天性又加重了几许危险。

拉思15岁时，家里缺钱，她决定到泰国当两个月的洗碗工，帮忙负担家计。父母开始很担心她，但得知她是和四个女孩同行，并且在同一家泰式餐厅工作，他们也就放心了。没想到进入泰国后，中介把她们交给了流氓团伙，团伙又把她们带到马来西亚首都吉隆坡。拉思第一次见到吉隆坡干净宽阔的大道和闪闪发亮的高楼大厦，见到当时世界最高的双子星大楼，她大为感叹，觉得这个地方安全又亲切。但是随后，歹徒把她和另外两名女孩关进了一家卡拉OK酒吧，那儿其实是家妓院。大伙儿称一名将近40岁的流氓为“老大”，他接管这些女孩，声称他付钱把她们买下来了，现在她们得把这笔钱还清：“你们给我好好赚钱，债还清了，我就把你们送回家。”他一再保证她们若是乖乖合作，最后就会被释放。

在明白自己陷入什么险境之后，拉思如遭晴天霹雳。老大把她锁进一个房间，里面的客人逼她性交，她宁死不从，令客人大为光火。“老大发飙，甩我耳光，两手换着打。”她回忆道，口气中透着无可奈何的认命态度，“我脸上的伤过了两个星期才好。”然后老大和手下马仔轮番强暴了她。

“你要是不乖乖伺候客人，”老大一边打她一边说，“我们就把你揍死，听到没有？”拉思不再反抗，只是小声啜泣。老大强迫她吞下一颗药丸，团伙里的人称之为“快乐丸”或“摇头丸”。她不太清楚那是什么，但是服下那玩意儿后，她连续一个小时不住地摇头晃脑、昏昏欲睡，只能任人摆布。药效过了之后，拉思又开始哭，她被迫对所有客人露齿而笑，不听话就会被干掉。拉思妥协了。

所有女孩全年无休地在妓院工作，每天长达15小时。她们平时不准穿衣服，这样就不容易逃跑或是把小费藏在身上。她们也不准要求客人使用安全套。她们经常被打得很惨，直到学会看到客人时立刻条件反射地笑。男人可不愿意付那么多钱跟红着眼睛、面容憔悴的女孩上床。这些女孩从来不准上街，工作也从来没拿到过一分钱。

“他们只给吃的，但给得不多，因为客人不喜欢胖女孩。”拉思说。女孩们每天在监督之下坐巴士往返于妓院与公寓之间，她们十几个人住在一栋公寓的第十层，大门从外头被反锁。一天晚上，几个女孩走到阳台上，把一条5英寸宽的长木板从晒衣服的挂物架上撬下来，然后架往距离12英尺远的隔壁栋阳台上。木板晃动得十分厉害，但是拉思在这里已经绝望至极，她打算孤注一掷，于是跨坐在木板上，一寸一寸地往前挪动。

“我们有四个人都上去了，”她说，“其他人吓得不敢尝试，因为木板真的晃得厉害。我也很害怕，不敢往下看，但是留在那里我更害怕。我们觉得就算摔下去死掉，也比留在那里好，反正留下来最后也是死路一条。”

到了隔壁栋阳台，女孩们大声敲窗户，吵醒了一脸吃惊的住户。她们不会说马来语，不太能跟房主沟通，但对方还是让她们进屋了。她们从前门出去，乘电梯下楼，在寂静的街道上四处游走，直到找警察局求救。警察先是想把她们赶走，后来竟以非法移民的罪名逮捕了她们。马来西亚的反移民法非常严苛，拉思坐了一年牢之后，按说应该被遣返回国。当马来西亚警察把她载到泰国边界时，她以为是护送她回家，结果却把她再度卖给了人贩子，人贩子又把她卖给一家泰国妓院。

拉思所经历的这段波折，让我们瞥见世界许多地方的妇女所惯常遭受的残暴对待，这样的暴行慢慢受到关注，被公认是21世纪最主要的人权问题之一。

然而，这项议题所牵涉的问题，几乎还没有出现在全球议程里。的确，我们在20世纪80年代开始报道国际事务时，无法想象有一天会写这本书。我们当时深信，让人眉头深锁的外交政策问题应该是崇高而复杂的，比如禁止核武器扩散。在当时，很难想象美国外交关系委员会（Council on Foreign Relations）会忧虑于孕产妇死亡率或女性外阴残割问题。那时，对于妇女的迫害是边缘议题，只有女童军才认为值得为其捐款。我们宁可探讨深奥难懂的“严肃问题”。

因此，这本书是我们两人一起担任《纽约时报》记者时，自身觉醒之旅的产物。

女性生存问题极少引起发展中国家主流媒体的注意，尤其是南亚和伊斯兰教世界。在印度，女子因嫁妆不够而被处罚或因男人想要再娶而被杀害的“火烧新娘”（bride burning）事件，大约每两个小时发生一起，但是这种消息很少成为新闻。在巴基斯坦的姐妹城伊斯兰堡与拉瓦尔品第，光是过去九年间，就有5000名妇女因被认为不听话而被家人或亲家浇上煤油后点火焚烧——或者被泼硫酸，后者这种求生不能求死不得的情况也许更悲惨。要是以这种速度把妇女活活烧死的是巴基斯坦或印度政府，可以想象抗议之声会有多么强烈。然而政府没有直接参与，人们就睁一只眼闭一只眼。

当一名重要的异议分子在异国遭逮捕时，我们会写一篇头版新闻；而当10万名女孩常态性地遭到绑架及被非法卖到妓院时，我们甚至认为这不是新闻。部分原因在于，我们记者往往善于报道特定日子发生的事件，却疏于报道每日常态性发生的事情，比如妇女每日遭受的残暴对待。疏忽这个主题的并不是只有记者。美国的对外援助中，特别针对妇女的不到1%。充满热忱的诺贝尔经济学奖得主阿玛蒂亚·森（Amartya

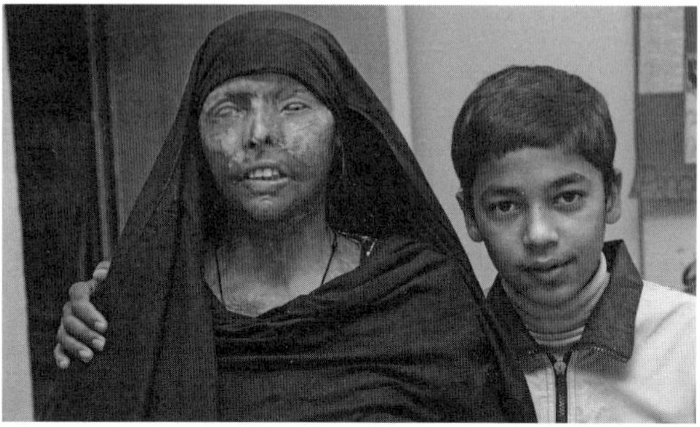

娜依玛·阿扎，巴基斯坦拉瓦尔品第的一名房地产经纪人，她的双眼被前夫用硫酸灼伤至盲，现在只得由12岁的儿子为她导盲。

（拍摄：尼可拉斯）

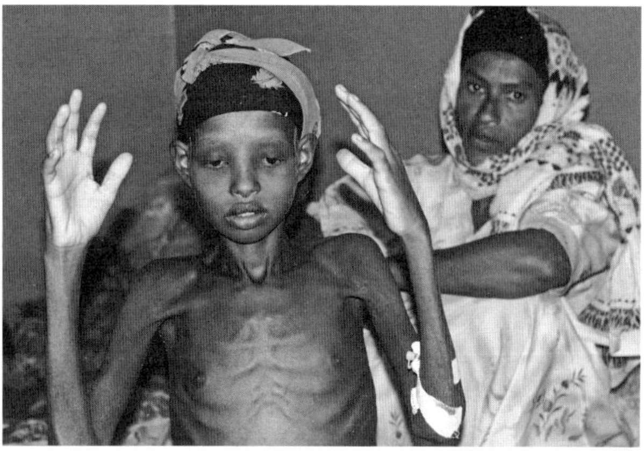

在埃塞俄比亚南部食物紧急救助站的一个13岁女孩。她的母亲扎赫拉（右）说，家里的男性都营养良好。站里的几十个孩子几乎全是女孩，这也反映出在食物紧缺时父母总会优先照顾男孩的现实。由这种性别歧视导致的区别对待，使得全球每年大约有200万名女孩丧生。

（拍摄：尼可拉斯）

Sen）制定出了一套性别不平等的评估方法，深切地提醒我们性别不平等所包含的风险。“超过1亿名妇女失踪。”森在1990年刊载于《纽约书评》的一篇经典之作中如此写道。这篇文章开创了一片崭新的研究领域。森表示，在正常情况下，女性的寿命比男性长，因此，通常情况下，世界许多地方女性人数应该多于男性。就连在贫穷地区，比如拉丁美洲以及非洲的许多地方，女性也比男性多。然而在极为重男轻女的地区，妇女却从人间蒸发了。就中国的总人口数来看，每100名女性有107名男性与其相对（新生儿的男女比例差距更大）；印度是108名男性，巴基斯坦则是111名。这的确跟生物学无关。在印度西南部的喀拉拉邦，女性受教育的机会与平等程度居印度之冠，同时女性也多于男性，跟美国相同。

森教授发现，上述人口性别比例说明今日全球共有1.07亿女性行踪不明。后续研究计算的“失踪女性”人数稍有不同，介于6000万到1.01亿。每一年，全球至少又有200万名女性因为性别歧视而消失。

西方国家也有其性别歧视问题，但在富裕国家，性别歧视老是跟薪资不平等、体育队伍资金不足或是上司不令人喜欢的碰触有关。而在世界许多地方，性别歧视却是致命的。比如在印度，母亲带着女儿去接种疫苗的比例少于儿子——光是这一点，就要为印度1/5的失踪女性负责。研究发现，一般而言，女孩的病情唯有比躺在医院的男孩还严重时，才会被送入医院。整体而言，印度1～5岁的女孩跟同年纪的男孩相比，其死亡的可能性多了50%。最保守的估计是，每四分钟就有一名印度小女孩死于性别歧视。

身材魁梧、留着一脸络腮胡的阿富汗人希丹夏曾经这么跟我们说：他的妻儿都生了病，他要妻儿都存活下来，但是孰轻孰重相当清楚，儿子是必不可少的珍宝，而妻子则是可以被取代的，所以他只给儿子买药。“她总是大小病不断，”他冷冷地评论自己的妻子，“帮她买药不值得。”

现代化及科技的发达，有可能加重这样的歧视。从20世纪90年代开始，超声波仪器在医院普及，孕妇能够轻易知道胎儿的性别——如果发现是女孩，则会堕胎。在中国福建省，曾有一个农民在谈到超声波时相当激动，咆哮着说：“这样我们就再也不用生女儿了！”

现在，在中国和印度，为了防止性别选择性堕胎，医生及超声波技术人员被禁止告知孕妇胎儿的性别，然而这个解决办法并不完善。研究显示，当父母被禁止选择性地把女胎堕掉时，就有更多的女孩在婴儿期夭折。母亲不会刻意杀死不得不产下的女婴，但是在照顾方面却马虎草率。布朗大学的发展经济学家钱楠筠（Nancy Qian）量化了这个折中之道，结果令人心痛：平均而言，允许选择性堕掉100名女胎，就能避免15名女婴夭折。

虐待女孩事件的全球统计数字高得令人麻木。看来，过去50年来遭到杀害的女孩，比死于20世纪所有战争的男性还多，仅仅因为她们的性别。20世纪的任何一个十年当中，在常态性的“性别屠杀”中丧命的女孩人数，远多于20世纪所有大屠杀中惨遭杀害的人数。

19世纪，核心的道德挑战是奴役制度；20世纪，则是对极权主义的抗争。我们相信在迈入21世纪后，最重要的道德挑战将会是全球对性别平等的奋力追求。

拉思再度被卖到泰国妓院后，妓院老板并没有殴打她，也没有时时监控她，两个月后，她逃了出去，凭自己的力量回到了柬埔寨。

拉思和儿子在波贝自家店铺前。
（拍摄：尼可拉斯）

拉思回到祖国后遇到了一位社工人员，从而有机会接触到一个名为“美国柬埔寨援助机构”的团体，该团体帮助遭非法贩卖的女孩重建新生活。他们拨出捐赠基金里的400美元，买了一辆小推车和些许商品送给拉思，就这样，拉思成了一名街头小贩。

在波贝（Poipet）这个边界小镇，拉思在泰国及柬埔寨海关之间的露天场地找到一块好地方开始了她的生意，这是一块有足球场大小的长条地带，两边是卖饮料、点心和纪念品的摊位，跨越泰国与柬埔寨边界的旅客都会经过这里。拉思在小推车里摆上琳琅满目的商品，有衬衫、帽子、珠饰、笔记本、笔及小玩具等。现在，甜美的长相及外向的个性开始发挥作用，她成了销售力一流的售货员。她努力攒钱，投资进新货，生意变得兴旺，并有能力赡养父母及照顾两个妹妹了。她结婚了，育有一子，开始攒钱让他上学。

2008年，拉思变卖了手推车，顶下一处摊位，后来连隔壁的摊位也盘了下来。她同时经营“公共电话”业务，让人付费使用她的手机。如今，你要是从泰国进入柬埔寨来到波贝，请在集市中段的左手边找一找，一名少妇会微笑着跟你打招呼，试着卖给你一顶纪念帽。她会开怀大笑，表示她已经给你优惠价格了。她是如此活泼动人，这笔交易很可能成功。

拉思的最终胜利提醒我们：女孩要是得到机会，不管是接受教育还是小额贷款，她们就不只是廉价装饰或奴隶，她们之中有许多人是能够经营事业的。请今天就去跟拉思聊聊天（在你买了那顶帽子之后），你会发现她充满自信，因为她收入可观，能够为她的妹妹和儿子提供更好的未来。本书的许多故事叫人看得心痛，但是以下这个真理请铭记在心：**女人不是难题，而是解决之道；女孩的苦境不再是悲剧，而是契机**。

这也是我们拜访雪莉[1]祖先的村庄时所吸取的教训。那座村庄位于中国南方，在稻田之间、泥路尽头。多年来我们定期踩着广东台山地区的泥土小径前往顺水村。这是雪莉祖父从小长大的村子。传统上，中国是较为压抑女性的地方之一，我们可以在雪莉的家族历史中看到这种迹象。在第一次拜访时，我们不经意间发现了一个家族秘密：原来雪莉还有一位长久失去联系的大祖母。当年雪莉的祖父带着这位第一任妻子前往美国，但是她生的都是女儿，于是祖父休了她，把她送回顺水村，另在当地娶了更年轻的第二任妻子带回美国。年轻的这位就是雪莉的祖母，她不负众望生下一个儿子——雪莉的父亲，于是前妻及几个女儿就

1 即本书作者之一雪莉·邓恩。后同。——编注

从家族记忆中被抹去了。

每一次探访顺水村和周遭的村落时，都有一件事情让我们百思不解：年轻妇女都到哪里去了？年轻男性不是在稻田间挥汗如雨，就是在树荫下懒洋洋地扇风，但是年轻妇女和女孩却几乎不见踪影。当时，广东省是中国经济起飞的中心，工厂如雨后春笋般在各处成立，我们踏进这些工厂时，终于见到她们的芳踪。这些工厂仿佛是雌蜂群聚的嘈杂蜂窝，在这里生产的鞋子、玩具和衬衫充斥着美国购物商城，为中国带来的经济增长可以说是前所未见——也缔造了反贫穷计划中最有效的纪录。中国沿海地区的工厂中，在组装生产线上的员工有八成是女性，而在东亚的制造业生产线上女性至少也占七成。亚洲的经济发展，主要是大幅赋予女性经济权的自然结果。“她们手指较小，比较适合缝纫。”一家女用手提包工厂的经理对我们解释。“她们乖巧顺从，工作比男人还卖力。”一家玩具工厂的老板表示，“而且我们可以付她们较低的工资。”

妇女的确是该地区发展策略的关键。研究东亚问题的经济学家注意到一个普遍的模式：以前这些年轻女性对于国民生产总值的贡献微不足道，后来国家把她们注入经济领域，随即大大增加了劳动力。基本的处方就是缓和压制，不只让男孩接受教育，也让女孩接受教育，并且让女性有搬迁到城市及在工厂工作的自由，由此因为晚婚和减少生育而迎来了“人口红利时期”[1]。同时，妇女还会资助晚辈亲人的教育，把薪资的一部分用来储蓄，从而提升了国民储蓄率。这样的模式被称为“女孩效应”。由于女性染色体由XX组成，这也称为“双X解方”。

1　人口红利时期：劳动年龄人口占总人口比重较大，抚养率比较低，为经济发展创造了有利的人口条件，经济呈高增长、高储蓄局面的时期。——编注

越来越多的证据显示，不只在经济繁荣的东亚，在世界任何其他地方，帮助妇女都可以是打击贫穷的成功策略。“自雇妇女协会”（The Self Employed Women's Association）于1972年在印度成立，从那时起，该协会就在支持最贫穷的妇女从事自己的事业，这项举措使当地的生活水平大幅提升，令学者及其他基金会都相当赞叹。在孟加拉国，穆罕默德·尤努斯（Muhammad Yunus）创立“乡村银行”，锁定女性为放贷对象，实施小额金融贷款。最后他因为这项事业所带来的经济与社会影响而赢得了诺贝尔和平奖。另一个孟加拉国团体——“孟加拉国乡村进步委员会”（BRAC）是世界最大的反贫穷组织，他们帮助最贫穷的妇女，拯救其生命，提升其收入。乡村银行及孟加拉国乡村进步委员会让世界上其他的援助组织渐渐发现，女性不只是他们所做这些工作的潜在受惠者，更是发扬光大的媒介。

20世纪90年代初期，联合国和世界银行开始注意到妇女所代表的潜在资源。“对于女孩教育的投资，很可能是发展中国家所进行的投资里具有最高回报率的，”劳伦斯·萨默斯（Lawrence Summers）在担任世界银行的首席经济学家时这么写道，“问题不在于国家是否有能力从事这项投资，而在于国家是否负担得起不教育更多女孩的后果。”2001年，世界银行发表了一项极具影响力的研究报告——《通过权利、资源和言论上的性别平等促进发展》（*Engendering Development through Equality in Rights, Resources and Voice*），表示推动性别平等是对抗全球贫困问题的关键。联合国儿童基金会发表一则重要报道，主张性别平等能够带来“双重红利”，不只提升妇女地位，也提升她们的孩子在社会上的地位。对于日益增加的相关研究，联合国开发计划署如此总结：“赋权妇女有助于提升经济生产力，降低婴儿死亡率，提高健康及营养水平，增加下一代受教育的机会。”

在发展及公共卫生领域，越来越多深具影响力的学者，包括森、萨默斯、诺贝尔经济学奖得主约瑟夫·斯蒂格利茨（Joseph Stiglitz）、经济学界传奇人物杰弗里·萨克斯（Jeffrey Sachs）以及哈佛大学医学院保罗·法默（Paul Farmer）医生等人，呼吁大家多加关注妇女在发展中扮演的角色。私人援助团体和基金会也开始转换方向。“饥饿援助计划”（Hunger Project）声明：“女性是终结非洲饥饿问题的关键。”成立“无国界医生组织”（Doctors Without Borders）的曾任法国外交部部长伯纳德·库什内（Bernard Kouchner）谈到发展时直率地声明：“进步要通过妇女来达成。”“全球发展中心”（Center for Global Development）发布了一则重要报道来解释“为何及如何把女孩放在发展的中心”。国际救援组织“各地援助及关怀合作社”（Cooperative for Assistance and Relief Everywhere）在反贫穷的努力方面，也把妇女放在中心地位。“耐克基金会”与“诺瓦基金会”皆把焦点放在为发展中国家的女孩增加机会上。高盛投资银行在2008年发表的研究报告中这么总结：“性别不平等有碍经济增长。”该报告强调发展中国家若能让女性接受教育，该国的经济表现将会有多大的进步。部分因为这份研究的关系，高盛拨1亿美元给“1万名妇女”计划，向1万名妇女提供商业教育。

“9·11”事件后，对于恐怖主义的担忧，也使得军事及反恐机构等单位对这些议题深感兴趣。国家安全专家表示，滋生恐怖分子的国家，很大一部分是妇女遭到社会边缘化的国家。美国国防部愈是深入了解反恐主义，愈是体会到投下炸弹往往无所帮助，于是转而对女孩教育这种攸关一般民众的计划发生兴趣。军方人士认为，赋予女孩力量，就能削减恐怖分子的势力。当美国参谋长联席会议讨论巴基斯坦与阿富汗两国的女孩教育情况时（他们在2008年也讨论过这个议题），我们就能了解，性别是个完全符合国际事务议程的严肃议题。我们在美国外交关系委员会上也能明显看到这样的转变：过去用来讨论分导式多弹头及北大西洋公约组织政策的木质壁板大厅，现在也用来举办孕产妇死亡率讨论会。

我们试着拟订一份世界女性的议程，将焦点放在以下三项：

一、性贩卖（sex trafficking）及强迫卖淫；

二、性别暴力（包括荣誉谋杀[1]及集体强暴）；

三、孕产妇死亡率（可避免，却依然每分钟都在夺走一名妇女的性命）。

我们提出的让女孩接受教育及小额贷款等解决之道，目前也已在进行。的确，世界有许多不公平之处、有许多值得关注及支持的目标，而我们各有所拥护的理想。我们把重点放在这个议题上，是觉得这种迫害及其背后的机会都能跨越界限。我们看到，外人的帮助的确可以带来重大的转变。

让我们再回到拉思的例子。拉思的故事真的带给我们巨大的震撼，我们想找出马来西亚的那家妓院，采访一下那名老大，争取解救依然困在那里的女孩，可惜我们无从得知妓院的名称或地址。（拉思当时不懂英文，甚至连罗马字母也不认得，因此看不懂招牌。）当我们问她愿不愿意回到吉隆坡协助我们找到那家妓院时，她顿时吓得面如死灰。“我不知道，”她说，“我不想再面对那件事情。”但是，最后她心软了，

---

1 指凶手谋杀家庭成员，以达到挽回家族荣誉的目的，受害者几乎都是女性，原因主要是“失贞”“不检点”。——编注

跟家人商量后，终于同意回去一趟，希望拯救她的女性朋友。

拉思在一名口译员及一名当地反人口贩卖人士的保护下飞回吉隆坡，尽管此次回去情境已完全不同，但当抵达红灯区时，她看到那些在别人看来是象征欢乐、对她而言却勾起痛苦回忆的霓虹灯，还是吓得全身发颤。

最后我们得知，自从拉思逃跑之后，马来西亚因为人口贩卖而饱受舆论批评，警方已破获几家最残酷的监禁女孩的妓院，其中包括拉思被卖去的那一家。国际的谴责迫使政府采取行动，让处于权利金字塔底层女孩的生活有了显著的改善。这样的结果再次显示，这是充满希望的行动，而非渺茫无望的目标。

可能对于西方读者而言，发生在遥远世界里的荣誉谋杀、性奴役和外阴残割等事情，虽悲惨但不可避免，就像以前许多正派的欧洲人和美国人也普遍认为奴隶制度是人类生活中令人遗憾但不可避免的现象一样，在他们看来，对女性的迫害仅仅是另一个有几千年历史的恐怖行为而已。但是18世纪80年代，以威廉·威伯福斯（William Wilberforce）[1]为首的一些英国人愤怒不满，认为奴隶制度违反道德，非得废除不可，而他们的确做到了。今天我们看到类似的情况正在萌生，那就是解放妇女

1　威廉·威伯福斯（1759~1833年），英国国会下议院议员（1780~1825年）、慈善家、废奴主义者。英格兰废除奴隶运动的领袖之一，领导国会内的废除奴隶行动，对抗英帝国的奴隶贸易，并于1807年亲眼见证《废除奴隶贸易法案》（*Slave Trade Act 1807*）的通过。在威伯福斯的晚年，他支持完全废除奴隶的运动，并导致《废除奴隶制度法案》（*Slavery Abolition Act 1833*）的通过，为英帝国于1833年完全废除奴隶制度铺平道路。他孜孜不倦地为废除奴隶制度而奔走，在国会通过《废除奴隶制度法案》的三天后辞世。——编注

的全球运动。

因此，且让我们一开始就厘清重点：我们希望你加入这刚起步的救援行列，开启女性作为经济催化剂的力量，解放妇女，对抗全球贫穷。这就是目前正在上演的：不是受害者之剧，而是赋予力量之剧，这能够把青春洋溢的活泼少女从妓院性奴转变为飞黄腾达的女商人。

这是一个关于脱胎换骨的故事。这样的改变已经发生了，如果你敞开心扉加入我们，就能加速这个进程。

第一章 解放21世纪的奴隶

学校帮助学校

女性除了阴道之外，对于文明应该还有其他部分可以贡献。

——克里斯托弗·巴克利，《阿拉伯的弗洛伦斯》

（Christopher Buckley, *Florence of Arabia*）

福布斯根杰镇的红灯区其实没有红灯。没错，那里没有电。妓院只是泥路上以泥砖为墙的家庭宅院，再独立搭盖几间茅屋给恩客使用。泥路上孩子们在追赶着玩耍，转角处有一家单门脸店面，卖色拉油、米和一点糖果。在比哈尔这个靠近尼泊尔边境的北印度穷乡僻壤，除了性交易之外，基本没有什么商业活动。

米纳·哈西纳走在路上时，小孩都停下来，瞪着她瞧。大人也停下脚步，有些还对她怒目而视，紧张感油然而生。米纳30多岁，褐色皮肤，眼神温暖，笑起来有鱼尾纹，左鼻子上穿了一个饰纽，是个可爱的印度妇女。她一身纱丽，把乌黑的头发往后束起，漫步在那些看不起她的人群之中，显得相当自在。

米纳是印度的伊斯兰教徒，多年来都在纳特（Nutt）部族所经营的妓院里卖淫。“纳特”是控制当地性交易的低种姓阶级部族，传统上从事卖淫工作，也喜欢犯一些不甚严重的小罪。他们是横跨两代的卖淫世

米纳·哈西纳和儿子在印度比哈尔。
（拍摄：尼可拉斯）

界，即母亲自己卖淫，也把女儿养大做同样的事。

米纳经过一家家妓院，走进一间较大的茅屋（这个茅屋有时也用作学校），找个舒服的姿势坐好，那些停下来看她的村民又慢慢地重新干他们的活了。

“我八九岁遭绑架被卖掉。”米纳开始娓娓道来。她出生于尼泊尔边境的贫穷人家，被卖到纳特部族，又被带到乡下一间房子里。妓院老板把青春期前的女孩养在那里，直到她们成熟到能够吸引嫖客。12岁那年（她还记得是初潮来临的五个月前）她被带到妓院。

“他们带进来第一个嫖客，跟他拿了许多钱。”米纳面无表情、语气平淡地回忆道。这样的初次经验，跟柬埔寨女孩拉思的遭遇类似，因为全世界的性交易都采用同样的经营模式，也使用同样的手法来破身。“我拳打脚踢，又哭又闹，让他无法得逞，”米纳说，“妓院老板最后不得不把钱还他，之后就用皮带、棍子和铁棒把我毒打一顿，我被打得

印度比哈尔的黑道试图强迫图中男人将女儿卖入妓院。他拒绝了，并让女儿躲了起来，于是黑道毁了他们的家。“世界自救妇女”组织帮助了这个家庭。

（拍摄：尼可拉斯）

皮开肉绽。”她摇摇头，好把记忆甩开，“但是就算他们打得再狠，我也抵死不从，后来他们亮出刺刀，说我要是不乖乖听话，就把我杀了。他们又试了四五个嫖客，我还是死不认命，他们继续毒打我，最后无计可施，只好把我麻醉：在我喝的水里掺酒，让我醉得不省人事。”接着，其中一名妓院老板强暴了她。她醒来后，宿醉难受，下体疼痛，明白了生米已煮成熟饭。“我是个废人了。”她当时心想。于是她让步，不再对抗。

在米纳所待的妓院里，暴君是该家族的女家长阿伊奴。有时候阿伊奴会自己动手毒打女孩，有时候则指派媳妇或儿子来执行任务，他们全都心狠手辣。

“甚至不准我哭，”米纳回忆道，“要是有一滴眼泪，他们就会继续打。我总觉得生不如死，有一次从阳台往下跳，结果毫发无损，连脚都没断。”

米纳和其他女孩从来不准离开妓院，也从来没拿过薪水。她们每天通常要接待十名或更多的嫖客，一周七天。要是女孩眯眼睡着，或是抱怨胃痛，老板就用毒打来解决问题。要是谁流露出任何反抗迹象，所有人都会被召集起来，目睹顽强不从的女孩被五花大绑之后狠狠鞭打。

“他们会把音响开到最大，好掩盖尖叫声。”米纳面无表情地说。

由此可见，说印度的现代奴隶比其他任何国家还多，几乎是不可否认的事实。印度有200万～300万名娼妓，虽然她们当中有许多是自愿卖淫，而且能拿到酬劳，但大部分是非自愿进入性产业的。2008年关于印度妓院的一项研究发现，从十几岁就入行的印度和尼泊尔娼妓，大约有半数表示她们是被强行带入妓院的；二十几岁入行的女性，比较可能是出于自由选择，经常是为了养孩子。一开始被迫入行的，通常最后还是会接受命运，心甘情愿地卖淫，因为她们没有其他技能，也因为深受社会歧视而无法从事其他工作。

矛盾的是，在性方面最为严格保守的国家，比如印度、巴基斯坦和伊朗，反而是从妓人数特别多的国家。因为当地的年轻男子很少跟女友上床，通过娼妓来发泄性欲就变成是社会可以接受的。

这种不言而喻的社会默契隐含的意思是：上层阶级的女孩保有贞洁，而年轻男子在妓院得到满足。在妓院工作的是从尼泊尔、孟加拉国或印度贫穷村庄所买来的少女奴隶。只要这些女孩是像米纳这样未受教育、低种姓阶级的乡下人，社会就会刻意忽视她们——就像南北战争前的许多美国人刻意忽视奴隶制度的恐怖，只因为被鞭打虐待的人看起来跟他们不同。

在米纳所待的妓院里，没有人使用保险套。米纳目前是健康的，但是她从来没有做过艾滋病病毒筛检。（虽然印度的艾滋病并没有肆虐，但是娼妓面临的风险特别高，因为要接触大量的客人。）后来米纳意外怀孕了，这让她的心情跌入谷底。

“我不想生孩子，我的人生已经浪费了，我不想再浪费另一个生命。”米纳这么说。但是就跟印度许多妓院一样，阿伊奴的妓院喜欢手下的女孩怀孕，认为这是繁殖新一代“摇钱树”的大好机会。孩子生出来后，女的长大成为妓女，男的成为洗衣做饭的仆人。

在没有医疗设备协助的情况下，米纳在妓院里生下一名女婴，取名为奈纳。很快，阿伊奴就把女婴从米纳身边带走，一方面不让她喂哺母乳（嫖客不喜欢分泌乳汁的妓女），另一方面把女婴当作人质，确保米纳不会逃走。

“我们不让奈纳留在你身边，”阿伊奴跟她说，“你是妓女，没有名誉，随时都会逃走。”后来米纳又生了儿子维瓦克，妓院老板也把他带走了。米纳的两个孩子都在妓院里由他人抚养，活动范围主要是在宅院里她不准进入的区域。

“他们软禁我的孩子，认为这么一来我就不会逃跑了。”她说。就某种程度而言，这样的策略成功了。米纳曾经帮13名女孩逃脱，自己却没有逃走，她舍不得孩子。留下来的后果是遭受作为惩罚的一次又一次毒打。

阿伊奴年轻时也是妓女，因此对年轻女孩毫不同情。“如果连我自己的亲生女儿都可以做妓女，你们也可以。”阿伊奴这么告诉女孩。她的确让自己的两个女儿当了妓女。“她们也是被打得死去活来，最后只好认命，”米纳解释，“没有人想做这行。”

米纳估计，生活在妓院的十几个年头里，她平均一周有五天被打。大多数女孩很快就承受不住，妥协了，米纳却从来没有轻言让步。她与众不同之处就是顽强和固执，必要时可以誓死不屈，这是村民不那么喜欢她的一个原因。她违反了印度乡下所认同的女孩该有的柔顺气质，她不仅顶嘴，而且还手。

警方似乎不可能是妓院女孩的救星，因为警察定期光顾妓院，而且能得到免费服务。然而米纳实在是走投无路了，有一次她就偷偷跑到警察局求救。

"镇上一家妓院逼我卖淫，"米纳对警察局里一脸错愕的值班警员说，"老板没命地打我，还软禁了我的两个孩子。"其他警察出来观看这难得一见的场面，边看边冷嘲热讽，赶她回去。

"你还真有胆啊！"一名警察斥责她。米纳执意要告妓院，最后警方不得已，只好要求妓院承诺不再打她，才把她送回去。妓院老板没有立刻处罚她，但是一名友善的邻居偷偷警告米纳说老板打算杀了她。这在红灯区并不常见，就像农夫不会杀掉好乳牛这样的生产资料。但要是有人把这里闹得鸡犬不宁，老板也只好杀鸡儆猴。

米纳担心自己性命不保，只得抛下孩子逃出妓院。她搭了好几个小时的火车到福布斯根杰镇，该地有人向阿伊奴的一个儿子马奴杰报告米纳的行踪，他很快赶到，并把米纳毒打一顿。马奴杰不想让米纳再回到妓院惹麻烦，他命令米纳在福布斯根杰镇接客，把赚来的钱交给他。米纳不知道要是不乖乖照做是否还能活命，就同意了。

每次马奴杰来福布斯根杰镇收钱时，都对米纳给他的钱数相当不满，借此又是一顿痛打。有一次马奴杰把米纳摔到地上，用皮带狠抽，这时一名令人敬佩的当地男子——他叫库德兹，是名药剂师——打断了他："你已经在利用她的身子，把她压榨成这副样子了，你还想把她打死吗？"

库德兹并没有扑到马奴杰身上把他揪开，但是对于米纳这种受尽社会白眼的女子而言，有任何人挺身而出替她说话，都算是太阳打西边出来了。马奴杰住手后，库德兹把米纳扶了起来。米纳和库德兹住得很近，这次的事件让两人产生了情谊。之后，库德兹时常来找米纳聊天，后来向她求婚。米纳兴奋不已地接受了。

马奴杰听说这桩婚事后勃然大怒，他说愿意给库德兹10万卢比（2500美元[1]）——非比寻常的高价——让他放弃米纳。这也许正反映了他的担忧：米纳可能会利用已婚妇女的新地位，为妓院带去麻烦。库德兹对于这项交易无动于衷。

"就算你给我25万，我也不会放弃她，"库德兹说，"爱情无价！"

米纳和库德兹结婚后，生了两个女儿，然后回到老家寻找父母。她母亲已经过世（邻居说米纳失踪后，她母亲一直哭泣，最后疯了），她父亲看到女儿有如死而复生，不禁又惊又喜。

生活显然变好了，但是米纳忘不了她留在妓院的两个孩子，常常搭五个小时的巴士回到妓院。她站在外头，恳求他们把奈纳和维瓦克还给她。

"我尽可能多回去，"她回忆着，"我知道他们不会还我，还可能往死里打我，但我觉得我必须试试。"

没有用。阿伊奴和马奴杰不让米纳进入妓院，他们用鞭子抽她，把她赶走。警察不理她。妓院老板不但威胁要杀了她，甚至扬言要绑架她与库德兹生的两个小女儿，然后卖到妓院去。有一次，两个流氓出现

---

1 按现在的汇率换算，约合1600多美元。——编注

在米纳家，要把两个小女孩偷偷带走，库德兹抓起一把刀，厉声警告："你们要是胆敢动她们一根汗毛，我就把你们碎尸万段。"

米纳为她两个小女儿的安危恐慌不安，但是她也忘不了奈纳。她知道奈纳即将进入青春期，很快就会被推入市场，但是她能怎么办？

常年采访米纳这样的女性，我们对于性交易的定义有了不同的看法。我们在美国长大，在中国和日本都生活过，认为卖淫是女性改变境遇或走出贫困的方式。在中国香港，我们结识过一个澳洲妓女，她偷偷把雪莉带到她"男人俱乐部"的衣物间与当地女孩见面，这些女孩都是因为看到了致富机会而下海从妓的。我们以前当然不把娼妓当成被迫工作的奴隶，因为美国、中国和日本的大多数娼妓并非真正被迫卖淫。

然而，如果说今日有几百万妇女"确实"遭受奴役，其实并不夸张。（与19世纪奴役的最大差异在于，这些妇女有许多活不到30岁就死于艾滋病。）经常用来描述这种现象的用词"性贩运"，其实是一种误称。问题不在于性，也不在于卖淫本身。在许多国家，譬如巴西和撒哈拉沙漠以南的非洲国家，卖淫虽然很普遍，但大多是自愿的（是出于经济压力而非肉体强迫）。在那些地方，妓院不会把娼妓锁起来，而且许多娼妓是独立工作，不依靠妓院或皮条客。问题也不全然出在"贩运"上，因为逼良为娼这回事，不见得就是把女孩运送到很远的地方。性贩运的恐怖，用"奴役"来形容更为贴切。

现代奴隶的总数难以估计。联合国"国际劳工组织"（International Labour Organization）推测，每时每刻，全世界有1230万人在被迫从事各种劳力工作，不只是性奴役。一项联合国报告估计，光是在亚洲，就有100万名儿童所处的环境跟奴役毫无差别。英国著名医学期刊《柳叶刀》

（*The Lancet*）的数据是："每年有100万名儿童被迫卖淫，而被迫卖淫的儿童总数可能高达1000万。"

反人口贩卖人士往往采用较高的数字，例如他们说现代奴隶有2700万。这个数字源自凯文·贝尔斯（Kevin Bales）的研究，他领导一个叫作"解放奴隶"的组织。人数之所以难以计算，一个原因是性工作者不可能被清楚区分为自愿工作和非自愿工作两类。有些时事评论家把所有娼妓都看成性奴隶，有些则把她们看成创业者。在现实社会当中，虽然这两类各占一部分，但是也有妇女是处于自由和奴役之间的灰色地带。

妓院经营模式的一个基本要素，是用羞辱、强暴、威胁和暴力来蹂躏女孩的心灵。我们认识一名15岁的泰国女孩，她在破身之日被逼着吞食狗屎，妓院通过这个方式来粉碎她的自尊心。女孩遭到的蹂躏和恐慌感让所有逃走的企图都烟消云散，这时要控制她，就不见得需要用到暴力了。她可能会对过路客微笑抛媚眼，试着抓住路人，把他们拉进妓院。许多外国人会以为她是自愿卖淫，但是在这样的情况下，顺从老鸨的意思，不代表就是自愿的。

根据我们的估计，全世界有300万名女孩（以及极少数的男孩），可以贴切地说是在性交易中遭受奴役。这是保守的估计数字，不包括其他受操控及恐吓而卖淫的人数。这个数字也不包括其他几百万名18岁以下的人，她们未达到法定年龄，即便同意在妓院工作也无法成立有意义的协议。我们讲的这300万人，不仅确实是属于他人的财产，而且这当中有人在遭到主人杀害后，主人不受法律制裁的例子比比皆是。

严格来说，人口贩卖的一般定义是：（以暴力或欺骗手法）带某人跨越国际边界。美国国务院估计，每年有60万～80万人被贩卖跨越国际边界，其中有八成是妇女，目的大多是性剥削。米纳没有跨越国界，她

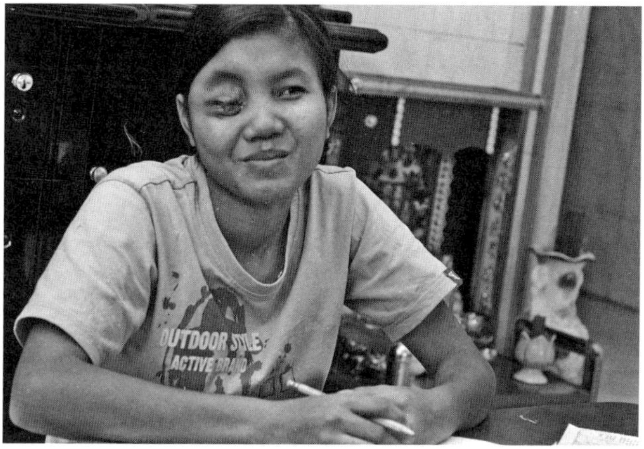

朗·普罗斯13岁时被绑架卖到柬埔寨的妓院。当她不从时，老鸨用金属杆挖出她的眼睛，以示惩罚。
（拍摄：尼可拉斯）

被非法贩卖的际遇并不是传统所定义的贩卖。同样地，在妓院中被当作奴隶一般对待的娼妓也大多不是。如同美国国务院所注明的，这个估计数字不包括“全世界在自己国境内遭贩卖的几百万名受害者”。

相反，18世纪80年代，在大西洋两岸奴隶贸易鼎盛的十年里，每年平均只有不到8万名奴隶从非洲横跨大西洋被运送到新世界。在1811年至1850年，该平均人数下降到5万多名。换言之，21世纪初期，每年被贩卖到妓院的妇女人数，远高于18或19世纪每年从非洲运送到新开垦地的奴隶人数——当然，当时的总人口数远低于现在。根据《外交事务》（*Foreign Affairs*）期刊观察：“不管确切数据是多少，几乎可以肯定的是，现代的全球奴隶交易，规模绝对比18和19世纪的大西洋奴隶交易来得庞大。”

在200年前的新开垦地区，施加在奴隶主人身上的实际限制少之又少。1791年，美国北卡罗来纳州颁布法令，规定杀死奴隶等同于“谋杀”。后来佐治亚州规定，杀害或重伤奴隶，在法律上等同于杀害或重伤白人。然而，这些规定基本上是纸上谈兵，而不会在当地实施，就像巴基斯坦法律有明文规定，但是依然无法阻止妓院老板把制造麻烦的女孩杀人灭口。

过去几十年来，全球在处理许多人道议题上虽然有所进步，但是性奴役的问题却日趋恶化。原因之一是东欧剧变导致罗马尼亚和其他国家陷入贫困，犯罪帮派猖獗肆虐而填满权力真空。资本主义不仅为大米和马铃薯创造新市场，也为女性肉体带来商机。

人口贩卖问题恶化的第二个原因是全球化。此前，人们的活动范围主要是在家里。现在，要前往城市或远方国家不仅容易而且便宜。一名尼日利亚母亲或许从来没有离开过部落地区一步，而现在，她的女儿却可能身处意大利的妓院。在东欧国家摩尔多瓦的乡间，可能连续开车经过好几座村庄，也找不到一名年龄介于16到30岁的女性。

情况恶化的第三个原因是艾滋病。以前，一个女孩被卖到妓院肯定代表命运悲惨，但是通常不代表被判了死刑，而现在，嫖客因害怕被艾滋病感染而偏好少女，认为她们感染的概率较低。在亚洲和非洲竟有此一说：与处女性交，可以治好艾滋病。这样的传说，使得妓女市场上对从村庄绑架而来的少女的需求增加。

这就是为什么我们强调性奴隶而非其他的强迫型劳役。任何曾经在印度妓院与印度砖窑待过的人，都知道在砖窑当奴隶的日子更好过些。砖窑工人通常是跟自家人住在一起，工作也没有感染艾滋病的风险，因此未来肯定有逃离的希望。

奈纳和维瓦克在妓院里挨饿、被打，他们也不清楚自己的父母是谁。从小到大，奈纳都叫阿伊奴奶奶，叫阿伊奴的儿子维诺德爸爸。有时候他们跟她说维诺德的妻子嫔姬是她母亲，有时候又说她的生母已死，嫔姬是继母。但是当奈纳想去上学时，维诺德拒绝了她，他用更直白的语言来形容他们的关系。

“你得乖乖听我的话，”他跟奈纳说，“因为我是你的主人。”邻居试着跟这两个孩子透露实情。“别人总是说他们不可能是我亲生父母，因为他们把我虐待得不成人形。”奈纳回忆道。这对姐弟偶尔会听到甚至看到米纳来到门前呼喊他们的名字。有一次米纳看到奈纳，告诉她：“我是你妈妈。”

“你不是，”奈纳回答，“嫔姬才是我妈妈。”

维瓦克也看见过米纳。“我以前常看到她被打。”他说，“他们说我妈妈已经死了，但是邻居说她才是我妈妈。我总是看到她回来。”

奈纳和维瓦克没上过一天学，也没看过医生，很少踏出妓院的门。他们被支使做家务，比如扫地和洗衣服。他们身上的衣服破破烂烂，妓院也不给鞋子穿，以免他们更容易逃走。奈纳快12岁时，有一天，他们要她在一个老男人面前走两圈，这让她相当不自在。“我向‘妈妈’打听那个男人，”奈纳回忆道，“结果她把我毒打一顿，叫我回去睡觉，不准吃晚饭。”

两三天之后，“妈妈”叫奈纳洗澡，带她去市场，给她买好看的衣服，还买了一只鼻环。“我问她为什么要买这些东西给我时，她又开始骂我。她说不管那个男人说什么，我都要乖乖照做。她还说，‘你爸爸已经收了那个男人的钱，把你卖了’。我开始大哭。”

嫔姬要奈纳穿上新衣服，但是奈纳把衣服甩开了，坐在那里泣不成声。维瓦克刚刚11岁，个子矮小，看起来乖乖的，却遗传了他母亲不肯屈服的脾性。他恳求“父母”和“奶奶”放姐姐一马，或是帮她找个丈夫。可维瓦克每一次求情，只是换来又一次毒打，一边挨打还一边被奚落。“你一毛钱也没赚过，”“父亲”嘲弄道，“别自不量力了，你以为自己是个英雄能保护得了你姐姐？”

然而，维瓦克没有泄气，他锲而不舍地与虐待者对阵，恳求还姐姐自由。在这个镇上，警员、政府官员、印度教祭司和有头有脸的中产阶级市民都对强迫卖淫视而不见，唯一可以听到的良知之声是一名11岁大的男孩发出来的，而他每一次发声，都遭到一顿毒打。他的直言不讳，并没有为姐姐带来好处；维诺德和嫔姬把他锁起来，逼奈纳穿上新衣服，卖淫为娼的事业从此展开。

“‘妈妈’跟我说不用害怕，因为那个男人不错，”奈纳回忆道，“接着他们把我锁进一个房间，那个男人已经在里面了，他叫我从里头把门锁上，然后凑了过来，我打了他一巴掌，他强暴了我。”

有一次一位恩客给了奈纳小费，她偷偷交给维瓦克，姐弟俩认为也许可以用电话（他们都没有用过这个科技产品）找到那位自称是他们真正母亲的神秘女子，好向她求救。但是当维瓦克试着打电话时，被妓院主人发现了，两个小孩又被一顿毒打。

阿伊奴打算用美人计来让维瓦克分心，她命令他和娼妓性交，他慌乱地逃开了，嫔姬又是一顿狠打。维瓦克既愤怒又恐惧，认为唯一希望就是他逃出妓院，试着找到那位自称是他们母亲的女子。维瓦克打听到女子名叫米纳，住在福布斯根杰镇。一天早上他逃到火车站，用奈纳的小费买了一张车票。

“我吓得浑身发抖，以为他们会来抓我，把我剁了。”他回忆道。到了福布斯根杰镇之后，他一路询问，拖着沉重的步伐终于走到红灯区，拦住路人一个个问：“米纳在哪里？米纳她住哪里？”

最后，在走了好长一段路、转错了许多街巷之后，他知道离米纳家不远了，于是放声叫道：“米纳！米纳！”一名女子从一间小屋子走出来（维瓦克重述这段故事时嘴唇发颤），惊讶地打量着他。维瓦克和米纳互望了好一阵子，最后米纳震惊地开口：“你是维瓦克？”

母子团圆是人间至喜，那是被上帝祝福的几个星期，充溢着令人眩晕的纯然快乐，这是维瓦克这辈子第一次尝到的幸福感。米纳是个感情丰富的女人，维瓦克第一次感受到母爱，仿佛置身天堂。但是在得知奈纳的消息后，米纳固执的脾性又上来了——她发誓这次一定要救出女儿。

“她是我生的，我永远也忘不了她，”米纳说，“只要我有一口气在，就要去救她。没有奈纳，简直度日如年。”

米纳注意到在印度打击性奴役的“世界自救妇女”组织已经在福布斯根杰镇开设了一间办公室。“世界自救妇女”的总部设于加尔各答，而曾经担任记者、极具决心的创办人鲁奇拉·古普塔（Ruchira Gupta）有段时间在福布斯根杰镇住过。米纳是头几位进去求援的人之一。其他救援团体不愿意在比哈尔设立办事处，因为当地犯罪猖獗，但是鲁奇拉熟知这个地区，认为值得冒险。“求求你，”米纳恳求鲁奇拉，“帮我把女儿救回来吧！”

众所周知，比哈尔的警方从来没有突击检查过妓院，但是鲁奇拉决定做个第一次。虽然阿伊奴的妓院跟地方警察关系不错，但是鲁奇拉跟中央警察的关系更硬，而且鲁奇拉要起狠来，不输任何老鸨。

“世界自救妇女”开始炮轰地方警察，要他们突击检查妓院，拯救奈纳。警方破门而入，找到奈纳，把她带到警察局。但是奈纳当时被下了猛药，她面如死灰地望着米纳，麻木地说：“我不是你女儿。”米纳

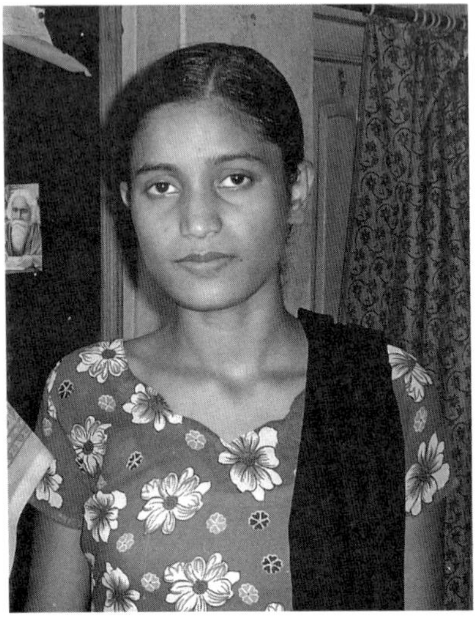

奈纳刚被从妓院救出来。
（拍摄：塞邦尼·雪加）

崩溃了。

奈纳后来解释，当时她觉得孤独又害怕，因为阿伊奴告诉她维瓦克已经死了。但是在警察局待了一小时之后，她逐渐明白自己有逃出妓院的希望，终于，她低语道："是的，你是我妈妈。"

"世界自救妇女"迅速把奈纳送到加尔各答的医院，让她接受重伤和吗啡瘾的治疗。妓院经常给奈纳打吗啡，好让她乖顺听话，而戒吗啡的过程让人看得心如刀割。

在福布斯根杰镇，米纳一家人的日子变得更加困苦且危机四伏。那里有些妓院老板是阿伊奴和马奴杰的亲戚，对米纳深恶痛绝，就连纳特社群里不喜欢卖淫这一行的人也不赞同警方突击检查。镇民刻意避开

“世界自救妇女”所设立的学校和庇护所，米纳和她的孩子也被瞧不起。后来矛盾激化，在“世界自救妇女”组织工作的一名年轻男子遇刺，米纳跟库德兹生的两个女儿也受到威胁。然而，米纳走在街上时，依然神色自若，她认为自己要是被这些吓到，那才叫好笑。

“他们善恶不分，”讲到当地村民时她轻蔑地说，“他们可能不屑跟我说话，但是我知道什么是正确的，我择善而从。只要我一息尚存，我绝不再接受自己或孩子卖淫。”米纳在福布斯根杰镇的工作是担任小区组织干部，试着劝阻父母不要把女儿送去卖淫，呼吁他们让女儿接受和儿子同样的教育。后来，大家对于她的憎恶感减少了一些，但是依然认为她这个人咄咄逼人，没有女人味儿。

后来“世界自救妇女”组织在比哈尔开办了寄宿学校，学校的部分资金来自美国援助者的捐助，米纳的孩子都在那里。学校有警卫看守，他们很安全。奈纳希望有朝一日成为老师，尤其想帮助贫困弱势的孩子。

一天下午，米纳唱了这首歌给两个小女儿听：

印度不会自由，
除非印度女性得到自由。
至于这个国家的女孩呢，
如果这个国家的女孩遭受污辱、虐待和奴役，
请扪心自问，
这个国家是真的独立吗？

学校帮助学校

人们总是询问：如何帮助她们？贪污、浪费、管理不当的情况如此严重，我们能够采取什么实际行动帮助米纳这样的妇女对抗现代奴役？普通人帮得上什么忙？

首先能够做到的，就是非常诚实地认清：取得改变具有其复杂性。直接说好了，人道主义者有时候会夸大和捏造，对于错误和陷阱则略过不提。他们有时候会扭曲数据，直到其符合心中所要的“证据”。原因之一是，这些人道目标需要被注意到。比如研究女孩教育的人，自然会相信这方面的数据。我们将会看到，这种态度导致研究的严谨程度不如其他的调查，比如关于牙膏效用的研究。救援团体也不愿意承认错误，因为坦白讨论失策终究有碍于募款。

实际情况是，过去帮助女孩的努力，有时候会产生反作用。1993年，参议员汤姆·哈金想帮助在血汗工厂做苦工的孟加拉国少女，他推行了一项法规，严禁进口14岁以下童工所制造的商品。孟加拉国工厂立刻解雇几万名女童工，导致其中许多人沦落妓院，现在想必已经死于艾滋病。

然而，也有许多援助形式（尤其是卫生与教育方面）取得了漂亮的成绩。让我们来看看弗兰克·格里哈尔瓦的工作。他是华盛顿州雷德蒙德市上湖学校的校长。这所优秀的私立学校里，从五年级到十二年级，共有450名学生，每人一年的学费在2.2万美元左右，这里的大多数学生是在备受呵护的中上阶层环境中长大的。格里哈尔瓦费尽心思，想让他们见识一下世界另一半人们的生活状况。

“我们逐渐明白，身为得天独厚的一群人，我们需要成为世界上规模更大的正能量。”格里哈尔瓦回忆道。他对之前担任《新闻周刊》特派员的伯纳德·克里舍（Bernard Krisher）的善举有所耳闻。克里舍惊骇于柬埔寨的贫穷，成立了“美国柬埔寨援助机构”。他相信把女孩从妓院解救出来是很重要的，但拯救她们的最佳方式是一开始就防止她们遭受性交易，这意味着必须让她们持续上学。因此，“美国柬埔寨援助机构”把重点放在教育乡村儿童，尤其是女孩上。克里舍的招牌方案是“乡村学校计划”。捐助者捐助1.3万美元，再加上世界银行给予的1.3万美元，以及亚洲开发银行提供的另一笔1.3万美元，就可以在柬埔寨的村庄建立一所学校。

格里哈尔瓦灵机一动：他的学生可以出资赞助，在柬埔寨成立一所学校，用这种方式来强调公共服务的重要性。刚开始，学生及家长出于礼貌而响应，态度谨慎，不过后来发生了“9·11”事件，大家突然开始对更广大的世界投以热切的关注了，他们积极配合这项计划，学生通过烘焙糕饼义卖会、洗车服务及才艺表演来筹款，也自发研读柬埔寨的战争及屠杀历史的资料。最后，他们把学校建在了靠近泰国边界的柬埔寨城镇拜林。该镇有许多便宜妓院来满足泰国男人的需求，因此恶名昭彰。

2003年2月，学校兴建完工，格里哈尔瓦带领由上湖学校19名学生组成的代表团到柬埔寨参加启用典礼。也许有人会不屑地说，把这趟行程的经费省下来再建一所学校岂不是更划算？但事实上，对于那些美国学生而言，这趟参访是极其重要的校外学习机会。他们吃力地拖着一箱箱文具上了汽车，当汽车离拜林越来越近时，他们发现柬埔寨的需求远比想象的还大。通往拜林的碎石泥路上车辙痕迹极深，车子几乎无法开过去。他们还看到一辆推土机因误触了地雷而翻倒在弹坑旁。

这群美国人抵达柬埔寨的学校，看到校牌上用英文和高棉语写着“上湖学校”。他们受到热烈欢迎。柬埔寨人蜂拥而至，为首的是一位缺了一条腿的校长，他也是地雷的受害者。当时柬埔寨男人受教育的时间平均只有2.6年，女人更短，平均1.7年，他们对于新学校的感激程度，美国人几乎无法想象。

学校的开幕式以及待在柬埔寨的一整个星期，在美国学生心中留下了不可磨灭的印象，上湖学校的学生和家长决定跟柬埔寨的这所同名学校建立长久持续的友谊。美国人筹募资金，聘请一位英文老师在该校任教，并为他们安装网络，建操场，寄书。到了2006年，美国的上湖学校决定每年成立代表团，派遣学生及老师趁春假期间到柬埔寨教英文和美术。2007年，师生家长决定也在加纳支持一所学校，并派遣代表团前往该校。

“我从事教育36年，这是我做过的最有意义和价值的事情。”弗兰克·格里哈尔瓦表示。柬埔寨的上湖学校的确位于一个特别的地方，途中的桥梁已被冲走，你得跨过一条小溪才能走到学校，但是校舍并不是在发展中国家经常看到的破烂建筑。学校共有270名学生，年纪小到6岁，大到15岁。那名英文老师受过大学教育，英语讲得流利。我们到该校参观时，最震惊的是看到六年级学生正忙着用雅虎的账号发送电子邮件给美国上湖学校的学生。

其中一名正在写信的学生是13岁的女孩昆索奇雅，她即将成为她们家第一个从小学毕业的人。她父亲死于艾滋病，母亲也感染上了，必须时时照料着。昆索奇雅骨瘦如柴，黑色长发略显干枯。她很害羞，两肩因贫困的重担而下垂。

“妈妈鼓励我继续上学，但有时候我觉得应该出去赚钱。”昆索奇雅说，“我没有爸爸可以养妈妈，所以也许应该由我来养妈妈。我去割草或种玉米，一天可以赚70铢（略多于2美元）。”

为了缓解这样的经济压力，“美国柬埔寨援助机构”发起“女孩有志气”（Girls Be Ambitious）计划，说穿了就是贿赂家庭，好让女孩继续上学。如果女孩在学校全勤一个月，她家就会得到10美元。墨西哥和其他国家皆采用类似的方式来提升女孩教育，效果显著且费用低廉。昆索奇雅家现在就固定领取这样的津贴。对于无法资助整所学校的捐助者来说，这是切实可行的打击人口贩卖的方式之一，每年每个女孩只需要120美元。这样的方法大有帮助，因为遭受贩卖的通常是像昆索奇雅这样的女孩。她们的家庭非常缺钱，女孩又受教育不足，人贩子总是打着保证她们将在遥远城市里得到像卖水果这种一流工作的幌子，成功将她们拐走。

昆索奇雅带我们去她家，那是在学校附近田地里的一间摇摇欲坠的简陋小屋，为了抵御洪水与害虫，小屋被架在了桩子上。屋里没有电，她的所有家当都在一个小袋子里。她永远不需烦恼今天要穿什么：她只有一件衬衫，一双夹脚拖鞋。昆索奇雅从来没看过牙医，只去看过一次病。每天她从邻近的小溪打来全家的饮水，也在同样的那条小溪清洗全家的衣物。她洗自己的衬衫时，就得借别人的衣服来穿。她与弟弟共睡地板上的一张草席，家里的另外三个人睡在几英尺之外。昆索奇雅从来没碰过电话、坐过汽车或喝过汽水。我们问她有没有喝过牛奶时，她一脸困惑，说她在襁褓中时喝过母乳。

但是昆索奇雅床边倒是有一样宝贝：美国上湖学校学生在校园里的大合照。有时候晚上睡觉前，她会拿起照片，细细观看那一个个微笑的脸庞、整齐的草坪和气派的建筑。在她的简陋小屋里，母亲病得很重，

昆索奇雅在柬埔寨的上湖学校前。
（拍摄：尼可拉斯）

兄弟姐妹饿着肚子，那张照片是一片神奇土地的窗口。在那片土地上，人们衣食不缺，生病时有药可救。她心想：在这样的地方，大家一定每时每刻都很开心。

昆索奇雅一家人不是唯一的受惠者，美国上湖学校的师生家长跟柬埔寨人一样，生命都经历了脱胎换骨的转变。这是你会一再看到的情形：援助计划在国外助人的成绩好坏参半，但是在启发和教育捐助者方面却是战绩辉煌。不过，有时由此得来的教训却也让人困惑，比如昆索奇雅小学毕业之后，上湖学校想帮助她进入中学却没有想象中的容易。中学离家很远，她需要交通工具，而该地区的女学生在上学途中经常受到年轻男人的骚扰。

因此上湖学校听从当地老师的建议，买了一辆脚踏车送给昆索奇雅，几个月来都没有出现问题。后来有一名年纪较长的女邻居向昆索奇雅借脚踏车，昆索奇雅无法拒绝长辈的请求，就借了，但那名妇女却将脚踏车卖掉，把卖得的钱私藏起来。弗兰克·格里哈尔瓦和美国学生得知这个消息后，简直气得抓狂，但是他们也学到了重要的一课：打击贫穷比一开始认为的还要困难。美国人认为光是再买一辆脚踏车送给昆索奇雅并不能解决问题，于是昆索奇雅又回到走路上下学的日子，每天来回各一小时。可能是距离遥远，加上上学途中危机四伏，昆索奇雅常常逃课，成绩也一落千丈，终于在2009年初辍学。

现在每日生活费用不到两美元的还有27亿人，相当于世界人口的四成。对于这点，美国的学校很少能有深刻的了解。因此，为女性所发起的新运动，除了终止奴役及荣誉谋杀这一目标外，另一目标是让青少年了解国外的生活，这样一来，他们也能学习成长——长大成人后，继续解决这些问题。

“去了一趟柬埔寨之后，我的未来规划改变了。”上湖学校17岁的纳塔莉·汉摩克斯表示，她固定跟两名柬埔寨学生发电子邮件，“今年我选修了三门外语课，打算到大学再学更多。”

纳塔莉的柬埔寨笔友想成为医生，但是负担不起大学学费，这让纳塔莉义愤填膺：**一个跟我一样的女孩竟会因为家里负担不起学费而被迫放弃梦想**。现在纳塔莉的职业规划是启迪全世界的年轻人：“每个人都要发挥自己的天赋，找到自己的路。而这就是我的路。能亲眼见到柬埔寨的现状，这样的经验对我来说弥足珍贵。那一趟行程对我产生了影响。”

第二章

禁令与卖淫

解救女孩容易，防其重操旧业难

虽然成堆的书籍证明奴役制度是极好的事，但我们从没听说过有人希望成为奴隶，好从中得利。

——亚伯拉罕·林肯

在拜访完比哈尔的米纳·哈西纳与鲁奇拉·古普塔之后，尼可[1]从印度的一座边界村庄进入了尼泊尔。该村摊位林立，出售衣服、点心和极不人道的商品——数千名尼泊尔女孩就是从这个地方跨越边界，被贩卖到印度加尔各答的妓院里的。在那里，她们要是肤色较浅、面貌姣好、乖巧顺从、不会说当地话（降低逃脱的概率），价值就会比较高。尼可在边境检查站填写规定的表格单时，看到尼泊尔人大批涌入印度，并不需要填写什么入境单。

在简陋的边境办公室中，尼可跟一位英文流利的印度官员交谈了起来。官员表示他是情报局派来监视边境的。

“那你到底在监视什么？”尼可问。

“我们在看有没有恐怖分子，或是恐怖行动的补给品。”官员

1 即本书作者之一尼可拉斯。后同。——编注

说，他并没有监视得非常仔细，一辆又一辆的卡车从眼前开了过去，“‘9·11’事件之后，我们这里要严加管制，我们也查看有没有走私或盗版的商品，要是发现的话，就会没收充公。”

“那么被贩卖的女孩呢？”尼可问，“你们检查吗？一定很多吧！”

“噢，多得不得了，但我们不担心她们，反正也无能为力。”

“你们可以逮捕人贩子啊！贩卖女孩难道不跟盗版DVD一样值得重视吗？”情报局官员哈哈大笑，举手做投降状，“卖淫是不可避免的。”他轻声笑道，“各国一直都有卖淫活动，要不然男人从18岁以后，一直到30岁结婚之前这段时间要怎么过？”

“可是绑架尼泊尔女孩，把她们囚禁在印度妓院里，这真的是最好的解决办法吗？”

官员耸耸肩，不为所动。“的确是不幸，”他附和道，“但是只有牺牲这些女孩，我们的社会才能和谐，良家妇女才能够安全。”

“可是这些尼泊尔女孩很多也是良家妇女啊！”

“噢，话是没错，但她们是农村女孩，完全不识字，是从乡下来的，所以印度中产阶级的好女孩就能安全了。”

尼可咬牙切齿地说：“我懂了！要知道，美国在社会和谐方面也有很多问题，所以我们应该来绑架印度中产阶级的女孩，强迫她们在美国妓院工作！这样一来，年轻的美国男人就爽了，你说是不是？那我们社会就更和谐了！”

接着是一阵不祥的静默，但最后官员捧腹大笑。

“你真会说笑话！”官员咧嘴笑说，“我差点被你耍了！”

尼可只好作罢。

人们对于奴役乡村女孩睁一只眼闭一只眼，就跟200年前大家容许把黑人当作奴隶的原因是一样的：受害者从不被视为一个完整的个人。印度政府派遣情报官员搜查盗版商品，因为他们知道西方国家在乎知识产权。只有当印度政府感受到西方对奴役的重视等同于盗版DVD时，才会派人到边界逮捕人贩子。

粉碎现代奴役的技术手段并不缺乏，缺乏的是政治意愿。政治决心一定是任何废奴运动的起点。我们并不是说因为这是西方的过错，所以西方人要为此负责。西方男人并非大多数贫穷国家卖淫业的主角。没错，在泰国、菲律宾、斯里兰卡和伯利兹，也有部分美国和欧洲的性观光客，但他们依然只是嫖客中的一小撮，大多数毕竟还是当地男人。此外，西方男人通常是跟多少出于自愿的妓女在一起，因为他们想带她回到旅馆房间，而被迫卖淫的妓女一般是不能离开妓院的。因此，并不是因为西方人是祸源，所以西方人有责任带头处理。我们之所以特别点选

一个柬埔寨少女站在她工作的房间前。她曾遭绑架并被卖入妓院中。

（拍摄：尼可拉斯）

西方，是因为我们虽然处于奴役的外围，但我们的行动在克服可怕的人口贩卖方面是必要的。

现代废奴主义运动的效果有限，原因之一是处理卖淫的政治立场分裂不合。20世纪90年代，美国左右两派并肩合作，共拟了《2000年人口贩卖受害人保护法》（*Trafficking Victims Protection Act of 2000*），这是在全球议程上提升国际反贩卖意识的里程碑。当时的反贩卖运动里出现了难得一见的两党合作，该运动同时受到了已故参议员保罗·韦尔斯通（Paul Wellstone）等自由派民主党人士以及参议员萨姆·布朗巴克（Sam Brownback）等保守派共和党人士的强烈支持。希拉里·克林顿（Hillary Rodham Clinton）也是这项议题的领导者，而最伟大的斗士非纽约州民主党众议员卡罗琳·马洛尼（Carolyn Maloney）女士莫属。此外，小布什时代留下来的少数几项具有正面力量的国际方案中，其中一项就是大力抵制人口贩卖。“生命之声”（Vital Voices）和其他自由派团体在反对性交易方面也坚毅不屈。“国际正义使命团”（International Justice Mission）和其他保守福音派教徒团体同样毫不逊色。然而，左右派虽然在打击人口贩卖方面都有重要贡献，但大多时候是各自为政。要是他们能在废奴主义运动中团结合作，其效果将远大于现在。

不合的一项原因，是两方对于如何看待卖淫各持己见。左派经常是不带批判性地称其为“性工作者”，并且只要是彼此自愿的法定成年人，左派往往能够容忍这样的交易。至于右派人士，当中有些女性主义者参与，倾向于称之为“妓女”或“卖淫妇女”，认为卖淫本身就是有损尊严和道德的。两方争吵不休的结果就是无法并肩合作、共同打击人人皆深恶痛绝的事情：强迫卖淫和雏妓。

“在大学里，这方面的辩论正在理论架构中进行。”创办“世界自救妇女”的鲁奇拉·古普塔一边说一边翻白眼，这时她正坐在比哈尔的家里。她白天已经在红灯区忙了一整天。“那些理论家很少来到基层看看问题有多棘手。辩论这个问题该怎么称呼，根本无关紧要，重点是孩子正被逼着卖淫。”

应该采取什么样的政策来杜绝性奴役？一开始，我们同意这个观点：20世纪20年代美国禁酒效果不彰，现在禁止卖淫行为，效果也不会更好。我们当初认为不应该徒劳无功地禁止卖淫，比较好的方式应该是合法化并立法规范。那种务实的“减害”模式是许多救援团体喜欢的，因为能够让医护工作者分发保险套，抑制艾滋病的扩散，此外也准许当局进入妓院，因此更容易检查是否有雏妓。

后来我们改变了想法。在卖淫通常是受到强迫的国家里，那种合法与管制的模式一直效果不好。一来是那些国家的政府通常管理无力，因此立法规范没什么用处。二来是合法的妓院往往也会吸引类似的少女买卖及强迫卖淫等非法勾当。相反，如果结合职业再训练及戒毒等社会服务，倒是有实证表明强制取缔是可以成功的，这也是我们后来喜欢的方式。在人口贩卖猖獗的国家，我们偏好执法策略，推动警方态度上的根本转变，以及警方定期检查是不是有雏妓或强迫卖淫的问题。也就是说，政府的责任除了立法之外还要执法，紧盯着有多少妓院遭到强制取缔、有多少皮条客遭到逮捕。监狱般的妓院应该关闭；对于购买少女初夜者，警方应发动诱捕行动；政府应向全国各地的警政首长施压，要他们致力于打击贪污腐败的风气，因为贪污与贩卖息息相关。这些行动的目的，都是要减少妓院老板的不当收益。

我们很难消灭卖淫活动。在伊朗，妓院是被严格禁止的，首都德黑兰市市长向来以遵纪守法闻名，直到有一天，伊朗新闻报道警方突击检查一家妓院时，发现市长正与六名一丝不挂的妓女在一起，他被当场逮捕。强制取缔虽非最佳手段，但往往会导致收保护费的警方忐忑不安，他们向妓院索要更高的红包，这样一来就降低了皮条客的收益，或是警方至少会关闭那些没有警员包庇的妓院。通过这种方式，那些关在牢笼里直到死于艾滋病的14岁少女的人数，必定能够降低。

“这是可行的。”国际正义使命团负责人加里·豪根（Gary Haugen）表示，“你不必逮捕每个人，只要取缔足够的数目，就能带来涟漪效应而改变结果。这会影响皮条客的行为，也会驱使买卖农村处女的人贩子转换跑道，比如改成买卖偷来的收音机。”

许多自由派人士及女性主义者对于我们提倡强制取缔的“大棒”手法大为震惊，认为这只会驱使性集团地下化。他们主张合法与管制的模式、赋权性工作者，最后还援引成功案例：索纳加奇计划（Sonagachi Project）。

索纳加奇的意思是“黄金树”，指的是加尔各答市不断蔓延的红灯区。在18、19世纪，这里是包二奶的著名地区。今天，这里有几百家沿着窄巷搭建的多层楼妓院，容纳的妓女超过6000人。20世纪90年代初期，卫生专家对于印度艾滋病的扩散忧心忡忡，1992年，世界卫生组织支持发起了索纳加奇计划。该计划的一个关键要素就是成立性工作者联盟，即“杜尔巴行动”（Durbar Mahila Samanwaya Committee），通过鼓励使用保险套来降低艾滋病病毒传染率。

这项行动似乎相当成功。向民众宣传使用保险套的重要性，这是实际解决卖淫所衍生的公共卫生问题的好方法。一项研究发现，索纳加奇计划使得从业者持续使用保险套的行为增加了25%。2005年，另一项研究指出，参与索纳加奇计划的性工作者中，只有9.6%感染艾滋病病毒。相较之下，在没有性工作者联盟的孟买，有五成的妓女受到感染。杜尔巴行动懂得利用媒体，他们筹办观光团，带领旅客游览索纳加奇红灯区，强调联盟的成员里杜绝了雏妓或非自愿娼妓，而卖淫至少是没有专长的女性劳工赚取像样收入的一种方式。索纳加奇模式也得到国际救援组织“关怀”及“比尔与梅琳达·盖茨基金会”（Bill & Melinda Gates Foundation）的间接支持，这都是我们非常敬重的组织。许多专家也赞成这样的模式。

不过当我们细探数字时，发现它并不像乍看之下那么严谨周密。刚来到索纳加奇工作的人，其艾滋病病毒感染率莫名其妙地高——20岁或以下的性工作者中有27.7%携带艾滋病病毒。研究也显示，一开始，索纳加奇接受访谈的所有性工作者都声称几乎每一次都使用保险套，但是在进一步逼问下，她们承认频率没那么高：只有五六成的人表示与最近的三位恩客自始至终都使用了保险套。此外，与孟买的比较有误导之嫌，因为印度南部与西部的艾滋病病毒感染率，一直都比北部和东部高得多。的确，根据哈佛大学公共卫生学院的研究，索纳加奇计划在加尔各答发起时，孟买性工作者的艾滋病病毒感染率已经高达51%，而加尔各答只有1%。杜尔巴行动虽然鼓励使用保险套，但是公共卫生方面的受益，似乎比拥护者宣称的还有限。

尼可在博客上批评杜尔巴行动，一位印度人如此回应：

照理说，你算是思想前卫的女性主义者，但当女性真的在性与工作上有选择权时，你却经常成了软脚虾。

这点一直让我觉得不可思议。性工作者都想为自己创造安全的工作环境，现在终于有了些进展，你却利用她们的悲惨故事，把这些当作是反对性工作这个行业的论据，实在叫人不敢恭维。你的立场显示西方在把棕色皮肤的野蛮人从他们的宿命里解救出来方面，是采取男上女下的“传教士姿势”。

许多印度的自由派人士赞同上述看法，但是我们从一些女性那里听到了相反的观点，而她们都拥有在加尔各答的红灯区长期打击贩卖人口的经验。其中一位是鲁奇拉·古普塔，另一位是娥米·芭苏（Urmi Basu）。娥米是“新光基金会”（New Light Foundation）的负责人，为目前从事及曾经从事卖淫的娼妓奋战。鲁奇拉和娥米皆表示，杜尔巴行动已成为妓院老板的“门面”，出于善意支持杜尔巴行动的西方人反而为人贩子提供了掩护。

娥米带我们认识了吉塔·高希。吉塔描绘的索纳加奇，跟参加杜尔巴行动观光旅游团所见所闻的开明景象有天壤之别。吉塔在孟加拉国的贫穷村庄长大，11岁时，为了逃离施暴的父母，她离开了家。一位朋友的“阿姨”提供了帮助，把吉塔带去索纳加奇，她后来才知道这位阿姨是老鸨。吉塔从来没看到任何迹象，显示杜尔巴行动确实在阻挡人贩子贩卖像她这个年纪的女孩。

起先，阿姨对吉塔不错，但是吉塔长到12岁时，有一天阿姨帮她梳妆打扮，做了个新发型，换了紧身洋装，然后把她锁进一个房间，跟一名阿拉伯客人关在一起。“看到面前这么高大魁梧的男人，我吓坏了。”她说，“我一直哭，还跪在他脚边求他，但是没办法让他理解我。他把我的衣服扯掉，连续一个月，他都这样强暴我。他要我脱光了睡在他旁边，他喝酒喝得很凶……那是个痛不欲生的记忆。我流了很多血。”

在索纳加奇卖淫的头三年，吉塔不能踏出妓院一步，完全没有杜尔巴行动宣称的人身自由。她不时会被棍棒毒打，还会遭到屠刀的威吓。

“屋里有个巨大的污水排水管。”吉塔回忆，“嬷嬷说：‘你要是胆敢逃跑，我就把你碎尸万段，丢进这个排水管里。’”就吉塔来看，杜尔巴行动推行的杜绝人口贩卖运动只是骗骗外人的假象。就连当她好不容易获准站在妓院外头的街道上招徕客人时，也一样受到严密监视。跟一般的观念相反，这些女孩并没有得到像样的收入，吉塔从来没有拿到过一卢比的工资。这是奴役，而且还在死亡的威胁下执行。在杜尔巴行动开展之后来到索纳加奇工作的其他妇女，也告诉过我们类似的故事。

任何一个人都可以在晚上穿过索纳加奇时亲眼看到雏妓。尼可走访索纳加奇好几次，佯装客人进入妓院。他看到许多少女，但是老鸨不准他把女孩带出去，应该是害怕她们趁机逃走。此外，她们只会说孟加拉语、尼泊尔语或印度语，而尼可不会说这三种语言，无法采访她们。耶鲁大学会说印度语的医学系学生阿努普·帕特尔（Anup Patel）在2005年做过研究，调查加尔各答的保险套使用率。他发现，在索纳加奇，性交的价钱是由顾客与妓院老板（而非女孩个人）商谈的，不仅如此，客人如果多付妓院老板一些卢比，就有权不使用保险套。女孩毫无置喙余地。

阿努普参加了杜尔巴行动的观光旅游团，一位老鸨告诉他，几乎所有妓女都是自愿来到索纳加奇，自愿踏入“性工作这个高尚的职业”。在一家妓院里，阿努普和另外两个研究人员坐在后方的一张床铺上，旁边有一名妓女，她正在默默聆听老鸨对前来参观的游客夸夸其谈。老鸨表示这些女孩都是自愿选择来这里快速赚钱的，享有杜尔巴行动保证维护的人权。阿努普说：

在老鸨跟其他游客滔滔不绝地讲述该联盟的成功之举时，我们三个偷偷用印度语问那名妓女这些是否属实。胆怯的妓女不敢作声，我们向她保证不会让她惹麻烦，她才用几乎听不到的声音告诉我们，来到索纳加奇的妓女几乎没有一个是以成为性工作者为抱负的，大多数人都像她自己一样是被卖来的……当我问她想不想离开索纳加奇时，她的眼睛亮了起来，但是她还来不及回答，杜尔巴行动的高层职员就把手放在我背上，说要准备动身了……

观光团继续参观下一家妓院，一路上我们看到了几百名妓女。有人问能否参观青莲妓院（Neel Kamal），传言这家妓院依然有雏妓。那名高层职员立刻拒绝了，声称杜尔巴行动没有事先争取许可，不希望贸然闯入侵犯妓女的权利。但你知道，在印度，吹牛说大话是很有效的——这名高层职员在面临要是不合作，我们就会“打电话给相关人士”的严厉威胁下，还是被唬住了，只好带我们前往恶名昭彰的青莲妓院。

在这栋多层楼的妓院入口，五名皮条客守卫着上锁的大门。一名皮条客解开大门门锁时，其他四名迅速跑进去，用响亮的声音喊道：“访客来了！”我们团体冲进去，爬上阶梯到一楼，却在半途中刹住脚步：几十名年纪小于16岁、涂着鲜艳口红的少女正在昏暗的走廊上东窜西逃，然后消失在了密室之内。

杜尔巴行动的职员叫我们站着别动，而那四名皮条客继续大呼小叫。我不管往哪里看，都能看到女孩在奔窜。我好不容易堵住一个门口，只见里头有两名不超过14岁的少女正张开双腿躺在床上，看得到牛仔迷你裙里头的阴部。

索纳加奇计划虽然在防范艾滋病方面有些许成就，却跟孟买采取的大棒策略形成了耐人寻味的对比。孟买的妓院向来比加尔各答的情况更糟，并且以关在妓院监牢里的“牢笼女”闻名。但是因为西方国家施压，警方强制取缔，孟买市中心的娼妓人数在过去几年急遽下降。今天，孟买市中心红灯区也许有6000名娼妓，但是十年前却高达3.5万名，而索纳加奇的娼妓人数却十年来保持不变。

孟买警方的强力取缔，的确驱使一些妓院地下化，导致取缔的功效难以判定，也更难为娼妓提供保险套和医疗服务。她们的艾滋病病毒感染率很可能上升，但是我们无从确知，因为我们无法检查地下妓院的女孩。然而强制取缔也让妓院老板无法获取高利，使得孟买妓院买进或卖出一名女孩的价格大幅下跌，因此人贩子开始把少女运到加尔各答，以便卖个更好的价钱。现在女孩被贩卖至孟买的情况减少，至少代表了些许的成功。

荷兰和瑞典的不同策略也凸显了“大棒”手法及“合法与管制”模式的差异。2000年，荷兰正式把卖淫合法化（大家原本就能包容），人们相信这样一来，就比较容易提供娼妓健康及分娩检查，防止未成年人及贩卖受害者被迫卖淫。瑞典采取的是相反策略：1999年，政府把性服务的交易判定为犯法行为，但不是惩罚出售性服务的妓女，会被惩罚的（理论上会被判刑高达六个月）是付钱买性服务的男人。这种策略反映了一种观点：娼妓是受害者而非罪犯。

十年之后，瑞典的强制取缔似乎在减少人口贩卖及强迫卖淫方面较为成功。根据一项统计，瑞典的娼妓人数在前五年下降了41%，性交易的价钱也降低了——这充分表明需求降低。瑞典娼妓并不喜欢这样的改变。同时，由于价格下降，瑞典对人贩子的吸引力减弱了。的确，一些人贩子认为把女孩卖到瑞典不再有利可图，应该把女孩送到荷兰。瑞典认为这个策略大为成功，虽然当初制定法律时备受争议。一项民调显示，81%的瑞典人赞同该法。

在荷兰，卖淫合法化有助于替合法妓院的娼妓进行健康检查，但是没有证据显示性传染病或艾滋病病毒感染率有下降的趋势。荷兰的皮条客依然在供应雏妓，贩卖人口和强迫卖淫仍继续存在。至少在刚开始的时候，非法妓女的人数是增加的，这显然是因为阿姆斯特丹成了性观光产业的中心。阿姆斯特丹市议会发现，性观光与犯罪确实令人忧心忡忡，他们在2003年停止实验，不再让街头妓女于“容忍范围”内拉客，但是依然允许合法妓院继续存在。所以，重点是什么？顾客可以轻易地在阿姆斯特丹找到东欧来的雏妓，但是在斯德哥尔摩却找不到。

其他欧洲国家论定瑞典的实验较为成功，开始趋向于采用相同模式。我们也希望美国的一些州能够试着评估这样的模式在美国是否可行。

然而在发展中国家，这种难以达成共识、造成两极化分裂的辩论，大多只是在分散注意力而已。比如在印度，严格来说妓院是非法的，但是如同之前所说，它们却无所不在。柬埔寨也是如此。在贫穷国家，法律通常无关痛痒，首都之外的地方更是如此。因此我们的焦点必须放在改变现实状况上，而不是改变法律上。

美国国会在2000年往该方向踏出了重要的一步。国会要求国务院发布年度《人口贩卖问题报告》（*Trafficking in Persons Report*），根据各国对付人口贩卖的表现来排名，名次最低的国家就会受到国际制裁。这就意味着美国驻外大使馆必须着手搜集人口贩卖的相关资料，这还是头一次。驻外大使要与当地外交部的官员展开讨论，外交部也因此得把人口贩卖列入重大关切事项，与核武器扩散及恐怖主义等量齐观。这样一来，各国的外交部就会询问他们的警政署在打击人口贩卖方面的成果。

光是询问，就能把问题提上日程。各国开始立法，布局突击行动，汇整概要文件。皮条客发现贿赂警方的费用扶摇直上，利得也大幅降低了。

其实这个方式还可以更进一步。在美国国务院，处理人口贩卖问题的办公室已被边缘化，甚至被放逐到另一栋办公楼里。要是国务卿公开积极地支持该办公室，比如有相关的出差就带领办公室主任一同前往，则能提升人口贩卖的曝光率。总统前往印度进行国事访问时，可以拜访“世界自救妇女”这样的收容所。当初欧洲商议是否该让东欧国家加入欧盟时，应该把人口贩卖当成一项议题；对于土耳其而言，这点还来得及补救。[1]

主张强制取缔的“大棒”手法应特别应用在处女贩卖方面。尤其在亚洲，这种交易在贩卖收益方面所占的比例极高，也是少女遭到绑架的原因。女孩一旦惨遭强暴，往往会认命地下海卖淫，直到死去。买方通常是富有的亚洲人——把这种人送一些去坐牢，就会形成良性循环：处女市场将快速萎缩，人贩子集团将转攻风险较低、利润较高的营业项目，娼妓的平均年龄会提高，强迫卖淫的数量也会缩减。

我们在柬埔寨西瓦帕克村（Svay Pak）看到了上述的转变。该村曾是全球性奴役情况最为严重的地方。尼可第一次到那里时，在该村的妓院看见过七八岁的女孩。尼可假装成客户，获准与一名被卖至妓院的13岁女孩交谈，她正恐惧地等待售出初夜。后来美国国务院公布了《人口贩卖问题报告》，严厉谴责柬埔寨，媒体曝光了柬埔寨奴役女孩的恶行，而“国际正义使命团”也在该处设立办公室，西瓦帕克村因此成了性奴

1 土耳其1987年开始申请加入欧盟，2005年获准启动谈判程序，但进展缓慢，至今未能获批。——编注

役的典型，柬埔寨政府认为妓院老板送来的红包不值得惹上国际舆论的烦扰与因此带来的难堪，于是下令警方强制取缔了妓院。

尼可拜访西瓦帕克的最后两三次，妓院并没有明目张胆地让女孩们在门口招揽客人，妓院前门也上了锁链。妓院老板以为尼可是客人，紧张兮兮地把他从后门带入，然后叫一些妓女出来，但是人数似乎只是之前的1/10。尼可要求看看小女孩或处女，老板说他们必须安排一下，一两天后才能带一名来跟他会面。这个迹象显示，实质的进步是可能的。某种程度的卖淫可能会继续存在，但是我们已经不再默默地任由性奴役横行天下了。

解救女孩容易，防其重操旧业难

我们以旧时的方式，成为21世纪的奴隶主：我们支付现金，换取两名女奴和两张收据，接着就可对这两名女孩为所欲为。

然而，把女孩从妓院解救出来是容易的，困难之处在于：防止她们再回去。女孩们获得自由后，回到社会却时刻感受到耻辱，再加上依赖毒品或受到皮条客的威胁，种种这些情况，往往导致她们重回红灯区。善意的救援人员不辞辛苦监视警方突击检查妓院，把女孩救出，带回收容所，给她们提供食物和医疗护理，最后却看到她们攀爬后墙逃出去，这不能不让人心灰意冷。

在柬埔寨西北部卖淫猖獗的地区，尼可与当时担任《纽约时报》摄像师的那卡·纳撒尼尔（Naka Nathaniel）有过两次不寻常的购买经验。到波贝镇后，他们登记住进一晚8美元的宾馆兼妓院。这次的采访焦点是两

娜思坐在家门口。我们刚把她从妓院带回家不久。（拍摄：尼可拉斯）

名十几岁的少女娜思和茉姆，她们在不同的妓院卖淫。

娜思相当美丽，个子矮小、肤色较白，看起来十四五岁，但是她认为自己年纪还要大些。她不知道自己确切的生辰年月。被老鸨带到尼可的房间后，她坐在床上，恐惧得发颤。她来到妓院才一个月，这是她的第一个外国客人。尼可需要口译同时待在房间，这让老鸨有些丈二和尚摸不着头脑，但还是随了他们的意思。

娜思黑发过肩，粉红色的紧身T恤，同样紧身的牛仔裤，脚上配双凉鞋。她虽然脸颊丰腴，但是全身纤细，看起来弱不禁风。她脸上涂了一层厚厚的化妆品，跟整个人极不相称，像是个偷偷把妈妈的化妆品拿来胡乱涂抹的小女孩。

尼可通过口译询问娜思的成长背景及家人情况。生涩的对谈进行了一阵子之后，她逐渐平静下来，不再颤抖，眼光大多时候瞟向墙角的电视，尼可刚才打开了电视，好遮掩他们的声音。她简短地回答着问题，一副意兴阑珊的模样。

头五分钟，娜思表示她是自愿卖身的，坚称自己可以随心所欲地来来去去，但当她明白这不是老鸨安排的测试，讲实话并不会挨打时，才娓娓道出了她的故事。

一个堂姐把娜思带出村庄，告诉家人她在镇上帮娜思找了个卖水果的活儿。但一到波贝镇，娜思就被卖到妓院，并遭到严密看管。医生检查证实她的处女膜是完好的，于是妓院把她的初夜拍卖给一名泰国赌场经理。经理把她锁在旅馆房间里好几天，跟她上床三次（后来他死于艾滋病）。现在娜思被幽禁在宾馆里，因为年纪够轻、肤色够浅，嫖客找她必须出高价。

“我可以在波贝镇走动，但是一定要有老板的近亲跟着。”娜思解释，“他们密切监视我，不让我单独出去，担心我会逃走。”

“那为什么不晚上逃走？”尼可问。

“他们会把我抓回来，那我就惨了，可能会被打。我听说有几个女孩试图逃跑，被抓住后锁到屋子里一顿毒打。”

“那么警方呢？女孩可以向警察求救吗？”

娜思不感兴趣地耸耸肩。“警察不会帮我，他们都被妓院老板收买了。”她像机器人般面无表情地说道，眼睛依然盯着电视。

“你想离开这里吗？要是得到自由，你想做什么？”

娜思突然把目光从电视上转开，眼睛亮了一下。“我会回家，”她说，似乎在判断这个问题是认真的还是在开玩笑，“回到家人身边。我想开一家小店。”

“你真的想离开吗？”尼可问，“要是我把你买下来，带你回家，你百分之百确定不会再回来？”

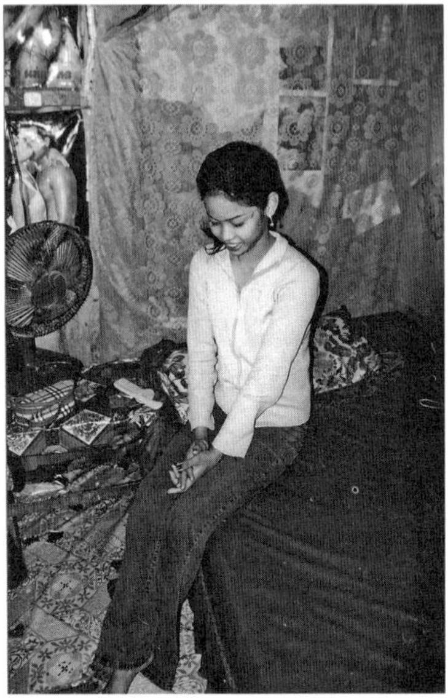

茉姆在她工作的妓院房间里。
（拍摄：尼可拉斯）

娜思无精打采的样子一扫而光，目光完全离开了电视，眼中的呆滞也烟消云散。“这里简直是地狱！”她不屑地哼了一声，第一次显露出了心中的激动，“你以为我想做这行？”

于是，尼可和娜思私下里仔细研拟了计划。一阵讨价还价之后，老板以150美元将她售出，给了尼可一张收据。

我们在另一家妓院认识了茉姆。她是一个瘦弱的女孩，眼睛大得有点不合比例，从业五年，似乎因为身心过劳而濒临崩溃。茉姆这一刻还在说说笑笑，下一刻就情绪激动地啜泣。她请求我们把她买下，给她自由，带她回家。我们与茉姆的拥有者协商，最后以203美元把她买下，有收据为凭。

我们把这两位女孩带出波贝镇，让她们回到家人身边。娜思的家比较近，我们留给她一些钱，让她在村庄里经营一家小型杂货店，一开始生意兴隆。美国对柬埔寨援助机构同意照顾并协助她。娜思才离开六周，家人能够接受她出去卖蔬果的故事，毫不起疑地欢迎她回家。

茉姆就不同了。她住在柬埔寨遥远的另一边，在这一趟长途车程中，离家愈近，她就愈加担忧，拿不准家人是会接受她还是抗拒她。她离家已经有五年了，这期间一直都没有跟家人联络过。当我们终于接近茉姆的村庄时，她紧张得如坐针毡。突然间，她尖叫了出来，车子还在开动，她就猛力把车门打开，跳了出去，朝一名纳闷地打量我们车子的中年妇女飞奔过去，接着这位妇女——茉姆的姑姑，也开始尖叫，两人相拥而泣。

不一会儿，似乎整座村庄的人都尖声大叫地奔向茉姆。茉姆的母亲在一英里之外的市场看摊儿，一名小孩跑去跟她说茉姆回来了，她一听，连忙冲回村庄，边跑边流泪。她紧紧抱住女儿，女儿试着跪下来请求原谅，结果两人都跌到地上。一两个钟头之后，尖叫喧嚣声才慢慢停歇，泪水也渐渐干去，大家临时办了一场宴席。家人可能怀疑茉姆当初是被人贩子给卖了，但是当她模糊表示这几年一直在柬埔寨西部工作时，他们并没有继续追问。家人决定让茉姆去市场卖肉，就在她母亲的摊位旁。尼可也留下一些钱，用来资助这个计划。美国对柬埔寨援助机构同意照看茉姆，协助她转换人生跑道。接下来几天，茉姆一再打电话报告进度："我们已经把母亲旁边的摊位租下来了，我明天就会去工作。"

她告诉我们："一切都很顺利，我再也不会回到波贝镇了。"然而，一周之后，我们的口译洛·钱德拉（Lor Chandara）发来一封令人痛心的电子邮件：

超级坏消息。茉姆小姐的父亲说她已经自愿回到波贝镇的妓院了。我问她父亲是否有人打她或责怪她，但他说茉姆没有遭到任何负面的对待。茉姆星期一早上八点就不告而别，但是把手机留给了家人，昨晚打电话跟他们说她在波贝镇。

就像许多妓女一样，茉姆染上了甲基安非他命[1]的毒瘾。妓院老板常给旗下娼妓注射甲基安非他命，让她们听话，并因依赖毒品而无法离开。她回到村庄之后，毒瘾发作无法自拔，不得不回到妓院注射毒品。

但一旦注射了毒品，她就想离开妓院。美国对柬埔寨援助机构的伯纳德·克里舍又把她送到金边两次，并且资助她在那里安定下来，但是她每一次都在几天之后逃走，拼命想回到毒品的供应处。茉姆绝非“难缠的女人”，她很甜美，甚至甜到令人有点厌腻。她总是买礼物送给朋友，天天在佛龛前为朋友祈福。她渴望永远离开妓院，但是无法克服毒瘾。

我们再到波贝镇时，已经是整整一年之后了。尼可走进茉姆的妓院时，正好撞见她，她流着眼泪连忙跑开了。直到冷静下来后，她才出来跪在地上请求原谅。

“我从来没撒过谎，但是我骗了你。”她楚楚可怜地说，“我说我不会回来，但是我回来了。我不想回来，但我还是回来了。”

娜思和茉姆的例子表明，许多娼妓既非自愿，亦非受到奴役，而是活在一个介于这两种极端之间的灰色地带。茉姆回到妓院之后，老板准许她自由地和嫖客离开，她要是想逃跑，也很容易做到。但就因为毒品

1 即冰毒，一种兴奋剂毒品。——编注

和欠债，她想走也走不了。

几年过去了，茉姆年纪越来越大，接客价降至一回1.5美元。后来她多了一名室友，不接客的时候，两人就共享她在妓院的小隔间。这名新室友名叫温柔，年方十六，她是离家出走的：有一天她骑着家里的摩托车出去，结果摩托车失窃，她无法面对父亲的责骂，就跑了。人贩子说帮她在波贝镇找个旅馆清洁女佣的工作，却把她卖到茉姆待的妓院，她在那里被毒打，直到同意接客。茉姆成为她的看守者，确保她不会逃跑。

茉姆在妓院里被虐待了多年，现在却似乎不知不觉地滑入了管理者的角色。如果继续下去，她就会成为年轻女孩进入情色行业的推手——或是打手，就像她自己曾经被打那样。奴隶晋升为监督者。

然而那样的命运并没有实现——警方强制取缔妓院，结束了茉姆的经理之路。茉姆的老板是名中年妇女，叫作娑蔻儿，她总是抱怨这个行业艰辛。“赚来的钱仅能糊口，要做的活儿可多啦！”她坐在妓院兼全家住所的门厅里，总是这样哀叹，“再加上那些醉汉总是酒臭熏天又讨人厌，而警察只会伸手讨红包。”娑蔻儿的美梦幻灭了。一来是她丈夫在妓院里从不做事，只会没完没了地和妓女上床，这让她怒不可遏，最后终于跟他离了婚。此外，她也替13岁的女儿担心，女儿在门厅做功课时，随时都有喝得酩酊大醉的男人大摇大摆地闯进来，只要看到是女的，就不分青红皂白地乱摸乱抓。2008年，柬埔寨当局因西方逐渐增强的施压而强制取缔了性交易，这导致人贩子或妓院引进新女孩的成本提高，警方也开始向妓院老板索求更大的红包。附近任何一名警察都会顺道进来，勒索五美元。这样一来，波贝镇大约一半的妓院倒闭了。娑蔻儿气愤地表示她会改行试试看，说：“既然没赚头，不如早点收手，也许可以开个小杂货店。”

其他妓院也没有一家要买进女孩。茉姆突然发现自己自由了，这让她既兴奋又恐惧。她嫁给了一名警察恩客，两人在男方家安定下来。2008年的圣诞假期，我们带上三个小孩，全家五口一起去柬埔寨，在波贝镇与茉姆愉快地相聚。“我现在是家庭主妇了，”她春风满面地跟我们说，“我再也不用接客了，我永远摆脱那样的日子了！”

至于娜思，一开始因为村里没有其他店面竞争，她的杂货店生意很好。但喜上眉梢的日子并没有过太久，后来其他村民看到娜思财源广进，也相继开起店来。很快，村里就有了五六间店面。娜思的生意萎缩不少。

更糟的是，娜思的家人还是把她当没有权利的傻丫头来看，家里任何一名男丁只要需要东西，就直接去她店里拿——有时候付钱，有时候没有。有一次过节，娜思家族的男丁因为没有足够的钱来准备盛宴，就去她的店里洗劫一番。娜思抗议了。

她母亲后来说：“娜思气疯了，她说我们整个家族都不准再靠近店铺一步，否则就完蛋了。她说她需要钱来进货。”但是在柬埔寨的农村，没有人会听一个没上过学的女孩说话，大家继续我行我素，她的店很快被掏空了，她也没有钱再补货。店面开张四个月，她的经商计划宣告失败。

娜思觉得很丢脸，她跟几名闺友计划去城里找工作。人贩子答应帮她们在泰国找份洗碗的工作，但是要偷渡到那里得交100美元，她们没有这笔钱，只好欠人贩子的债。这是掌控女孩的经典方式：借她们高利贷，要是无法偿还，就把她们卖到妓院。

娜思担心这样的风险，但是赚钱是当务之急。她父亲患了肺结核，不时会咯血，他们急需钱给他治病。娜思决定放手一搏。当她和她的闺友正要动身去泰国时，美国对柬埔寨援助机构的一名救援人员顺道来访，得知了娜思的情况。救援人员担心她们中了人贩子的圈套，劝娜思不要冒这个险。但是她还能怎么办呢？

该机构的伯纳德·克里舍尝试了另一个方法。他安排娜思搬到首都金边，在莎波美容院学习理发，那是该市一家顶尖的美容院。娜思住在援助机构的大楼里，一边学习英文，一边在美容院工作，学习剪头发和修剪指甲。在一次化妆比赛上，她得了第三名，这鼓舞她更踏实地生活，把一切精力都投注在学习上。

“我很满意娜思小姐的表现，她学得很认真。”老板莎波·蓝道说，但他觉得娜思有一个问题，“她不想帮人按摩，我已经跟她讲了好多次，但是她非常抵触。”娜思从来不敢跟莎波解释她畏惧按摩的原因。在“莎波”这样体面的美容院，按摩是跟性无关的，但是对于有娜思这种经历的女孩而言，想到要替人按摩，不管是哪一种，都会激起可怕的回忆。

慢慢地，娜思更柔和了。她原本瘦，带着些忧郁，但现在圆润了些，也松弛了下来，有时候还很活泼，喜欢咯咯傻笑。她回到了一个少女该有的样子，男孩子也注意到了。他们喜欢逗她，她则一概视而不见。

“我离他们远远的，”娜思冷冷地说，“我不想跟男生打情骂俏，我只想学做头发，想有一天能自己开美容院。”

娜思打算等学业完成之后，先在一家小型美容院当美容美发师，积累些经验，一两年之后，她要在家乡附近的马德望市（Battambang）开自己的美容院，这样既可以照顾父亲，也能赚钱给父亲治病。

没想到的是，娜思的健康状况开始下滑。她莫名地发烧和头痛，持续了好几个月，好不容易增加的体重又降了下来。她去马德望的诊所检查，医护人员给她做例行的艾滋病筛检。半小时后，他们交给她一张纸条，检验结果是艾滋病病毒呈阳性。

娜思如遭晴天霹雳。她走出诊所，那张纸在手中被揉成一团。在柬埔寨乡村，被确诊艾滋病有如被判了死刑，娜思不知道她还有多少日子可活。她日日以泪洗面，彻夜失眠。她这种人不习惯跟别人透露心中秘密或表达情感，但是压力在她内心愈积愈大，最后她终于告诉了我们。美国对柬埔寨援助机构试着安排她接受治疗，但是她认为自己已经无药可救了。她的神经因为强烈的自我否定和愤怒而紧作一团。她打算回到村里，好在家人身边死去。这时，一名叫作索西亚的男子开始追求她。对于娜思这样的乡下女孩来说，他真是魅力四射：上过大学，会说英语，身材高挑，文质彬彬。他比娜思大，看起来更成熟。能找到娜思这样漂亮的姑娘，他也欢喜无比。但是造化弄人，娜思没有办法，只能板起脸把他打发掉。这对一个陷入爱情的男人来说，可没那么容易。

“我爱上了娜思小姐，她却要我打退堂鼓。”索西亚说，“她跟我说：‘我很穷，又是农村的（他来自首都金边），别爱上我。’但我跟她说我依然爱她，至死不渝。”

娜思也爱上了他。不久之后，索西亚求婚，她同意了。娜思跟索西亚说她曾经在波贝镇工作，跟一位美国新闻记者是朋友，但是她不敢承认曾经当过妓女，更不敢说她艾滋病病毒检验呈阳性。心中的秘密时时啃噬着她的良心，但她还是没有勇气说出实话。

婚后不久，娜思怀孕了。带菌孕妇要是在分娩前服用卫滋这种药物，生完孩子后也不喂母奶，就可以大幅降低母体垂直感染的风险。但这样一来，她就得告诉丈夫她感染了艾滋病病毒，而且是在从妓时感染的。看着娜思和索西亚夫妻经历这些，我们感到非常心痛，因为索西亚是如此深爱着这个秘密危害他及他们孩子性命的女子。

一天下午，我们坐在他们家外头聊天，索西亚跟我们说他父母瞧不起娜思，因为她曾经在餐厅工作过，他们认为女孩子做这种工作是很没面子的事情。“我父母气疯了，因为我告诉他们我会爱娜思一辈子。”索西亚说，“父母永远不准我回去了，说：‘选娜思还是选我们，你自己看着办！’我父母想把我们分开，把我送去马来西亚，但是在马来西亚虽然吃得好住得好，我还是非常想念娜思，我必须回到她身边。就算惹上麻烦，也永远不会离开她——即使挨饿，我也要跟她在一起。”

听到这一番公开示爱的表白，娜思看起来心事重重，但是当他们四目相对时，便一起笑了起来。这原本该是娜思人生的巅峰，但是她骨瘦如柴，满脸病容，似乎已经进入艾滋病晚期。

“她变得越来越虚弱了，”索西亚担忧地说，“通常孕妇会想吃东西，但是她食欲没那么好。”

索西亚走开的几分钟，娜思转向我们，满脸憔悴。“我知道，我知道，”她低声说，听起来内心正经历一番天人交战，“我想跟他说，我试着跟他说，但是他那么爱我，他该怎么办啊？”她摇着头，哽咽了起来，“这是第一次有人真心爱我，我开不了口。”

我们跟她说她要是爱索西亚，就得跟他明说。索西亚回来时，我们试着把话题导向娜思的健康。“你们夫妻俩都应该在生产前做艾滋病病毒检查，”尼可建议道，语调故作轻松，像是随意地提起，“感染方式无奇不有，现在检查是最好的了。”

索西亚温和地微微一笑，不屑地表示：“我确定我太太没有感染艾滋病病毒，我从来不和其他女孩出去，也没上过妓院，她怎么可能感染？”

我们后来又去拜访过娜思好几次，给她带食物和奶粉，让她吃得有营养一些，但是我们每一次看到她都心如刀割。在妓院短短的那段时间，带给她一个无药可救的绝症，而这个绝症正在让她、她丈夫和他们未出世的孩子步入穷途末路。她的生命似乎刚有好转，却又立刻跌入了谷底。

后来产期将至，娜思同意再做一次检测。不可思议的是，这次的检验结果是：**艾滋病病毒呈阴性**。这次的检测比上一次还先进可靠，娜思之前确实看起来病重憔悴，但可能是结核病、寄生虫或精疲力竭之故。无论如何，她没有艾滋病。

结果一出，娜思立刻觉得好了起来。她体重眼看着增加，很快地看起来更健康了。索西亚的父母因为孙子即将出世，原谅了他们夫妻，全家再度团圆。

2007年，娜思生了一个大胖儿子，看起来强壮又健康。娜思在院子里抱着他时，眼里散发出喜悦的光芒。2008年年底，我们全家顺道再次拜访娜思和她先生，她把她儿子抱出来给我们的孩子看，小家伙摇摇晃晃地走路时，娜思乐不可支。她回到学校，修习美发的最后课程，她婆婆打算买下一间小店面，让娜思经营美容美发的小生意。“我知道店名要取什么，”她说，“就叫作‘尼可与伯纳德’[1]。”在经历了那么多的波折与障碍后，她又重拾了生命的重心。那名曾经在妓院里恐惧得发颤的女孩，已经被永远埋葬了。

对我们而言，这则故事有三个教训。

一、把女孩从妓院解救出来不仅复杂和困难，未来也是个未知数。

---

1 即本书作者尼可与美国对柬埔寨援助机构的负责人伯纳德。——编注

解救她们有时候的确是不可能完成的任务，这就是我们为什么要把重心放在预防及终止妓院运营上的原因。

二、永不放弃。帮助他人是困难重重且变量很多的，我们的介入不见得总是成功，但是成功是可能的，而这些胜利之举无比重要。

三、即使如此广泛的社会问题无法全面解决，能够减轻和缓和也是值得的。我们可能无法教育贫穷国家的“所有”女孩，或是防止“所有”妇女死于分娩，或是把囚禁在妓院里的“所有”女孩解救出来，但是我们想到娜思的经历，就想起一则夏威夷寓言，这是曾经担任《纽约时报》摄影师的那卡·纳撒尼尔告诉我们的，他本身是夏威夷人。

一名男子到了海滩，发现到处都是被潮汐冲刷上岸的海星。一个小男孩在海滩上边走边把海星捡起来丢回海里。“小子，你在做什么？”男子问道，“海滩上有多少海星你知不知道？你怎么做都没用的啦！”男孩若有所思地停顿一会儿，又捡起一只海星，把它丢回海里。“至少对这只是绝对有用的。”他说。

第三章 学习大声反抗

新废奴主义者

讲理的人会调适自己以适应世界，不讲理的人企图调整世界来适应自己，因此所有的进步都有赖于不讲理的人。

——萧伯纳

有那么多妇女遭到绑架、贩卖、强暴和虐待，原因之一是她们逆来顺受，把苦水往肚里吞，尤其是任由男人予取予求，这是世界上大多数地区的女孩从小根深蒂固的心态，她们通常乖乖听从指示，即便那个指示是面带微笑地一天让人强暴20次。

这不是在怪罪受害者。女性受虐时乖乖接受，而没有冒着被杀的风险反击回去，其实是有实际理由和文化因素的。但现实情况是，只要妇女忍气吞声，虐待就会持续。如果有越来越多的女孩尖叫反抗、逃离妓院，那么拐卖的经营模式就会受到破坏。人贩子深知这一点，因此他们往往找未受过教育的农村女孩下手，她们最有可能服从命令，默默接受命运的安排。如同马丁·路德·金在美国民权运动时所说："我们一定要挺直腰杆，为自由而战。没有人可以骑着你，除非你自己弯下腰。"

当然，这是个微妙又棘手的问题。外国支持者们呼吁当地女孩冒不当的风险，这是很危险的。但是，帮助年轻妇女找到自己的声音也是当

乌莎在她居住的贫民窟附近。
（拍摄：那卡·纳撒尼尔）

务之急。教育和赋权训练能够让女孩知道，女性气质不等于顺从，决断力是可以培养的，妇女可以为自己发言。这正是我们在印度中部城市那格浦尔（Nagpur）郊外的卡斯特巴纳加（Kasturba Nagar）贫民窟看到的现象。

卡斯特巴纳加的臭水沟渗透出污水、臭味和绝望。当地居民是达利人（Dalits）——碰不得的“贱民”。他们大多肤色黝黑，从服装和举止看得出来出身低下。他们住在弯曲泥土巷的简陋小屋里，每逢下雨，巷子就成了污水和烂泥混杂的沟渠。卡斯特巴纳加的男人大多拉人力车、当仆人或从事肮脏的体力工作，妇女则出去做帮佣或在家里带孩子。

在这种几乎失去了一切可能性的恶劣环境里，竟有一名叫作乌莎·那拉亚尼（Usha Narayane）的年轻女子在逆境中甩掉了绝望。乌莎28岁，脸蛋圆润，浓眉大眼，留着一头乌黑的长发。她虽然个子矮小，却全身充满活力。在印度这种地方，人们长期营养不良，身上的肉可能是地位和名望的象征，而乌莎的体重正显示了她的成功。她说起话来滔滔不绝。

她父亲马都卡·那拉亚尼也是贱民，但有高中学历，目前在电话公司上班，这在当地算是一份好工作。乌莎的母亲奥卡也是难得受过良好教育的妇女：虽然15岁就嫁人了，但是她读到了九年级，阅读书写都难不倒她。父母皆认定小孩要接受扎实的教育，这才是脱离卡斯特巴纳加之道。他们节衣缩食，省下的每一卢比都用到孩子的教育上——果然每个孩子都闯出了一番事业，在一个从没有人上过大学的贫民窟里，那拉亚尼家的五个孩子，包括乌莎，都拥有大学学历。

想到这样的教育对女儿带来的影响，乌莎的母亲虽然欢喜，但也有点恐惧。“她什么都不怕，”奥卡说，“任何人都吓不到她。”乌莎大学毕业后拿到了酒店管理的学位，将来似乎一定会在印度某处管理一家高级酒店。她已经逃离了卡斯特巴纳加，正准备接受一份工作。没想到当她回来探望家人时，却遭遇了野心勃勃、志得意满的阿酷·亚达夫。

阿酷·亚达夫可以说是卡斯特巴纳加的另一种“成功”。他的种姓阶级较高，原本是黑帮老大底下无足轻重的走狗，后来成为无恶不作的流氓，称霸贫民窟。他手底下有一帮恶棍，这些人控制了整个卡斯特巴纳加，抢劫、施虐、谋杀，无所不为，而且总能逍遥法外。在中产阶级的小区里，印度当局会防止黑帮如此嚣张跋扈。但是在贱民或低阶种姓居民所住的贫民窟，当局鲜少插手，只会接受贿赂，因此流氓帮派有时候会成为绝对的统治者。

15年来，阿酷·亚达夫不断欺压卡斯特巴纳加的居民，同时精明地建立了一个小型企业王国。他的特长之一就是以强奸要挟、恐吓任何与他唱反调的人。要是出了人命，留下尸体倒是麻烦，还需要准备红包，好防止警方介入调查。而被强奸却严重有损名誉，通常受害者不敢声张，因此性羞辱是控制社群的有效手段。

贫民窟的街坊邻居表示，阿酷·亚达夫曾经在一名女子刚结婚之后就强暴了她。另一次，阿酷·亚达夫把一名男子身上的衣服剥光，用香烟头烫他，然后强迫他在自己16岁的女儿面前跳舞。他们说他曾经虐待一个名叫艾秀·巴格特的女人，在她女儿和几名邻居面前割下她的乳房，然后在街上把她碎尸万段。邻居阿维纳许·提瓦力对于艾秀惨遭杀害心生恐惧，打算报警，于是阿酷·亚达夫也把他给杀了。

暴行一件接着一件。阿酷·亚达夫和几个跟班儿轮奸了卡尔玛，而她十天前才刚生了孩子。卡尔玛觉得从此以后无脸见人，就往身上浇了煤油，然后点火烧死了自己。另一名妇女怀孕七个月时，这帮恶棍把她从家里拖出来，剥光她的衣服，众目睽睽之下强暴了她。这帮人越是惨无人道，当地居民就越是噤若寒蝉。

25个家庭搬走了，但是大部分贱民别无选择。为了适应这样的恶劣环境，他们只好让女儿辍学，锁在家中，不让别人看到。卖菜的小贩都避开卡斯特巴纳加。而只要阿酷·亚达夫专找贱民下手，警方就不会介入。

“警方的阶级意识非常严重，”乌莎说，“你要是肤色较浅，他们就会认为你阶级较高而可能帮你忙。但是任何肤色较黑或蓬头垢面的人，他们就会欺负你。经常有人去向警方投诉，却反遭警方逮捕。”一名妇女报警，说她被阿酷·亚达夫和他的手下轮奸，结果警方反过来也轮奸了她。

乌莎一家是唯一逃过阿酷·亚达夫的魔掌的。他对他们避而远之，担心他们有高等教育撑腰，向警方投诉可能会很有效。在发展中国家，欺负文盲通常是没有风险的，但想要找受过教育的人下手，就比较危险了。不过，当乌莎回去探望家人时，势不两立的这两家终于杠上了。

阿酷·亚达夫刚强暴完一名13岁少女，正觉得自己雄风大展，好不威武，趁势与手下到乌莎家的邻居蕾娜·登吉利家勒索。那些走狗摔烂她的家具，威胁要杀了她家人。乌莎事后赶过去，她让蕾娜去报警，蕾娜不肯，于是她自己跑去警察局报案。警方把此事通报给阿酷·亚达夫，他勃然大怒，带了40个跟班堵在乌莎家门前。他拿着一瓶硫酸，在门外喊着要乌莎少管闲事。“你撤回诉状，我就不会伤你。”他说。

乌莎挡住门，大声吼回去，说她永不妥协，接着手忙脚乱地打电话报警。警方说他们会过来，但是一直没动静。这边，阿酷·亚达夫正在砰砰砸着大门。

“泼你一脸硫酸，看你还敢告状！”他咆哮道，“你落到我们手里，叫你吃不了兜着走！轮奸算什么，我们会怎么对付你，你想都想不到！”

乌莎骂回去，阿酷·亚达夫不甘示弱，绘声绘色地描述他会如何强暴她，用硫酸烧她，把她碎尸万段。正当他和手下试着砸门时，乌莎打开家里用来做饭的瓦斯桶，然后抓起一根火柴。

“你们要敢闯进来，我就点火，咱们同归于尽！”她疯狂地吼道。那些混混闻到瓦斯味，踌躇了起来。“走开，要不然你们全会被炸飞！”乌莎再度喊道。攻击者往后退了。

这场对峙的消息迅速传遍了邻里街坊。大家都为乌莎深感骄傲，想到阿酷·亚达夫可能会杀了她，他们非常心痛。邻居们本来已经聚集在不远处了，只是不确定要采取什么行动。但是当看到乌莎反击回去，冲着阿酷·亚达夫大声痛骂，最后还逼得他的手下撤退了几步时，他们不禁士气大增。很快地，街上聚集了100名愤怒的贱民，他们捡起棍棒和石头。

“大家逐渐明白，要是他连乌莎也不放过，那这座村庄是真的没救了。”一名邻居解释。乱石砸向了阿酷·亚达夫的手下，他们看见这群怒气冲冲的村民时，一个个抱头鼠窜。贫民窟一片欢腾，贫民对抗黑帮获得胜利，这是破天荒头一遭。贱民涌上街头，欢欣鼓舞。接着他们走到阿酷·亚达夫的家，一把火把他的房子烧了个精光。

阿酷·亚达夫跑去警察局，警方为了保护他而将他逮捕。这些警员显然是打算先将他拘留，等到居民的怒火熄灭后再放他回去。阿酷·亚达夫的保释听证会已经安排好，谣传警方已被买通，打算释放他。保释听证会在数英里外的那格浦尔市中心举行。那天，几百名妇女从卡斯特巴纳加步行到那里，走进挑高天花板、铺着大理石地板的法庭，虽然其富丽堂皇的英式装潢早已有了岁月的痕迹，但看起来依然十分宏伟。贱民妇女们穿着拖鞋，裹着褪色纱丽，她们在这样的建筑里非常不自在，但还是在前面几排坐了下来。阿酷·亚达夫趾高气扬地走了进来，他捕捉到了这些妇女在这里的不知所措，脸上更加信心满满。他瞥见自己曾经强暴过的一名妇女，轻蔑地嘲笑她是妓女，冲她喊，说他还会再强暴她。那名妇女冲上前去，用拖鞋敲打他的头。

“我跟你拼了！”她尖声咆哮。说时迟那时快，众人如水坝决堤一般蜂拥向前，显然是事先安排好的。卡斯特巴纳加的所有妇女一拥而上，呐喊着，把阿酷·亚达夫团团围住。有些人从衣服底下拿出辣椒粉，往阿酷·亚达夫和两名看守警员脸上撒。警员的眼睛被弄瞎了，吓得连忙逃离了现场。接着，几名妇女从衣服里掏出刀子，开始往阿酷·亚达夫身上猛刺。

“原谅我，”他大叫，吓坏了，“原谅我！我不会再犯了！”妇女轮流传递刀子，往他身上不住地戳。她们之前已经说好，每个人至少要刺他一下。接着为了报复他割掉艾秀·巴格特乳房的举动，她们采取恐怖手段，把他的阴茎割掉了。最后，他成了一团碎肉。我们后来拜访时，法庭的墙壁上还留着他的血渍。

沾染血渍的妇女踏着大步凯旋，告诉她们的丈夫和父亲，她们灭了那个魔鬼。贫民窟沸腾了，家家户户播放音乐，在街上翩翩起舞。他们把钱筒里的积蓄掏出来购买羊肉和甜食，把水果分给亲朋好友。整个卡斯特巴纳加的欢乐程度不亚于一场大型婚宴。

很显然，攻击阿酷·亚达夫的举动是事前仔细规划好的，而乌莎是领导者。因此，乌莎虽然能够证明她当天没有在法庭里，但是警方还是逮捕了她。然而，这场杀害事件让公众的视线聚焦到卡斯特巴纳加，舆论强烈抗议。已退休的高等法院法官包法翰公开支持那些妇女，他表示："在那样的情况之下，她们别无选择，只能杀掉阿酷。妇女们曾再三向警方寻求保护，但是警方没有保护她们。"

贫民窟的数百名妇女认为，要是她们全部人都表示为这起攻击事件负责，那么就没有一个人要为谋杀负责。她们的理论是：如果几百名妇女每人都往阿酷·亚达夫身上刺一刀，那么就没有一个伤口是致命的。整个卡斯特巴纳加的妇女皆喊着同一口号："我们一起杀了他，逮捕我们全部吧！"

"这件事我们全都有责任。"一名害羞的年轻妈妈拉佳诗莉·蓝黛说。拘谨的45岁家庭主妇吉嘉·摩儿补充："我很得意我们做了这件事……如果有人得受惩罚，我们所有人一起担当。"吉嘉心满意足地声明，"我们女人变得什么都不怕，我们在保护男人。"

沮丧的警方在两周之后释放了乌莎，条件是她必须待在老家，哪儿都不能去。酒店经理的生涯规划可能要泡汤了，她也确定阿酷·亚达夫的手下为了报复，可能会强暴她或泼她硫酸。“这我倒是不在乎，”她信心十足地扬起头，不以为意地说，“我才不担心他们来报复呢！”她成为小区工作的组织者，展开了自己全新的生活。她运用管理技巧来凝聚贱民，大家一起制作渍菜、衣服和其他产品在市场上卖。她要贱民开创事业、增加收入，才会有足够的资金接受更多教育。

现在乌莎的收入仅能糊口，但是她成了卡斯特巴纳加爆发力十足的新领袖、贫民窟的女英雄。我们去拜访她时，出租车司机一直找不到她家。司机在卡斯特巴纳加不时停下来问路，但是每个人都坚持说没有这个人，或是故意指错方向。最后，我们只好打电话给乌莎报告我们的困难，这才看到她走到大街上，向我们招手。她解释每一个误导我们方向的人都会派一个小孩跑去跟她通报，告诉她一名陌生人正在找她。“他们想保护我，”乌莎笑着说，“整个小区都在当我的眼线。”

卡斯特巴纳加的一连串事件令人惴惴不安，其中没有简单明了的道德训示。虽然我们对于这样的血腥结局感到不安，也无法认可谋杀的行为，但是看到女性经年默默承受虐待，而终于有乌莎这样的女子带头反抗，的确是宣泄了一股不平之气。

“赋权”一词是救援社群团体的陈腔滥调，但是赋权的确是需要的。伸张正义的第一步，就是改变女性顺从的文化，这样一来，女性才能够变得更有决断力、更有信心。之前说过，像我们这样的外人坐而论道当然很容易，毕竟大声抗议而承受可怕风险的人并不是我们。但是当一名女子挺身而出时，外人的声援拥护是绝对必要的，我们也必须建立制度来保护这样的人。有时候，我们甚至需要为性命不保的人提供政治庇护。从更广泛的层面来看，鼓励妇女维护自身权利的最重要方式，就是教育。在贫穷国家推动和普及教育，这方面我们能够做的还有很多。

终究而言，那些住在卡斯特巴纳加的女性是需要亲身加入人权改革的。她们是解决问题的部分答案：如果更多妇女不再把另一边的脸颊给对方打，并且开始反击回去，人口贩卖和强暴就会减少。

新废奴主义者

扎克·亨特（Zach Hunter），12岁，与家人住在美国亚特兰大。在学校听到今日世界依然存在着各种各样的奴役时，他非常震惊，开始查找这方面的数据。他看得越多，就越觉得惊骇万分。虽然还只是个七年级学生，但他认为自己可以做些什么。他成立了一个团体，叫作“零钱，零捆锁”（Loose Change to Loosen Chains，简称LC2LC），这是学生推动的反现代奴役运动。他在第一年筹募了8500美元，此后该运动蓬勃发展。

扎克现在是高中生，他不停地在国内奔走，向学校及教会团体解说人口贩卖的状况。在My Space网页上，他定义自己的职业是“废奴主义者／学生”，他的偶像是18世纪提倡废除奴隶制度的英国斗士威廉·威伯福斯。2007年，扎克向白宫提交10万人联署的请愿书，呼吁政府对于打击人口贩卖采取更多行动。他也出版了一本给青少年看的书，叫《推动改变：终止奴役及改变世界手册》（*Be the Change: Your Guide to Ending Slavery and Changing the World*），同时在全国各地的学校与教会酝酿筹组LC2LC分会。

“社会企业家”（social entrepreneurs）这个运动正在爆炸性地成长，扎克是其中一分子，他们提出新方法来支持发展中国家的女性。一般的救援工作者在救援官僚体制中运作，而社会企业家成立新组织、公司或开展运动来创造自己的环境，用创意十足的方式解决社会问题。社会企业家对于资本主义并不抱持传统的怀疑态度，他们有不少人收取服务费用，利用商业模式来达到永续经营。

曾经担任过管理顾问及政府官员的比尔·德雷顿（Bill Drayton）是推广社会企业家精神的重要人物，他说："社会企业家并不满足于送鱼给人吃或教他们怎么钓鱼，他们非得要把钓鱼产业彻底改革一番不可。"德雷顿是社会企业风险投资组织"阿育王"（Ashoka）的创办者，该组织扶持和培训全世界的社会企业家，这些被称为"阿育王伙伴"（Ashoka Fellows）的社会企业家，目前超过2000人，其中许多投身到了女权运动中。德雷顿简述了社会企业家兴起的历史：

农业社会仅产生少量的盈余，因此只有一小群精英可以迁居城镇，创造文化及有自觉意识的历史。这样的模式持续了很久：少数人垄断主动权，因为只有他们才拥有社交工具。这就是为何从罗马帝国衰亡到1700年左右，西方的人均所得一直没有起色。不过到了1700年，北欧开始发展出一个新结构：在更开放、更具包容性的政治环境下成长起来的企业性／竞争性商业模式……带来的结果之一，是西方经济从历时1200年的停滞状态中破茧而出并急速蹿升，很快地超越了世界有史以来的纪录。18世纪的平均个人所得增加了20%，19世纪增加了2倍，20世纪增加了7.4倍。然而，大约在1980年之前，这样的转变始终绕过了社会这一半……到了1980年左右，冰层才开始破裂，整个社会竞技场才产生结构性的骤变，进入现在这种新的企业式竞争性结构之中。然而，冰层一旦破碎，随之而来的改变就如排山倒海，除了一些主政者胆小畏怯的国家之外，可以说整个世界都发生了如此剧变。这第二拨大转变的优势在于：不必担任先驱和献身者，而是跟随商业的步伐，因此这种企业型社会机构在解决社会议题的同时，能够一直促进生产力快速发展。从这方面来看，这就类似泰国这种成功转型的发展中国家。根据“阿育王”的最佳估计，每10～12年，社会领域所释放的生产力水平与商业领域生产力水平之间的差距就会缩小一半。

想想看，要是女权运动有一大群社会企业家撑腰，其效果能够增加多少。在对抗贫穷及奴役等方面，联合国及救援机构已开始努力不懈地寻找技术上的解决之道，包括改善疫苗及引进新的钻井技术——这些很重要。但是行动过程也有赖于政治及文化上的改进，同时，坦白说，还有赖于个人的号召力。通常，关键在于一位具有领导力的领袖，例如美国的马丁·路德·金、印度的甘地以及英国的威廉·威伯福斯。投资在这些新兴领袖身上，跟投资在行动过程上是同样重要的。这就是德雷顿通过“阿育王”所推动的理念，这是大多数救援组织没有领会到的。

“这的确是救援团体促进发展及政府施力的一大盲点。”《如何改变世界》（*How to Change the World*）这本关于社会企业家的精彩好书的作者戴维·伯恩斯坦（David Bornstein）表示。大型捐助者，不管是政府救援团体还是大型慈善组织，都想采用效益可测量的系统来介入，这么做是有充分的理由的。但是这样一来，他们就会因为没有设立网络来认同及扶持大有可为的个别领袖，而错失了改变社会的良机。捐助者一般不会设立具有针对性的、以社群为单位的小笔补助金——虽然这样的补助金可以成为改变的重要工具。当然，一些团体意识到了这一点，他们以风险投资者之姿，支持那些海外的小规模计划，事实上，这正是支持“阿育王伙伴”的“阿育王”组织在做的事情。同样，雪莉的研究生同学卡薇塔·朗达斯（Kavita Ramdas）所负责的“全球妇女基金会”（Fund for Women Global），从1987年起已经资助了167个国家的3800个以上的妇女组织。总部设于纽约的“国际妇女健康联盟”（International Women's Health Coalition）以倡议运动而出名，但是也把奖金颁予全球支持妇女的小团体。

扎克是杰出的社会企业家，鲁奇拉·古普塔和乌莎·那拉亚尼也是。虽然全世界的女性在政治领域的职位一般没有那么高，但是社会企业家的较高层经常由女性担任。即便在男人独掌政治权力的国家，女性也已成立了自己的组织团体来发挥影响力，成功地推动改变，而许多女性已晋升为社会企业家，领导反性交易的新废奴主义运动。其中一人就是苏妮塔·克里希南（Sunitha Krishnan），她是印度的“阿育王伙伴”，是性交易打击者中的传奇人物。我们听过关于她的很多故事，真正见到时，却没想到她如此娇小。本来她不到1.4米，又因为先天性裂足所导致的跛脚而显得更小了。

苏妮塔出生在一个中产阶级家庭。幼儿园时，她经常拿着一块写字板，把当天在学校所学的知识教给一群贫穷人家的孩子。那个经验深深印刻在她心里，在整个成长过程中都难以忘记。她决定长大后去做社工。她在印度的大学及研究生院皆攻读社工专业，焦点放在提升人们的读写能力上。有一天，她和一群同学在组织村庄里的穷人学习时，一帮男人出现了。

“他们不喜欢我们，想教训我们。”苏妮塔回忆道。目前她经营的收容所位于海得拉巴市（Hyderabad），其东北方将近1000英里处，就是鲁奇拉·古普塔为米纳奋战的那个比哈尔村庄。苏妮塔在收容所小而简陋的办公室里跟我们娓娓道来，用的是上流社会优雅的印度式英文，听

苏妮塔在她设立的收容所前与孩子们交谈。
（拍摄：尼可拉斯）

起来比较像是大学教授，而非社会运动分子。她态度超然、条理分明，但是讲到接下来发生的事情时，依然面有愠色：那帮男人强暴了她。苏妮塔没有报警，“我知道根本没用。”最让苏妮塔震惊的是，她发现大家竟怪罪在她头上，她家人也觉得很丢脸。“强暴本身对我没有那么大的冲击，”她说，“影响我更大的反而是社会对待我的方式、人们看我的眼神。没有人追问那些男人为何如此，所有人都在质疑我为何去那里、我父母为何给我那样的自由。后来我发现，我的遭遇是仅有的一次，而对许多人来说却是每日发生的。”

这件事之后，苏妮塔决定把事业重心由提升人们的读写能力转向反对性交易上。她走遍印度，尽量找机会与娼妓谈话，试着了解商业性交易的世界。她在海得拉巴定居，不久之后警方发动突击，强制取缔了该市的一个红灯区——也许是因为那些妓院老板平日贿赂金给得太少，警方需要展现一下威力。结果这场突击取缔酿成了个大灾难。一夕之间，该区的妓院关门大吉，在那里工作的女孩没有了食宿供应，娼妓这一行名声又是如此之差，她们无处可去。

“许多失业的妓女自杀了，”苏妮塔回忆，“我帮忙把尸体火葬。死亡让大家团结一心。我回去找那些女人，问她们：‘请告诉我，你们到底希望我们帮什么忙？’她们回答：‘我们不需要，帮我们的孩子吧。’”

苏妮塔和天主教传教士乔·维提卡托（Joe Vetticatil）是密切的合作伙伴。目前，他已经过世，但是苏妮塔在办公室里挂着他的照片。她对他的信仰印象深刻。“我是虔诚的印度教徒，”她说，“但是基督济世救人的方式启发了我。”苏妮塔和乔修士在一个曾经是妓院的建筑里兴办学校，为妓女的孩子提供教育。一开始，有资格就读的孩子有5000名，但是只有五人注册。不过慢慢地学校越来越壮大，不久苏妮塔又成立了收容所，收容儿童与从妓院里拯救出来的妇女。她把组织取名为“普拉瓦拉”（Prajwala, www.prajwalaindia.org），意思是永恒的火焰。

红灯区虽然关闭了一处，但是海得拉巴市还有其他风化区。苏妮塔开始筹划行动，把女孩从妓院解救出来。她深入该市最为污秽的街巷，无所畏惧地跟娼妓谈话，试着激励她们团结合作，告发皮条客。她挑战皮条客和妓院老板，搜集证据呈报警方，逼着警方增加突击检查。这些行动都惹毛了妓院老板，他们无法了解，为什么一个跟松鼠差不多大小的女人（其实是个女孩）要处处跟他们作对，让他们无利可图。心怀怨恨的妓院老板组织起来，开始还击。暴徒攻击了苏妮塔和她的同事。苏妮塔说因为耳膜已经破裂，她的右耳聋了，此外还断了一只手臂。

苏妮塔的第一位员工是阿卡巴。他曾经当过皮条客，后来良心发现，改邪归正。他英勇无畏地帮助囚禁在红灯区的女孩，妓院老板为了报复，把他刺死了。苏妮塔怀着沉重的心情把阿卡巴惨遭谋杀的消息告诉了他的家人，她认识到自己得更加小心谨慎。

“我们后来明白这样的方式无法持续。”在谈到早期的手法时她表示，“我发现如果要长期待在这里，就必须为我的团队和他们的家人负责，我不能期望每个人都像我一样疯狂。”“普拉瓦拉”开始加强与政府和救援团体的合作，提供康复、咨询和其他服务。苏妮塔培训这些不再当娼妓的妇女制作手工艺品及书籍装帧（其他救援组织也提供这种培训），除此之外，她还培训她们当焊工和木工。“普拉瓦拉”提供6～8个月的职业培训，帮助她们学会一项生存技能。到目前为止，培训课程已让1500名左右的年轻女子恢复了正常生活。这些康复中心成为印度的一个奇景：年轻女子敲打铁钉，搬运钢条，操作机械，铁锤的敲打声和人们的叫喊声让中心朝气蓬勃。“普拉瓦拉”也帮助一些女孩回到家人身边，或是结婚，或是自力更生。苏妮塔表示，到目前为止，85%的妇女能够远离卖淫，但还有15%的人会重操旧业。

苏妮塔淡化这样的成效。“现在卖淫的人数比我们开始打击性交易时更多了。”她沮丧地透露，“我会说我们失败了。我们拯救了10个人，可是又有20人进入妓院。”这样的评估未免也太悲观了。

在海得拉巴市一个阳光普照的日子里，苏妮塔离开办公室，向她的学校走去。那个在办公室里忙忙碌碌、讲究效率的她消失了；那个在政府官员面前不苟言笑、严厉刚强的她也消失了。取而代之的是一种温柔。面对学校里嘻哈吵闹地围聚过来的学生，她一一呼唤她们的名字，询问课业进行得如何。

午餐是简单的炖豆子糊配印度薄饼，装在破旧磨损的锡盘里，校园里人人有一份。苏妮塔一边小口吃着薄饼，一边和一名志愿者聊天。这

阿巴斯现在避难所工作。她试图找一名艾滋病病毒检测同她一样呈阳性的男人结婚。

（拍摄：尼可拉斯）

名年轻女志愿者叫阿巴斯·拜，黑色头发，浅棕色皮肤，牙齿洁白。阿巴斯十二三岁时被带到德里，她以为是去做女佣，却发现自己被卖到了妓院，老鸨用板球棒毒打她，好让她乖乖听话。三天之后，阿巴斯和妓院的全部70名女孩被召集起来，观看皮条客拿另一名少女杀鸡儆猴。那名少女对抗嫖客，并且带头造反。她们看到少女全身被脱个精光，然后被五花大绑，接着是一顿毒打，最后肚子被刺了一刀，在阿巴斯和众人面前流血至死。

警方突击检查妓院后，阿巴斯终于成了自由身。苏妮塔鼓励她来“普拉瓦拉”学习职业技术。现在，阿巴斯正努力学习书籍装帧，同时也教导其他女孩如何避免遭拐卖。苏妮塔安排阿巴斯接受艾滋病病毒检测，结果呈阳性。苏妮塔正在试着帮她找一名同样呈阳性的男人，好让两人结婚做伴。

苏妮塔和阿巴斯希望世界上所有的妓院都消失，而不只是由法律管制。苏妮塔的声音在该区越来越有分量了。十几年前，要是想到一名个子娇小、脚部畸形的年轻女社工能够对海得拉巴市经营妓院的暴徒有任何影响，简直是天方夜谭。救援团体太过理智，无法解决此问题。但是苏妮塔天不怕地不怕地大步走进红灯区，这种大胆作为正是社会企业家的正字标记。这些人可能很难搞、看似不讲理，但是这些特质有时候正是他们成功的因素。

但如果仅凭一己之力，反妓院运动也很难持久，苏妮塔得到了美国捐助者的支持，这让她的影响力倍增。其中，“天主教救济服务组织”（Catholic Relief Services）更是苏妮塔及“普拉瓦拉”计划的忠实拥护者。苏妮塔成为“阿育王伙伴”后，比尔·德雷顿也为她引介人脉，进一步强化了她的声音。这是第一及第三世界联盟合作的雏形，而且是废奴主义运动所需要的新模式。

第四章

以强暴作为统治手段

穆赫塔尔的学校

摧毁女性、操控女性、贬损女性，让女性受限于传统定位的，正是暴力的机制。

——伊芙·恩斯勒，《回忆、独白、宣言与祈祷》

（Eve Ensler, *A Memory, a Monologue, a Rant, and a Prayer*）

强暴已成为南非的地方特色。因此，当医疗技术员桑妮特·埃勒斯（Sonette Ehlers）研发出一款抗暴产品时，立刻轰动全国。埃勒斯永远忘不了一名受害者曾绝望地告诉她："要是那下面有牙齿就好了。"后来，一名男子来到埃勒斯所在的医院求诊——因为他的阴茎被长裤拉链夹住了，剧痛难当。埃勒斯结合这两个经验，发明了这款被命名为Rapex的产品。Rapex看上去就像个管子，里头有倒钩，女性可以像使用有导管的卫生棉一样将其放入体内。当遭遇强暴时，男方就会被倒钩穿刺，必须前往急诊室移除Rapex。有批评者抱怨说这简直是中世纪的惩罚，埃勒斯简洁地回应："这是针对中世纪行为的中世纪装置。"

Rapex这一产品的诞生，反映出大多数发展中国家无所不在的性暴力，它造成的伤亡人数远比任何战争都要多。调查显示，全世界大约有1/3的妇女遭受过家暴。年龄在15～44岁的妇女，因男性暴力导致伤残或死亡的比率，比癌症、疟疾、交通事故和战争所造成伤亡的总和还高。世界卫生组织的一项重要研究表明，在大多数国家，30%～60%的女性曾遭受丈夫或男友的肢体暴力或性暴力。世界卫生组织的前任总干事李钟郁表示："亲密伙伴所施予的暴力，是导致女性健康状况不佳的一大因素。"因强暴受辱，许多女性事后都不愿报警，因此研究员难以得出精确数字。但证据表明，强暴的问题非常普遍：21%的加纳妇女表示，她们的初次性经验是被强暴；17%的尼日利亚妇女说，在19岁之前，她们曾遭受强暴或强暴未遂；21%的南非妇女表示，她们在15岁之前被强暴过。

暴力侵害妇女的方式也在不断推陈出新。第一宗有记录可查的硫酸攻击案例发生在1967年的孟加拉国。如今，在南亚或东南亚地区，女性因拒不服从男性强暴而被泼硫酸的事件时有发生。硫酸会腐蚀她们的皮肤，有时候还会连着腐蚀皮下的骨头。要是硫酸触及眼睛，她们就会变成盲人。在欺压践踏女人的世界里，这是技术上的革新。

这种暴力行为的目的通常是压制女性。在肯尼亚，女性竞选公职的障碍之一是24小时贴身保安的高昂费用。保护措施必不可少，因为政敌可能派人强暴她们——他们认为通过这种方式，特别能够让女性候选人因受辱而身败名裂。为此，肯尼亚的女性候选人会随身携带刀子，穿上多套紧身衣裤，好阻碍及延迟任何强暴行为。

在许多贫穷国家，问题的关键不在于个别的恶徒或强奸犯，而在于整个社会弥漫的性侵犯风气。这就是沃妮雪·吉本内（Woinshet Zebene）所处的世界。

沃妮雪是来自埃塞俄比亚的黑人女孩，肤色较浅，长发往后梳着，脸上总是一副严肃而坚决的表情。在她成长的乡村，绑架和强暴女孩有

沃妮雪和父亲吉本内在亚的斯亚贝巴。
（拍摄：尼可拉斯）

着悠久的传统。在埃塞俄比亚的乡下，要是年轻男子看上一个女孩，但是付不起聘金，或是他认为女方家人可能不会接纳自己，他就会召集几名朋友一起绑架并强奸这个女孩。如此一来，他立刻取得谈判优势，因为女孩破了身之后就很难嫁给别人。男方承担的风险微乎其微，因为女方家长永远不敢控告强暴者，否则女儿更将名声扫地，并且会因为违背传统习俗而遭社会唾弃。的确，在沃妮雪遭到强暴的那个年代，埃塞俄比亚法律明文规定：一名男子不会因为侵犯女性而遭起诉，只要他事后将其娶进门。

“我们村里有很多这样的例子。”沃妮雪的父亲吉本内表示。几年前他就离开村庄，去首都亚的斯亚贝巴当了一名小贩，也会定期回来看看家人。“我知道这对女孩很不利，但我们束手无策，她们全都嫁给强暴自己的男人。那些男人逍遥法外，大家都心知肚明他们干了什么，可他们一犯再犯。”

沃妮雪和父亲坐在棚屋里，描述着事发经过。棚屋位于亚的斯亚贝巴的城市边缘，没有安装消声器的轿车和巴士在屋外川流不息，隆隆作响。四面都住有邻居，房间仅由单薄的墙壁隔开。沃妮雪和她父亲低声细语，免得让人听到自己遭强暴一事。沃妮雪个性内向，父亲试着解释村民不是坏人时，她一直盯着自己的双手，偶尔看一眼他。“在村里，偷窃是很可耻的行为。”他说，“要是有人偷一只山羊，大家就会把他毒打一顿。”但是，为何绑架女孩却被容许?

“偷窃东西的罪行，还是比偷窃一个人来得严重。”吉本内哀伤地说。他看一眼沃妮雪，又说：“我从来没想过这种事会发生在我们家。”

坐在昏暗的棚屋里，沃妮雪的视线依然是下垂的时候居多。她语气沉静地接着说下去。那时，她只是一个年仅13岁的七年级学生，还住在村子里。

“他们来的时候，我们睡得正熟，”她平静地说，“可能是半夜十一点半。我猜他们不止四个人。我们家没有电，但是他们带了一支手电筒。他们破门而入，把我带走。我们全家大声呼叫，但是没有人过来阻止。”

沃妮雪不认识绑架她的阿贝鲁·杰玛（Aberew Jemma），也从来没跟他讲过话，但是阿贝鲁早就注意到她了。整整两天，那帮人不断地殴打和强暴她。她的家人和老师前去报警，要求警方救人。警察赶到时，沃妮雪逃了出来——她失控地奔跑在村里的小路上，哭喊着，浑身满是鲜血和伤痕。

吉本内一听到女儿遭绑架，连忙从首都赶回来，他不愿意让勤奋好学又可爱的女儿嫁给强暴她的男人。在亚的斯亚贝巴时，他经常收听

“埃塞俄比亚妇女律师协会”（Ethiopian Women Lawyers Association）播放关于女性权利的广播；他也看到，首都的女性都能充满自信地工作，任职重要的岗位，享受权利和一定程度的平等。于是吉本内与沃妮雪商量，决定不嫁给阿贝鲁。父女俩都是沉默寡言、行事低调的人，却很有骨气，两人都不愿意让步。他们虽然恐惧，但还是不愿意按照传统的方式息事宁人。他们决定向警方报案。

沃妮雪走了五英里的路，找到最近的巴士站牌，用了两天等来一辆巴士，一路艰难地来到设有康复中心的小镇。在那里，护士帮她做骨盆腔检查，并在病历上写道：“她已经不是处女。身上有许多瘀青和刮伤。”

沃妮雪回到村庄后，长老们希望她的家人与阿贝鲁和解。为了避免双方酿成血海深仇，他们不断向吉本内施压，要他接受两头牛的聘礼，让沃妮雪嫁给阿贝鲁。而这样的交易，吉本内连谈都不想谈。双方僵持不下，阿贝鲁与家人越来越担心会被起诉。他们研究出一套解决方案：阿贝鲁再次绑架沃妮雪，把她带得远远的，继续殴打强暴，直到她同意结婚。

沃妮雪设法逃了出来，可在归家的路上又被抓住。不可思议的是，阿贝鲁在绑架她之后，竟然还带她去地方法院，逼她向法官表示自己愿意嫁给他。然而，沃妮雪——这个被男人重重包围和威胁，一再被虐待的小个子姑娘，却告诉法庭官员她是遭绑架的，请求让她回家。这名男法官根本不屑于听一个女孩的遭遇，他劝沃妮雪不计前嫌，嫁给阿贝鲁。

“就算你回家，阿贝鲁还是会继续找你麻烦，”法官告诉她，“反抗是没用的。”

沃妮雪心意已决。她还不打算结婚，更不可能嫁给强暴她的人。“我想继续留在学校。”她语调轻柔地回忆着，态度相当坚决。阿贝鲁把她关在高墙深院里。大家都看到她被关了进去，也听到她尖叫求救，但是没有人搭理她。一次，她攀过围墙，逃了出去。

“大家都怪我破坏了传统，”沃妮雪愤恨地说，目光暂时从双手上抬起来，“他们批评我，说我怎么可以逃走。他们这种态度，让我非常生气。”沃妮雪为了存活下去，搬到警察局的监牢里住——遭强暴的受害者待在牢里，而强暴者却逍遥法外。警方拖了一阵子才开始搜集证据，包括沃妮雪家被撞坏的门，以及她被撕裂及沾了血渍的衣物。他们也听取了村里许多目击证人的证词。但是，审理此案的法官认为起诉阿贝鲁是个错误。听证会上，法官问沃妮雪：“他想娶你，你为什么要拒绝？”

最后，法官判处阿贝鲁十年有期徒刑。但一个月后，不知以什么理由法官又释放了他。沃妮雪逃到亚的斯亚贝巴，搬进了父亲的小棚屋。“我决定离开，到没有人认识我的地方。”她慢条斯理但坚定不移地补充道，“我一辈子也不会嫁人，我不想跟任何男人有牵扯。”

埃塞俄比亚乡下的这种文化，也许看起来永远也无法改变。但是沃妮雪在另一个世界找到支持：义愤填膺的美国人，其中大多数是女性。他们撰写措辞激烈的信件，愤怒地要求埃塞俄比亚当局修改法律条款。他们无法抚平沃妮雪的创伤，但是精神上的支持对她和父亲是很重要的——在周围几乎所有人都在谴责他们家破坏传统之际，这是一针强心剂。美国人也提供了一笔津贴，帮助沃妮雪在亚的斯亚贝巴继续求学。

这些信件撰写者由“现在就平等”（Equality Now）所动员。这个国际女权组织总部位于纽约，主要关注世界各地妇女的受虐问题。创办人杰西卡·纽沃思（Jessica Neuwirth）曾经在大赦国际（Amnesty International）工作，在那里她认识到写信能够帮助并解救遭囚禁的政治犯。于是，她在1992年成立了“现在就平等”。虽然通过筹款来维持这样的机构非常艰辛，但是杰西卡得到美国女权主义先锋格洛丽亚·斯泰纳姆（Gloria Steinem）和影星梅丽尔·斯特里普（Meryl Streep）等守护天使的支持，使得“现在就平等”运作至今。今天，该组织在纽约、伦敦和内罗毕都有办事处，共15名职员，年度预算为200万美元——在慈善世界里，这只是零头而已。

“现在就平等”代表沃妮雪上诉，但阿贝鲁似乎不可能再度入狱。然而，“现在就平等”的智囊团硬是把埃塞俄比亚推到聚光灯下，迫于国际压力，当局修改了法律条文。现在，就算受害者后来同意嫁给强暴她的男人，那个男人依然犯了强奸罪。

当然，改变的只是法律。在贫穷国家，首都之外的法律形同虚设。我们有时候觉得，西方人把大部分注意力放在改变不公平的法律上，在改变文化方面却显得力不从心，比如说兴建学校或协助民间草根运动。毕竟就算是在美国，为黑人争取到平等权利的并不是南北战争之后所通过的第十三、十四及十五条《宪法》修正案，而是近100年后由民间发起的民权运动。法律很重要，没错，不过光是改变法律往往成效有限。“埃塞俄比亚妇女律师协会”负责人玛德芮·保罗斯（Mahdere Paulos）是名活力十足的女性，她也同意这样的看法。该协会的主要工作是提出诉讼或游说政府更改法律，但是玛德芮承认，文化上的改变同样重要。

“赋权妇女始于教育。”她说。她看到受过教育的女性骨干越来越多。现在，每年约有1.2万名妇女担任“埃塞俄比亚妇女律师协会”的志愿者，这使得该组织在政治及法律上显得更为重要。如今，“现在就平等”与“埃塞俄比亚妇女律师协会”密切合作，形成了一种有益的模式：外人能够提供的最佳帮助，就是担任配角支持当地人。“埃塞俄比亚妇女律师协会”可能很快就会迎来另一名志愿者：沃妮雪目前在读高中，成绩优秀，她打算继续到大学攻读法律。“一切顺利的话，我希望专攻绑架案。”她简明扼要地说，“即使我自己得不到正义，我也要为别人伸张正义。”

加诸世界大多数地区女性身上的暴力及虐待，让人很难不注意到比因性冲动而猥亵和为达到某种目的而强奸更邪恶的现象，即性别主义和厌女价值观。

要不然该如何解释，为什么古代总是有那么多女巫而不是男巫被烧死？为什么硫酸总是泼在女性脸上，而不是男性？为什么女性被剥光衣服、遭受性羞辱的可能性远高于男性？为什么在许多文化里，大家尊奉年长的男性为族长，而年纪大的女性却被带到村庄外头，死于饥渴或被野兽吃掉？虽然存在这种虐待行为的社会里，男性的确也比美国男性遭受更多的暴力对待，但是女性所遭受的暴虐行为却特别普遍、残暴和致命。

这些心态深植于文化里，唯有通过教育和当地人的领导，才有可能发生改变。但是外人要担任配角，职责之一是把当地人的这种落伍心态置于聚光灯下，好打破环绕在他们周围的禁忌。2007年，参议员约瑟夫·拜登（Joseph Biden）和理查德·卢格（Richard Lugar）首次引介《国际反暴力侵害妇女法案》（*International Violence Against Women Act*），他们每年都在议会提出，直到立法通过。该法案通过后，国家每年拨出1.75亿美元给对外援助活动，用以防止荣誉谋杀、焚烧新娘、外阴残割、硫酸毁容、集体强暴和家庭暴力。此外，还会在国务卿直属办公室创设“妇女全球计划办公室”（Office of Women's Global Initiatives），以及在美国国际开发总署创设“妇女全球开发办公室”（Women's Global Development Office），双方将会向政府施压，让解决性别暴力成为外交工作的首要任务。我们虽然对法律的效力保持怀疑，但是就像2000年那条规定每年要提交海外人口贩卖报告的里程碑式法案一样，这条法律就算没有产生立竿见影的效果，也会越来越有分量。它虽然不可能解决所有问题，但至少对沃妮雪这样的女孩会有所帮助。

在谈到厌女现象和性别暴力时，一些人会想当然地以为男性才是罪魁祸首，但事实并非如此。虽然男人对待女人的举止常常是很残暴的，但是在贫穷国家里，通常是女性管理着妓院，是她们让自己女儿接受外阴切除手术，是她们先喂养儿子而非女儿，也是她们带儿子而非女儿去诊所打疫苗。一项研究指出，塞拉利昂内战的轮奸案例当中，有1/4是男女同谋。通常是女兵引诱受害者到强暴地点，然后在男兵强奸时从旁协助，压制受害者的挣扎反抗。“我们会帮忙逮到她，把她压在地上。”一名已退役的女兵给出了答案。该研究的作者达拉·凯·科恩（Dara Kay Cohen）援引来自海地、伊拉克和卢旺达的证据表明，女性参与类似塞拉利昂的性暴力并非反常现象。她认为内战时十分普遍的轮奸，重点不是满足性欲，而是让军队（包括女性成员）通过欺压践踏女人的残暴手段，来达到团结一心的一种方式。

许多国家依然有杀害女婴的风气，而且通常就是母亲杀死了她们的亲生女儿。哥伦比亚大学临床精神医学教授及杀婴文化专家迈克尔·赫·斯通（Michael H. Stone）博士根据巴基斯坦妇女杀死女儿的数据，发现她们之所以这么做，通常是因为丈夫的威胁——要是保留女婴就会跟她们离婚。举例来说，妇女沙赫纳兹毒死自己的女儿，以避免被丈夫遗弃。佩尔文生了女儿，她公公为此毒打她，于是佩尔文毒死了女儿。然而在巴基斯坦，有时候妇女杀死自己的女婴，只因为社会上重男轻女。雷哈纳淹死自己的女儿，因为“女孩会带来霉运”。

从家中逃出的索亚在阿富汗的一个收容所中。
（拍摄：尼可拉斯）

至于毒打妻子，一项调查发现，62%的印度乡村妇女支持这一行为。此外，习惯性地虐待年轻女子的人群，没有一个群体比婆婆们更残酷。在全球大多数地区，婆婆是女家长，负责调教女性晚辈。索亚·娜佳比（Zoya Najabi）现年21岁，出身于阿富汗喀布尔的中产阶级家庭，她的经验证实了这一点。她接受我们访问时，穿着绣着花朵的牛仔裤，看起来比较像美国人，而非阿富汗人。她在学校一直读到八年级，在12岁时嫁给一名16岁的男孩，之后就常常受到体罚。

“不只丈夫，他的哥哥、妈妈、妹妹全都打我。”索亚在喀布尔的一间收容所气愤地回忆道。更糟的是，他们会因为她家务做不好而处罚她，把她绑在水桶上放到井里浸泡，让她在那里冻得直打哆嗦，几乎溺死。最糟的一次，婆婆在打她时，她本能地踢了回去。抗拒婆婆是滔天大罪，她的灾难来了。首先，索亚的丈夫挖出一条电缆抽打妻子，直到她不省人事。隔天，她公公将其双脚捆绑在一起，拿一根木棒交给她婆婆，后者就用这根棒子狠抽她的脚底。

“我的脚被打得稀烂。”索亚说，“我在那里每天都过得不快乐，但那一次是最糟糕的。”

“会把妻子打成那样的丈夫，大多是因为他不识字、没有受过教育。”她补充，“但也有可能是因为妻子没有把丈夫照顾好，或是没有乖乖听话。如果是这样，打妻子就是应该的。”

索亚看到我们一脸震惊，微微笑了一下，耐心解释：“我不该被打的，因为我一直都很听话，丈夫说什么我就做什么。但如果妻子真不听话，丈夫当然就要打她。”

简言之，如同男性一样，女性也接受并传播厌女价值观。这不是一个二分法的世界，并非男人施虐、女人受虐那么简单；这是一个更为杂乱的境地，其压制女性的社会习俗是男女共同遵守的。我们之前说过，法律有用，但是最大的挑战是改变这种思维方式。要挑战这种令人窒息的传统，最佳方式或许是教育，而我们最喜欢的一所学校可以成为典范。该校位于巴基斯坦旁遮普省（Punjab）的偏远地带，负责人堪称世上一大奇女子。

穆赫塔尔的学校

最有效的变革推动者不是外国人，而是推行运动的当地女性（有时候是男性）——比如穆赫塔尔·马伊（Mukhtar Mai）。

穆赫塔尔出身农家，在旁遮普省南部的米尔瓦拉村长大。人家问她年纪多大时，她会随口丢出不同的数字，实际上她自己也不知道。米尔瓦拉村没有女校，因此穆赫塔尔从来没上过学，她每天都在家里帮忙。

2002年7月，她的弟弟夏克尔遭到绑架，被地位较高的玛斯托家族成员轮奸（在巴基斯坦，异性恋男人强暴小男生并不稀罕，其污名没有女孩遭到强暴来得严重），当时夏克尔十二三岁。事后，玛斯托家族担心会遭到处罚，不愿释放夏克尔，反而控诉他与玛斯托家的女孩莎玛非法性交，借此掩盖自身的罪行。由于玛斯托家族控诉夏克尔从事非法性交，村庄的部族大会举行会议裁决此事，然而该大会被玛斯托家族控制了。穆赫塔尔代表家人出席会议，表达了歉意并试图安抚对方的情绪，结果一群人把她团团围住，里面还有几名佩带枪支的玛斯托家族男丁。部族大会判定穆赫塔尔的道歉不够，只有轮奸她，才足以惩罚夏克尔和他的家人。四个男人把尖叫着的穆赫塔尔拖到会场旁边的一间空马厩，剥光她的衣服，在泥地上一个接一个强暴了她，而其他村民们就在外头等待。

“他们知道受到这种羞辱的女人，除了自杀之外没有其他办法。”穆赫塔尔后来写道，“他们甚至不需要动用武器。强暴等同于杀了我。”

施暴者在“执行完刑罚”之后，把穆赫塔尔推出马厩，强迫她在群众的奚落声中，几乎是赤裸着身子跌跌撞撞走回家。到家后，她准备做出任何巴基斯坦农村妇女在这种情况下通常会采取的行动——自杀。妇女若想洗刷自己及家人的耻辱，唯有自杀。但是穆赫塔尔的父母时刻看着她，防止她走上不归路。接着一名地方穆斯林领袖（本故事里的英雄之一）在周五的一次祷告会上为她发言，谴责这桩强暴事件是违反伊斯兰教教义的暴行。

随着日子一天天过去，穆赫塔尔由羞辱渐感愤怒。最后，她采取了革命性的行动：到警察局报案，要求起诉。出人意料，警方居然真的逮

当我们第一次见到穆赫塔尔·马伊时，她正和学生们在学校里。

（拍摄：尼可拉斯）

捕了施暴者。时任总统穆沙拉夫（Pervez Musharraf）听说这个案件后对她深表同情，送给穆赫塔尔相当于8300美元的补偿金。但是穆赫塔尔没有私用这笔钱，她决定投资在村庄最需要的资源——学校上。

“我为什么要把钱花在自己身上？”尼可第一次拜访米尔瓦拉村时，穆赫塔尔这么告诉他，“这笔钱用来办学校，就是在帮助所有女孩、所有孩子。”那次拜访中，结识穆赫塔尔并不容易。她父亲迎接了尼可，邀请他进到家里坐坐，尼可花了好一阵子才知道穆赫塔尔是哪一位。讲话的都是穆赫塔尔的父亲和兄弟，而她只是坐在后方聆听的几名妇女之一。她的脸被头巾盖住，尼可只能看到她闪亮的眼睛。尼可一次次问穆赫塔尔问题，回答的总是她哥哥。

“好，穆赫塔尔，你为什么要用这笔钱来办学校？”

“她办学校是因为她相信教育。”

两三个小时过后，有美国人来家做客带来的新鲜感逐渐退去，男人们开始坐立难安，就干活去了。终于，穆赫塔尔开始说话，声音因被头巾盖住而变得模糊。她热情地讲述自己的信念，认为教育有救赎的功能，想着要是村里的男男女女都接受教育，大家就可以和谐共处。她表示，自己被强暴是由一种心态导致的，而这种心态的最佳消除之道就是教育普及化。

警方在穆赫塔尔家驻守，美其名曰保护她，实则想监听整个访谈过程。后来，穆赫塔尔把尼可拉到一旁向他求援。“警察实际上只是在勒索我们家而已，”她气愤地说，“他们根本没帮我们，政府也忘了我。政府答应帮我办学校，但是什么也没做。”新成立的“穆赫塔尔·马伊女子学校”（Mukhtar Mai School for Girls）就坐落在她家旁边，穆赫塔尔也在自己的学校入了学，跟一群小女孩坐在一起学习读书写字。但是学校并没有兴建完成，而营运资金也即将耗尽。

尼可在专栏上报道了穆赫塔尔的事情（当时她用了别名穆赫塔尔·毕毕），热情的读者通过在巴基斯坦运作的救援团体“美慈组织”（Mercy Corps）发起捐助，共筹集到43万美元。然而，这也为她招来了麻烦。穆沙拉夫总统一开始敬佩穆赫塔尔的勇气，但是他希望巴基斯坦以蓬勃的经济扬名国际，而非以野蛮的强暴恶名远播。穆赫塔尔公开谈论的内容，包括她坚称强暴贫穷妇女是体制所造成的问题，让他备感难堪。情报单位开始向穆赫塔尔施压，要她保持缄默。她不愿听从，于是政府“鸣枪示警”：官员下令释放那些因强暴她而被判强奸罪的男人。穆赫塔尔精神崩溃了，常常以泪洗面。

“我担心自己性命不保。”那天晚上，她打电话跟我们说。即便如此，她也不愿退让，反而呼吁巴基斯坦政府应更注重女性权利。穆赫塔尔依然我行我素地计划拜访美国，并打算在一场关于女性的会议上发言。穆沙拉夫总统出于自身利益考虑，把她列入了“出境控管黑名单”。穆赫塔尔谴责巴基斯坦政府采取这样的措施，并表示不愿意就此却步，于是情报机构软禁她，剪断了她的家用电话线。她到屋顶上接收微弱的信号，用手机跟我们描述：警方理应保护她，现在却把矛头指向了她。

对于穆赫塔尔的持续违抗不从和直言不讳，穆沙拉夫总统气愤不已，他下令将她绑架（或是用他委婉的说法——带她到首都）。他们催促穆赫塔尔上车，一名情报探员开车把她带到首都伊斯兰堡，在那里她受到了严厉谴责。

“你叛国通敌！”一名官员指责穆赫塔尔说，“你在世人面前让巴基斯坦丢尽了脸。”接着，泣不成声的穆赫塔尔被情报官员带到了一处禁闭室，并被禁止与任何人联络。当这些事闹开的同时，巴基斯坦外交部部长正在白宫访问。小布什总统公开赞赏了穆沙拉夫“大胆无畏的领导作风”。

巴基斯坦政府骚扰穆赫塔尔一事引起了媒体关注，这也让布什政府颇为难堪。国务卿赖斯女士打电话给巴基斯坦外交部部长，告诉他必须停止这样的骚扰。当局释放了穆赫塔尔。穆沙拉夫的幕僚提议，当风波平息之后，巴基斯坦官员可紧密陪同穆赫塔尔访美，届时，让她多讲讲政府的好话。穆赫塔尔拒绝了，她说：“去的话，也要我愿意才行。”穆赫塔尔还公开抱怨政府没收了她的护照。不久，穆沙拉夫退还了她的护照，让她自行前往美国讨论国际事务。

这时，穆沙拉夫已经把穆赫塔尔变成了名人。她受邀访问美国白宫和国务院，法国外交部部长也接见了她。《魅力》（*Glamour*）杂志让穆赫塔尔搭乘头等舱飞到纽约，在宴会上表彰她为“年度风云女性”。宴会当中，一位她从来没听说过的人——漂亮宝贝波姬·小丝——把她介绍给大家。总统夫人劳拉·布什用一段视频向穆赫塔尔致敬，她说：“请不要认为这只是个令人心碎的故事。穆赫塔尔证明了一名女子真的可以改变世界。”

那段时间，穆赫塔尔坐在位于中央公园西侧宫殿般的酒店套房里，被突如其来的关注及奢华生活搞得头晕目眩，她深深思念家乡米尔瓦拉村。她担心自己不在时，学校的女孩会出事。接连不断的访谈令她疲惫不堪，部分原因是记者对她的学校并不感兴趣，只想在强暴一事上大做文章。他们只会问：**“那么，遭到轮奸是什么样子？”**穆赫塔尔在哥伦比亚广播公司《晨间新闻》接受那次失败的实况转播的访谈时，就被问到这个问题。穆赫塔尔一脸不悦地回答：**“我不想谈这件事。”**现场出现一阵令人尴尬的沉默。

穆赫塔尔访美期间，重要人物一再邀请她到高级餐厅用餐，而她只想吃巴基斯坦式外带食物。当官员告诉穆赫塔尔他们的政府或救援团体在巴基斯坦是多么活跃时，她会问：“你们在巴基斯坦的哪里运作？”答案总是：伊斯兰堡、卡拉奇、拉合尔。穆赫塔尔只能摇头表示：“需要帮助的地方在乡下，求求你们，请到乡下帮助村民吧！”

穆赫塔尔本人谨守这一信念。同情她的救援人员建议她搬到伊斯兰堡——在都市里她就没有危险之虞，但是她不愿讨论这种可能性。“我的事业就在我的村庄，”当我们提起这个话题时，她说，“这里才是需要帮助的地方。我是很害怕，听天由命吧，我接受真主的安排。”

在穆赫塔尔接受表彰的场合，与会者看到的是一名戴着头巾的害羞女子，接二连三地接受观众起立鼓掌（当她出现在《魅力》杂志上时，衣服与露出皮肤的比例创下该杂志的纪录）。但是穆赫塔尔对此兴趣全无，她的热情总是放在学校和村庄，她从事的大部分工作一点也不风光。

尼可两度作为特别来宾，在穆赫塔尔学校毕业典礼上致辞。典礼场面非常隆重，超过1000名的学生、家长和亲友聚集在操场上搭设的巨大帐篷下，观赏学生们的歌唱节目以及旨在警告民众不要殴打妻子或早婚的短剧表演。典礼热闹欢腾，甚至那些因强暴穆赫塔尔而入狱的男子的子女也前来观礼。戏台上，女孩被丈夫殴打时反而会放声大笑。不过寓意都是希望家长让女孩继续上学，这也正是穆赫塔尔无比坚持的地方。

有一名四年级学生叫海莉玛·阿弥尔，父母要她辍学结婚，而穆赫塔尔执意要帮助她。海莉玛12岁，身材高瘦，留着黑色长发，7岁时就与一名大她五岁的男孩订了婚。

“我见过他一次，”海莉玛是指未婚夫阿萨蓝，“但从来没跟他说过话，就算再见到他也认不出来。我不想现在结婚。”去年，海莉玛是班上的第一名，最喜欢的科目是英文。她的未婚夫是文盲，她父母担心女儿很快就会进入青春期，因此想赶快把她嫁出去，免得她暗恋上其他男孩而引发流言蜚语，或是毁了她最珍贵的东西——处女膜。穆赫塔尔一再去家访，请求海莉玛的父母继续让她上学。有一次尼可拜访她们学校时，刚好看到这一幕。之后再一次拜访时，他又问起了海莉玛的情况。

“她已经不在这里了，”另一名学生说，“她父母帮她安排了婚事，他们趁穆赫塔尔出差时，将海莉玛拉出学校嫁了。现在她住在很远的地方。”不是每一场战役都能以胜利收场。

来自四方的捐款，让穆赫塔尔可以继续扩展她的慈善活动。她兴建女子高中，也为男孩开办学校。她购买了一群奶牛，用出售牛奶的收入来维持学校运转。她还买了一台兼作救护车的校车，以便把孕妇送去医院生产。她在附近帮派猖獗的地区建了另一所学校，那是连政府都不敢碰的地方。那些流氓混混并没有洗劫学校，反而把自己的子女送去就读。她还说服了省政府兴建女子学院，好吸收她的高中毕业生。

穆赫塔尔欢迎志愿者前往她的各所学校教授英文，只要有人愿意全心投入待上几个月，她就会提供免费食宿。我们无法想象还有什么地方比这儿更能积累丰富的学习经验。

穆赫塔尔也创办自己的救援团体"穆赫塔尔·马伊妇女福利组织"（Mukhtar Mai Women's Welfare Organization），开通受虐妇女24小时热线，设立免费的法律救助中心、公共图书馆以及暴力受害者收容所。设立收容所是必要的，因为随着穆赫塔尔名声越来越大（部分原因是她投拍了一部每周播出的电视剧），全国各地的妇女开始出现在她家里。她们搭巴士、出租车、人力车或是走路过来，通常连车费都没有。司机逐渐明白，要是他们载着一名哭哭啼啼的女人来到穆赫塔尔家门前，穆赫塔尔就会给车费。同时，穆赫塔尔还利用她的名望来敦促警方、新闻记者和律师帮助受害者。穆赫塔尔说话时并无世故老练或学问渊博的模样，但是她努力不懈、效率极高。脸部被硫酸毁容或鼻子被砍掉的女人来向她求助时（砍掉鼻子是"不安分"或"水性杨花"的女人所遭受的传统惩罚），穆赫塔尔就给她们安排整形手术。

慢慢地，穆赫塔尔自己也在改变。她学习了巴基斯坦官方语言乌尔都语，现在已经能够流利地表达。我们初次拜访米尔瓦拉村时，她每次踏出家门都要请示父亲或大哥；但是当她招待大使时，就没办法维持这样的程序，于是她开始自行出去。当时这让她大哥非常不满（她父亲及弟弟很钦佩她，所以并不阻拦她），于是对全家人施压。一度，大哥语出威胁，表示她如果不听话就要把她杀掉。然而，大哥的威吓阻止不了

穆赫塔尔在她的学校里。
（拍摄：尼可拉斯）

那些来到他们家门前向穆赫塔尔求援的落魄女人，他只能眼睁睁地看着她们吃掉了家里的食物、霸占了屋外厕所。大哥后来软化下来，他也被这些访客的故事触动了。虽然不太情愿，他也承认妹妹所做的事非常了不起，而时代也在改变。

穆赫塔尔以前总是把脸部和头发全部包住，只留一条细缝给眼睛。在美国接受表彰的宴会上，男性已事先获知不要跟她握手、拥抱，或是亲她的脸颊（这是最可耻的）。但是大约一年之后，穆赫塔尔不再那么在意她的头巾，而且开始与男人握手了。信仰对她来说依然非常重要，但是她发现即便解下头巾，世界也不会停止运转。

穆赫塔尔的名气越来越响亮，政府开始施威打压。穆沙拉夫依然因她“丢尽了巴基斯坦的脸”而愤愤不平，情报机构不断找她本人及其支持者的麻烦。法院还以明显莫须有的罪名向穆赫塔尔的一个兄弟发出了逮捕令。“有一阵子，巴基斯坦政府不给我们发签证，就因为我们拥护穆赫塔尔，跟她很亲近。情报组织在乌尔都语报纸上发文章，指控穆赫塔尔挥霍无度（完全没有这回事），说她是印度人及尼可的走狗，帮助外人危害巴基斯坦。一些上流阶层的巴基斯坦人原本同情穆赫塔尔，但现在则对她嗤之以鼻，认为她是没文化的乡下人，根本不配得到国外的礼遇。他们全然接受了加诸她身上的诽谤，认为她嗜钱如命又爱出风头，呼吁我们不要把焦点放在她身上，而应该去关注城市医生和律师。”“穆赫塔尔是出于善意没错，但她只是个乡下人。”一名巴基斯坦人不屑地跟我们说道。这些诽谤都让穆赫塔尔深感挫折。

“我的生死由真主掌握，”她之前也说过类似的话，“这点我能坦然接受，但是政府为什么一直把我当骗子和犯人？”

“这是我第一次觉得政府计划要置我于死地。”穆赫塔尔补充道。她说这计划就是要杀害或囚禁她，或是通过假造绯闻让她身败名裂。

果不其然，后来一名高级警官警告她，要是不合作政府就会以通奸罪囚禁她。通奸？每天晚上，都会有十几名妇女在穆赫塔尔卧室的地板上跟她一起打地铺（她把床位让给了同事娜馨·阿克塔）。总统穆沙拉夫甚至通过一名高层幕僚向巴裔美国人阿姆娜·布塔尔发布警告：穆赫塔尔在美国要小心舌头，因为巴基斯坦政府可以雇用当地流氓杀她灭口，而且会弄得像是拦路抢劫案。布塔尔是一名勇气可嘉的内科医生，她打算陪同穆赫塔尔访问纽约，并把这则警告转述给了我们。

娜馨跟我们表示：“我要你们知道，不管我们是怎么死的，就算看起来像意外，真相也绝非如此。所以要是我们死于火车或公交车意外事故，或是火灾，请告诉世界那其实不是意外。”

穆赫塔尔的勇气发挥了影响力，她本身的存在也表明：伟大的社会企业家不只来自有钱有势的阶层。以前，巴基斯坦的乡间因为没有遏制之道而常发生强暴事件，但是穆赫塔尔改变了传统模式，妇女开始反击和报警。

2007年，类似穆赫塔尔的案例又一次发生在哈比拉巴诺村。一名年轻男子与出身高阶世家的女友私奔，为此惹怒了女方家庭。于是高阶族会决议，把这一仇恨报复在该年轻男子16岁的堂妹赛玛身上。11个男人绑架了赛玛，让她全身赤裸地在村子里游街示众，然后族会一声令下，两名男子强暴了她。

受到穆赫塔尔的启发，赛玛没有走上自杀的不归路，而是由家人提起诉讼。赛玛接受了医疗检查，结果证实她遭到强暴，救援团体纷纷声援。在一场当街抗议之后，当局解雇了两名警官，逮捕了五个阶层较低的嫌疑犯。虽然正义并没有完全得到伸张，但这的确是一大进步。强暴穷人家的女孩不再是毫无风险的消遣，因此旁遮普省南部的强暴事件似乎大幅减少了。虽然没有数据可以证明，不过各个村庄的居民纷纷表示，以前很普遍的强暴事件现在很少见了。

穆赫塔尔也激励其他人推动改变，复制她的模式。法鲁克·利迦瑞是个身形彪悍的警察，会说英文，常在巴基斯坦最危险的地区执勤。我们在他管辖的派出所里跟他进行了一番长谈，他谈到用恐惧作为统治手法，谈到如何毒打嫌犯好逼其招供。在他眼里，只有弱肉强食的丛林法则。后来他被派到米尔瓦拉村，担任看管穆赫塔尔的高级警官。穆赫塔尔本人以及她对贫困无依人群的奉献令他大为震撼。

“这是一种灵魂上的触动，”他回忆道，“看到穆赫塔尔女士出国受访，看她创办学校和收容所，我心里非常高兴。”上级命令法鲁克监视并骚扰穆赫塔尔，深受感召的他渐感不安。当他们指责法鲁克袒护穆赫塔尔时，他向上级讲述了她的伟大事业。没多久，他突然被调到偏远的派出所。法鲁克继续公开谴责政府对穆赫塔尔的迫害，我们问他为何甘愿冒着丢了铁饭碗的风险，也要为一名本该被他责罚的女子出声辩护。"我一直是个坏警察，"他说，"对坏人使坏是应该的，但我以前真的不是好人。有一天我想，这辈子我曾做过任何好事吗？现在真主给我这个机会做点好事。穆赫塔尔女士在帮助别人，我也必须帮助她，我也必须做些好事。因此，我情愿冒着事业和生命的危险来支持穆赫塔尔女士。"

法鲁克表示，现在他的人事考评非常差，他的警察生涯实际上已经结束了。他担心有一天自己会遭到谋杀。但是看到穆赫塔尔，他找到了新的生命目标：保护村里的贫穷妇女，为她们出声抗议。

在穆沙拉夫于2008年下台后，笼罩在穆赫塔尔事业上的乌云散开了。情报机构开始转而监视恐怖分子。穆赫塔尔带我们参观附近的村庄时，巴基斯坦情报人员不再尾随着我们。政府不再骚扰她，危险稍微缓和，这使得穆赫塔尔能够扩展自己的活动。2009年，穆赫塔尔嫁给一名向她求婚已久的警察。她是警察的二太太，这让穆赫塔尔成为女权运动的奇特标志——不过，婚事是在大太太说服穆赫塔尔后才进行的。这是她非凡生命里奇特的另一章。这名在小村庄长大从未受过教育的妇女，曾经挺身反抗该国总统及陆军参谋长，在忍受了多年来持续不断的威胁和骚扰之后，她成为最后的胜利者。她通过非凡的勇气及远见，把一个受害牺牲的悲惨故事变成了一则激励人心的醒世寓言。

第五章 『荣誉』之耻

海外留学到刚果

人若娶妻，与她同房之后厌恶她、信口说她、将丑名加在她身上，说："我娶了这女子，与她同房，见她没有贞洁的凭据。"女子的父母就要把那（夫妻同床的）布铺在本城的长老面前。但若女子果真没有贞洁的凭据，就要将女子带到她父母家的门口，本城的人要用石头将她打死。

——《申命记》第22章第13～21节

在人们以上帝之名所做的一切事当中，女孩因为在新婚之夜没有见红而被杀害，是最为残酷的一种。然而，处女膜（脆弱、不容易看见、毫无意义）依然是世界上许多宗教及社会所崇拜的象征物，是象征荣誉的幻影。不管黄金售价多高，处女膜远比黄金贵重，常常比一条人命更有价值。

处女崇拜在古典文化中特别普遍。不只《圣经》表示女方要是没在新婚之夜见红，就应该用石头将她砸死，就连古代雅典的伟大立法者梭伦（Solon）也如此规定：除了在结婚前失贞的妇女，雅典人都不能被贩卖为奴隶。中国宋代理学家程颐也曾说过："饿死事小，失节事大。"

现在，这种残酷的观念在世界大多数地区已经消失，但是依然存在于中东。而强调妇女贞操，正是当今妇女遭受暴力的主因。有时候它以强暴的形式呈现，因为惩罚敌对家庭最简单的方式就是侵犯其女儿，就像穆赫塔尔的案例；有时候它是以荣誉谋杀的形式呈现——家族成员会杀死自己的女儿，只因她行为不检点，或是爱上一名男子（通常没有证据显示他们已经发生性关系，荣誉谋杀受害者的验尸报告经常显示处女膜未遭破坏）。荣誉谋杀的矛盾在于，道德规范最为严格的社会，却准许最没道德的行为：谋杀。

美丽的杜娃·阿斯瓦是住在伊拉克北部的库尔德族女孩，17岁时她爱上一个伊斯兰教逊尼派的阿拉伯男孩。一天晚上两人一起在外过夜，没有人知道他们是否上了床，但是女方家人认定生米已经煮成熟饭。第二天早上回家时，杜娃看到家人早已愤怒不已，于是跑去部落长老的家中寻求庇护，但是宗教领袖和她的家人都坚持她必须以死谢罪。于是八名大汉闯入长老的家，把她拖到街上。人群将她团团围住。

虽然荣誉谋杀在伊拉克库尔德地区是非法的，但是杜娃遭受攻击时，在场的安全部队却没有干预。至少1000名男人参与了攻击，许多男人用手机拍摄短片记录了这一场景，你在网络上可以找到五六种版本来了解接下来发生的事：

杜娃被摔到地上，身上的黑裙被扯了下来，浓密的长发从肩头垂落。她试着站起身，但是那些男人把她当足球一般踢来踢去。慌乱的她挡开攻击，掩护自己站起身来，试图在人群中找到同情的面孔。接着男人们找来一堆石头和水泥块，往她身上砸。慢慢地，她开始流血，有些石头击中了她的头部。30分钟后，杜娃死去。

她断气后再也感受不到羞辱时，一些男人又把她的腿部和臀部盖上。这似乎是一种伪善的正义表现：仿佛下流淫秽的是少女的赤裸肉身，而非她血流满地的尸体。

据联合国人口基金会（United Nations Population Fund）估计，全世界每年有5000起荣誉谋杀事件，几乎都发生在伊斯兰世界（光是2003年，巴基斯坦政府就揭发了1261起荣誉谋杀案例）。但是这个数值似乎太低了，因为有太多的谋杀伪装成了意外或自杀。我们估计全世界每年的荣誉谋杀事件至少有6000起，可能还远不止此数。

无论如何，这样的数字无法呈现问题的全部，因为其中并不包含那些或许可以被称为“荣誉强暴”的事件，亦即以羞辱受害者或贬损其家族为目的的强暴。在近期发生的种族大屠杀事件中，强暴成为系统地威吓某些族群的手段。集体强暴跟大屠杀一样有效，但是不会留下尸体而引发人权起诉问题。此外，强暴行为往往会破坏受害者所属团体的内部组织，因为领袖无法保护妇女时就会失去权威。简言之，正因为女性性征是如此神圣，强暴成为保守社会的战争工具。这种以贞操来评判女性的道德规范，表面上看是保护女性，事实上却创造了让妇女惨遭有系统奸污的环境。

在苏丹西部的达尔富尔（Darfur）地区，人们后来发现，苏丹政府资助的贾贾威德民兵组织（Janjaweed militias）搜寻并轮奸了三个非洲部落的妇女，然后割下她们的耳朵或是把她们弄残废，好让她们永远带着强暴受害者的标记。为了避人耳目，苏丹政府还会惩罚投诉报案或寻求医疗救治的妇女。哈娃是一名学生，她在卡尔马营区（Kalma camp）外被贾贾威德民兵轮奸和毒打。朋友把她抬去救援组织“世界医师联盟”（Doctors of the World）所经营的诊所接受治疗。两名法国护士立刻着手为她治疗，但是几卡车的警察闯入诊所，把英勇抵抗的法国护士推到一旁，逮捕了哈娃。他们把她拖出诊所带到监狱，在那里，她的一只手臂和一条腿被链条绑在了行军床上。

她究竟所犯何罪呢？私通。寻求治疗，就等于承认婚前性行为，而她又没能提供四名穆斯林成年男性目击者，去证明这是个强暴事件。苏丹也阻止救援团体把“接触后预防性投药”试剂带到达尔富尔地区，该试剂能够大幅降低强暴受害者感染艾滋病病毒的风险。

在最近爆发的冲突里，投诉报案的集体强奸案例多得惊人。塞拉利昂有半数妇女在该国动乱时期曾遭受性暴力或性暴力威胁。一份联合国报告宣称，利比里亚内战时，其境内某些地区三岁以上的女性当中，有九成遭受过性虐待。就连在没有发生种族大屠杀或是全面战争的巴基斯坦，荣誉强暴事件也比比皆是。原因有二：一是因为处女情结；二是因为当局对于贫困及未受教育群体所受的不公平对待总是忽视不理。舍尔夏·赛义德（Shershah Syed）是来自喀拉蚩的一名杰出的妇科医生，他说自己经常治疗遭受强暴的贫民窟少女。遭到强暴后，除非女孩自杀、全家迁离，否则行凶者（通常是有钱有势的人）会恐吓女孩全家，把他们当作目击者杀人灭口。而警方采取的措施，比漠不关心还要糟。

“我治疗强暴受害者时，都会告诉女孩不要去找警察，”赛义德医生说，“因为要是去报警，警察就会强奸她。”

强暴行为发生的大本营是刚果东部。民兵们认为与持枪歹徒交火很危险，因此他们攻击平民。他们发现恐吓人民最划算的方式，就是以残忍的手法强暴女性。刚果民兵经常用棍棒、刀子和刺刀强奸妇女，或是往女性的阴道开枪。在一个案例里，士兵们在强奸了一名三岁女娃后，枪毙了她。外科医生看到她时，已经没有什么组织细胞能够修复创口。

小女孩的父亲伤心欲绝，后来自杀身亡。

“这里的所有民兵都会强暴妇女，好显示自己的强壮和对方的脆弱。”刚果戈马市（Goma）的强暴心理咨询师朱利恩·恰库沛娃（Julienne Chakupewa）表示，“在其他地方，发生强暴事件是因为士兵们想要找女人来泄欲；但是在这里，强暴不只是泄欲，也是一种邪恶、一种憎恨心理，而付出代价的是女性。我们虽然说是‘女性’，”朱利恩马上补充，“但是很多受害者并不是成人，而是14岁的少女，甚至6岁的女娃。”

2008年，联合国正式宣布强暴是“战争武器”。在讨论议程中，刚果不断被提出来。前联合国部队指挥官帕特里克·卡马特（Patrick Cammaert）少将在谈到强暴行为已经普及为一种战术时，有一句话让人难忘：“在武装冲突里，身为女性可能比担任士兵还要危险。”

家住金杜镇的迪娜，今年17岁，也是一名刚果受害者。她身穿蓝色衬衫和一条亮彩色裙子，头上端庄地绑着橘色头巾，在我们面前诉说着自己的故事。迪娜内向羞涩，说话轻声细语，通过口译员跟我们对谈时，她常会拘谨得笑起来。

迪娜有五个兄弟姐妹，她从小就在父母的农田里帮忙，种植香蕉、树薯[1]和豆子。她的两个兄弟曾经上过一阵子学，但是女孩们没上过。“教育男孩比较重要。”她解释，似乎对这点深信不疑。

当地居民都知道这个地区有胡图族极端分子的民兵组织“联攻派民兵”（Interahamwe），所以迪娜每次去种田时都很害怕，但是不去就只有

1 树薯，也称木薯。是灌木状多年生作物。原产于美洲热带，全世界热带地区广为栽培。其块根可食，可磨木薯粉、做面包、提供木薯淀粉和浆洗用淀粉乃至酒精饮料。——编注

诺尔·罗比林巴，刚果的儿童兵，他说强奸女人是他们的权利。（拍摄：尼可拉斯）

挨饿。一天，迪娜提早收工，想赶在日落之前走回家。路上，五名手拿刀子的胡图族民兵围住她，强迫她躺在地上。

“你要是敢叫出声，我们就杀了你。”一名民兵警告迪娜。于是她忍气吞声，让那五个男人一个个强暴她。接着他们把她按在地上，其中一个把棍子戳进她身体里。

因迪娜没有回家，她父亲和朋友就去田里找。在一处草丛里找到时，她已奄奄一息。他们给她盖上衣物抬回家。金杜镇有一家康复中心，但因为负担不起治疗费用，迪娜只好由家人照顾。她全身瘫痪，无法下床走动。那根棍子戳破了她的膀胱和直肠，使得组织里出现瘘管——就是连接组织的不正常的管道，因此尿液和粪便不断从她的阴道沿着腿部流下来。因为性暴力的关系，直肠阴道瘘管和膀胱阴道瘘管这种伤害在刚果很普遍。

“我们族人跟他们没有部落冲突，”谈到那些民兵时，迪娜说道，“他们唯一的目的就是强暴我，让我生活无法自理。”这种残暴文化从一个民兵部队蔓延到另一个民兵部队，从一个部落传播到另一个部落。联合国估计，2006年光是在刚果的南基伍省（South Kivu），就有2.7万起性攻击事件发生。根据联合国的另一项统计，在刚果的某些地区，有3/4的妇女遭受过强暴。联合国人道事务署副秘书长约翰·霍姆斯（John Holmes）斩钉截铁地表示：“刚果的性暴力事件是全世界最严重的。”

在麾下军人牵涉强暴案的军阀当中，有一人叫作劳伦特·恩昆达。他身材高大，看起来亲切友善。他请我们到他舒适的山寨享用晚餐。他假装是五旬节派[1]的牧师，制服上装模作样地别着“为基督反抗”的圆形徽章——显然，他认为这会赢得美国的支持。请我们喝饮料、吃点心之前，他还做了饭前祷告。恩昆达坚称他部队里的军人从来没有强暴过任何人，然后补上一句：只有一次，在麾下的一名士兵强暴妇女后，他把那名士兵处死了。但是大家都知道强暴是惯例。后来恩昆达带上来一些敌军战俘，我们问了他们关于强暴的事情。

“看到女孩，强暴她们，这是我们的权利。”一名16岁的战俘诺尔·罗比林巴说，他表示自己携带枪支已经有两年了，“我们可以侵犯她们。”

联合国维和部队在阻止强暴方面做得不多。加拿大前大使斯蒂芬·刘易斯（Stephen Lewis）口才一流，是世界妇女维权的拥护者，他建

1 五旬节派，1901~1906年在美国兴起的基督新教教派。他们特别强调说方言（Speaking in tongues）是领受圣灵能力的初步凭据。与后来兴起的灵恩派很相似，但不全然相同。——编注

议联合国秘书长潘基文（Ban Ki-moon）应把消除集体强暴事件列为首要任务，并承诺若会员国不支持就辞去职务。“我们谈论的是世界一半以上的人口，其中有地球上最为颠沛流离、权利遭剥夺最为严重、最为贫困的人，”刘易斯说，“要是你不能为这个世界上的女性挺身而出，你就不应该当秘书长。”

在卢旺达和苏丹达尔富尔地区的种族大屠杀中，不只是女人严重受害，男人也是。卢旺达种族大屠杀结束时，全国人口中七成是女性，因为有太多男人惨死。在达尔富尔地区，我们访问了几名妇女，她们都曾在离开营区去搜集木柴的路上遭到强暴，于是我们问了个很明显的问题：“如果妇女出去搜集木柴会被强暴，为什么不留在营区？为什么不派男人去搜集木柴呢？”

“男人一离开营区，就会被射死，”一名妇女耐心解释，“女性离开，只是被强暴而已。”几乎每一场冲突中，男性死亡人数都尤其多。男性虽然是战争的正常受害者，但女性却成为战争武器——借由摧残和虐待她们以杀鸡儆猴。

在刚果东部，问问村民们，你就能层层揭示出习惯性强暴的真相。在一处难民营里，我们询问能否访问强暴受害者，一位妇女立刻被带过来。为了保护她的隐私，我们把她带到一棵树下。十分钟之后，赶来的妇女排成了长队。

“你们在这里做什么？”我们问。

“我们全都是强暴受害者，”排在第一位的妇女解释，“也想讲讲我们的故事。”

对大小便失禁、成日里只能瘫在家的迪娜而言，生命似乎到了尽头。后来邻居说，有家医院的医生能够治疗她这样的伤害。那家医院叫“医治非洲”（HEAL Africa），位于刚果东部的最大城市戈马市。迪娜家人联络到“医治非洲”的代表，对方安排了一架飞机把迪娜运到了戈马市。“医治非洲”承担了所有费用。

到了戈马市的小型机场之后，他们用救护车把迪娜送到了“医治非洲”。这是她第一次坐车。护士给了她一块塑料尿布，让她与其他几十名妇女一起活动，她们全都因为瘘管而大小便失禁。这带给了迪娜一些勇气，她试着站起来走路。护士给她一根拐杖，帮助她一点点走起来。他们给她食物吃，让她接受物理治疗，把她的名字加入瘘管手术等候名单。轮到迪娜动手术的那一天，医生成功缝合了她的直肠阴道瘘管，接着对她进行了更多的物理治疗，以准备第二次手术来修复膀胱瘘管。同时，迪娜开始考虑手术后的事。她决定暂时留在戈马市。

“要是回到金杜镇，”她解释，“我只会再次被强暴。”第二次手术也相当成功，但是手术完毕后，她决定还是回去。她想念家人，此外，战争也即将蔓延到戈马市。对迪娜来说，待在城市一样束手无策，于是她选择回到动乱频繁的金杜镇。

海外留学到刚果

在刚果东部这个充满暴力和厌女情绪的混乱境地里，为迪娜治疗的“医治非洲”医院就是座神圣的殿堂。那是个由白色低矮建筑组成的建筑群，病患在那里受到尊重。这是援助计划改变人们生活的一个案例。许多人在那儿帮助像迪娜这类病患，年轻的美国女子哈珀·麦康奈尔

哈珀和朋友在刚果"医治非洲"的医院中。
（拍摄：尼可拉斯）

（Harper McConnell）就是其中一个。

哈珀留着暗金色的长发，在热带的阳光下，她白皙的皮肤总是晒得褐里透红。她穿着随意，除了脖子上挂着的那串非洲项链，她看起来与美国大学校园里的学生没什么两样。然而，现在她却身处被战争蹂躏的刚果，说一口流利的斯瓦希里语（Swahili），与那些在刚果丛林中长大的新朋友谈天说地。她所踏上的这条路，是更多美国年轻人应该考虑的——旅行至发展中国家，"回馈"急需协助的人。

年轻人经常问我们，他们该如何帮忙解决性贩卖或国际贫穷这样的问题，我们总会先建议他们走出去看看世界。如果实现不了，就在家乡筹款或提升人们对这些问题的认识，这也是很棒的做法。但是要有效解决问题，你需要深入了解，光靠阅读是不行的。你需要亲眼看到，甚至在那里生活。

我们认为，美国教育体制的一大缺失，就是年轻人即使对国内外的贫穷状况毫无了解，也可以顺利毕业。出国留学的学生，往往是到牛津、佛罗伦萨、巴黎深造。我们认为大学应当把花一些时间待在发展中国家的社会实践作为学生的一项必修课，不管是休学一年还是去那里留学。如果更多美国人趁暑假到巴基斯坦穆赫塔尔的学校教授英文，或是到刚果的“医治非洲”医院工作，我们整个社会就会对周遭世界有更丰富的认识，世界其他地方或许也会对美国人有更正面的看法。

年轻人，尤其是女性，常会担心到海外当志愿者的安全问题。她们担心会感染疾病或遭受暴力，这当然有道理，但主要障碍还是对于未知情况的过分恐惧，这和非洲人或印度人到美国留学时那种忐忑不安的心情一样。现实情况是，美国人和欧洲人在发展中国家通常会受到热情款待，在非洲村庄遇到抢劫的概率，也会比在巴黎或罗马低很多。通常生活在贫穷国家最危险的事情是开车，因为没有人系安全带；而红绿灯嘛，如果有的话，往往是供参考而已。

美国女性有时候的确会引起多余的注意，尤其是金发女性，但是这样的注意很少有威胁性。女性一旦在目的地安定下来，通常会发现那里比想象的要安全。西方女性通常不会受到当地人的侮辱和骚扰，原因之一是当地男人觉得西方女性令人生畏。女性志愿者通常比男性拥有更多的选择，比如在保守的文化中，美国男性教导女学生甚至跟女性谈话可能都不太妥当，而女性则男女学生都可以教，也能够与当地的男男女女融洽相处。

民间团体为志愿者提供了无数的机会。我们在这本书后面提到的援助计划，大多也都欢迎志愿者，唯一的条件是要能够待上几个月，否则不值得大费周章。待在刚果或柬埔寨可能不像待在巴黎那么舒适愉快，但是这个经验将会改变你的人生。

哈珀在美国密歇根州和堪萨斯州长大，在明尼苏达大学攻读政治学和英文时，她并不确定将来该何去何从。她研究过贫穷与发展的问题，却不知道自己能做什么。毕业一天天逼近，她感到焦虑不安。大四那一年的5月，她听说自己所属教会和刚果的一所医院建立了合作关系。这所位于明尼苏达州伊代纳市的马可楼教会（Upper Room Church）很懂得这个重点：教友不应该只是开支票捐钱，也应该主动积极地做慈善。于是与牧师沟通前往刚果的安排后，哈珀同意前往戈马市，监管与“医治非洲”医院的合作项目。

“我们想让教友了解刚果东部的情况，让他们有机会过来看看这里的生活，”她说，“我也会让教会知道当地的现实情况，这样一来，在美国的构想才能够确保符合当地需求。”

哈珀住在戈马市一栋美丽的西式房子里，与成立“医治非洲”医院的夫妇同住，这对夫妇就是刚果医生乔·卢西（Jo Lusi）和他的英国籍妻子琳恩。夫妻俩用了其中的一个房间，里面总是挤满了访客。虽然这栋房子是避开刚果乱象的世外桃源，但是发电机依然会在晚上十点停止运作——而且别指望可以冲个热水澡。至于刚果的乡间，常让她觉得比戈马市落后一两个世纪。有一天，哈珀迫不及待地报告最新见闻：“我们有个团队刚去拜访一座村庄，那里自从20世纪80年代以后就再没见过汽车了。村民们都称车子为会走路的房屋。”

“医治非洲”是一所大医院，正式床位有150个，可是通常有250名病患，院方尽量容纳了他们。医院有14位医生，210位职员，除了琳恩、哈珀和另一个人，其余全是刚果人。院方尽量让病患有干净的床单可以使用。但是在这个有500万人口的地方，却只有两名妇产科医生。医院获取电力、纯净水和绷带都很困难，有时简直是场噩梦。更糟的是当地贪污风气盛行。2002年，附近一座火山爆发，岩浆流过来，医院顿时成了火球。这里的大多数土地都覆盖了八英尺厚的岩浆，后来在美国捐助者的支持之下，医院得以在岩浆冷却后立即重建。

对于一名单身年轻人而言，住在戈马市这样的地方，可能会觉得单调乏味。哈珀搬到刚果时，与交往两年的男友分手了。虽然一群司机常会向她求婚，但是并没有所谓的约会。有一次她感染疟疾，自己也成了病患。对于自己终于熬过来她颇为自豪，虽然这个病在非洲是家常便饭。当时她发着高烧躺在病床上打点滴，醒过来后，以为自己看到了影星本·阿弗莱克站在旁边，然后她很快明白这不是精神错乱产生的幻象：本·阿弗莱克正好拜访刚果，顺道来祝福她早日康复。

虽然没有购物中心和在线影片，但也有其他事情作为补偿。哈珀所承担的两项任务让她每天早上都迫不及待地跳下床。一是她在医院里设立了学校，教那些等待治疗的小孩读书识字。罹患骨科疾病的儿童可能要等好几个月才能得到医治，他们通常来自没有正式学校的乡村。于是哈珀请来老师，并清理出一间教室。现在，孩子们可以一周上六天学。年仅23岁的哈珀，成了她所创办学校的校长。

二是哈珀为那些等待手术的妇女开设了技能训练课程。许多病患就跟迪娜一样，需要在医院里待上好几个月，现在她们可以利用这段时间学习缝纫、阅读、编织篮子、制作肥皂和烘焙面包。通常一名妇女会选择其中一项技能，跟着一名老师开始学习，直到她有自信能够以此谋生。离开时，“医治非洲”会给她所需的原始材料——如果她学的是缝纫，甚至会送一台脚踏缝纫机——好让她日后赚钱养家。职业技能学不来的妇女，至少会得到一大块盐，能让她敲碎分装成小包在市场卖。因为有了谋生能力，这些妇女的人生被彻底改变。

“这些妇女对哈珀的课程非常感兴趣。”姐姐·比雅木古说道，她是哈珀请来教缝纫的老师。我们在讲话时，一群妇女围住哈珀，七嘴八舌地揶揄和感谢她，她听了开怀大笑，也用斯瓦希里语连珠炮似的回嘴。姐姐在一边帮我们翻译：“她们说要把哈珀抬起来，尊她为皇后！”

你要是来我们家吃晚餐，就会看到“医治非洲”的妇女编织的美丽的芦苇餐垫。哈珀在医院里开了一家小店，出售这些商品，她也尝试在网络上和美国百货公司里出售。如果你是美国大学生，哈珀做的另一件事可能跟你更有关系：她制订了留学计划，让美国人可以在戈马市的大湖国自由大学（ULPGL）待一个月。美国人将与刚果学生一起上课，不仅在教室里学习，也到外头作田野调查，并且分成小组合力撰写研究报告。

哈珀也鼓励美国的捐助者。该医院的年度预算是140万美元，超过1/3由个人捐献（更多信息请参考www.healafrica.org），这里面只有2%的捐款用于行政花费，其余则用到改善医疗条件上。医院甚至接受航空里程数这样的礼物，让职员能够飞来飞去，院方也热切欢迎志愿者和访客。“我更希望有人过来看看这里是什么情况，而不是开一张一两千美元的支票就了事，因为这一趟来访，将会改变他们，”哈珀说，“我有幸听到教友和其他访客的心得，他们说在‘医治非洲’医院的那段时间，颠覆了他们的世界观，也改变了他们在家里的生活方式。”

在哈珀用斯瓦希里语和非洲朋友叽叽喳喳说话时，看得出来她付出的同时也有了收获。她说：

的确有那种时候，我想要的只是快速联机上网、一杯拿铁咖啡以及一条畅通无阻的公路。但是每天早上同事对我的热情招呼，就足以让我留在这里。我有幸拿着医院里等待瘘管手术的妇女所缝制的手提包，看到这些新技能如何让她整个人变得从容有自信；我的刚果朋友从大学一毕业就找到工作，我有幸跟他一同庆祝；我有幸看到之前没有机会上学的小孩，现在在学校里学习；我有幸与一个家庭一起欢欣鼓舞，因为他们的收入增加了；我有幸与同事一起手舞足蹈，庆祝我们的计划得到了资助。我因身为第一世界的公民而享有各种机会，这是让我跟这里的朋友不同的主要原因。我认为我的职责就是让人人享有这些机会。

第六章

孕产妇死亡率——一分钟一名妇女

治疗国家，而不只是病人

面临死亡危险时能有万全准备是最合理且最合时宜的事情，你现在就要身体力行。

——科顿·马瑟（Cotton Mather）

讲到那些士兵虐待狂般用尖棍戳裂迪娜器官的残酷行径，阅读本书的人是无法体会的，至少我们希望如此。然而，漠然也是一种残酷，只是更加温和也更加广泛而已。正是因为全球性的漠视不理，才会有300万名妇女像迪娜一样粪尿失禁。像迪娜那样的瘘管病患，在发展中国家是司空见惯的。但是在刚果之外的国家，造成瘘管的主要原因不是强暴，而是难产及分娩时缺乏医疗护理。因为对孕产妇的健康与分娩伤害重视不够，这些产妇大多都没有做手术修补瘘管。

每有一名迪娜，就有几百名玛哈苞巴·穆罕默德。玛哈苞巴出生在埃塞俄比亚西部，身材修长，肤色浅棕，一头细卷长发系于脑后。今天，多数时候她都能轻松地讲述自己的故事，偶尔会自嘲地笑笑，但有些短暂片刻，往昔的伤痛会从她眼里闪露出来。玛哈苞巴出生在季马镇附近的一座村庄，从小父母离异，由姑姑抚养长大。但是姑姑并没有让她接受教育，平时把她当仆人般使唤。于是玛哈苞巴和妹妹一起逃到镇上，靠做女佣来换取食宿。

“后来邻居说能够帮我找到更好的工作，”玛哈苞巴回忆道，“他用80比尔（相当于10美元）把我卖了。他拿到了钱，我却一毛也没分到。我以为要我到买主家工作，没想到他却强暴我、打我。他说他用80比尔把我买下来，不可能放我回去。我当时大约13岁。”

买主贾得有60岁了，他买下玛哈苞巴做二太太。在埃塞俄比亚乡间，女孩有时候仍会被卖去做工，或是给人做二太太、三太太，虽然这种情况越来越少见。玛哈苞巴希望大太太能温柔相待，不料对方却以打她为乐。“她总是趁他不在时打我，大概是嫉妒心作祟。”玛哈苞巴愤愤不平地回忆道。一时间，旧时苦痛涌上心头，她停顿了一会儿。

贾得夫妇担心她会逃跑，不准她离开房屋。她的确试了几次，但每一次都被抓回来，连吃无数记的棍棒与拳头，弄得全身一块紫一块黑，还流血不止。不久之后，玛哈苞巴怀了身孕，分娩将近，贾得放松看管，她终于在怀孕七个月时成功逃跑。

“要是留下来的话，可能会跟孩子一起被打死，”玛哈苞巴说，“我逃回镇上，但是当地人说要赶紧把我带回贾得身边，我只好继续逃，回到老家。但亲人已经不在了。我是别人的老婆，又大着肚子，没人愿意帮我。我想干脆跳河自杀算了，结果叔叔找到了我，让我住到他房子旁的一间小茅屋里。”

玛哈苞巴请不起产婆，只能试着自己生孩子。不幸的是，她的骨盆开口太小，胎儿卡在了产道里。这是少女生产常见的问题。七天之后，她陷入了昏迷，才有人请接生婆过来。那时，因为时间太久了，胎儿头部和玛哈苞巴骨盆之间的组织已经失去了血液循环并开始腐烂了。玛哈苞巴恢复意识时，发现胎儿已死，她的膀胱及肠子也失去了控制。她无法走动，甚至站都站不起来。这是神经损伤的后果，是瘘管常见的并发症。

“人们说这是诅咒，”玛哈苞巴回忆，“他们说：‘你受了诅咒，不应该再待在这里，你得离开。’”叔叔想要帮助她，但是婶婶担心帮助遭受上帝诅咒的人就是亵渎神明，力劝丈夫把玛哈苞巴带到村庄外头，让野兽吃掉她。叔叔内心天人交战，最后他给玛哈苞巴准备了食物和水，让村民把她移到村子边上的一间茅屋。

“接着他们把门拆掉，”她平静地说，“好让土狼来吃我。”果然到了晚上，土狼进来了。玛哈苞巴双腿动不了，她吼叫着，疯狂地朝土狼挥舞手中的棍子。一晚上，玛哈苞巴都在与把她团团围住的土狼生死搏斗。

她才14岁。

曙光初现时，她的求生欲望更强烈了。她明白自己唯一的希望就是离开这里。她曾听说邻村有个西方传教士，就开始往那个方向爬。一天下来，当她到传教士家门前时，已经半死不活了。被吓得目瞪口呆的传教士连忙把她抬到屋里，救活了她。再次去首都亚的斯亚贝巴时，传教士带上了玛哈苞巴，把她送进了位于城市边缘的亚的斯亚贝巴瘘管医院（Addis Ababa Fistula Hospital）。

在那里，玛哈苞巴发现有几十名同病相怜的妇女。入院后，她接受了检查，沐浴，换上新衣服，学习如何清洗自己。瘘管伤员的腿部常有伤口，那是尿酸腐蚀皮肤造成的，经常洗涤能够消除这样的疼痛。医院里的女孩穿着夹脚拖鞋到处走动，聊天时不断有尿液滴下，医院职员开玩笑说这里是“水滩城”。地板一小时要拖好几次，而女孩们全都忙着交友聊天，并不会觉得有什么丢脸的。

该医院由妇科医生凯瑟琳·哈姆林（Catherine Hamlin）经营，她是名副其实的圣人。她把大半辈子都奉献给了埃塞俄比亚的贫穷妇女，虽然历经危险又困难重重，却也改变了无数像玛哈苞巴这样年轻女性的人生。又高又瘦的凯瑟琳，头发已经花白，她平时热爱运动，热情，温柔——除了人们称她为圣人的时候。

“我热爱这份工作，”我们初次见面时她不高兴地说，“我来这里并不是因为我是圣人，或是在做什么高尚的事情。我非常享受自己的人生。我来这里，是因为我觉得上帝要我在这里。我觉得自己在做好事，在帮助这些妇女。这是非常令人满足的工作。”凯瑟琳和已故的先生雷格·哈姆林（Reg Hamlin）于1959年从祖国澳大利亚来到埃塞俄比亚做妇产科医生。在澳大利亚，他们没碰到过一起瘘管病例，但在这里却时时碰到。“这些是世界上最应该得到同情的妇女，”凯瑟琳斩钉截铁地说，“得了这种病会很自卑，她们非常孤独。麻风病或艾滋病患者都有组织帮助，但是这些女性，没人知道也没人帮助她们。”

在西方瘘管一度也很普遍。曼哈顿曾经有一家瘘管医院，就在现在的华尔道夫饭店（Waldorf-Astoria Hotel）所在地。后来随着医疗进步，这种疾病几乎消失了。在发达国家，哪还有女性会陷入四天的难产——早在难产之前，医生就会做剖宫产。

1975年，凯瑟琳和雷格成立了亚的斯亚贝巴瘘管医院。医院坐落在山丘旁，是一组美丽的白色建筑群，中间辟有绿意盎然的花园。凯瑟琳是医院负责人，住在建筑群中央的一间温馨小屋里，她打算死后与丈夫一起长眠于此。凯瑟琳主持了超过2.5万次的瘘管手术，也培训了无数医生。她技术高超，不过依然有些病患由于身体所剩的组织不足以用来修复，只能帮她们做结肠造口术，把粪便从肚子上开的洞里取出来，储存在一个小袋子里，定时丢弃。手术后的病患还需要持续看护，于是她们被安置在医院附近的一个村庄里。

玛哈苞巴就是其中之一。物理治疗后她能够再度走路了，但还得接受结肠造口术。即便如此，一恢复行动能力，凯瑟琳就让她在医院工作了。起先玛哈苞巴只是换换床单被套，或是帮助病人洗澡。但是医生们渐渐发现她聪明伶俐，又急切地想要做更多事情，就给她安排了更多任务。她学习读书写字，进步神速。她终于找到了生命的价值。今天，如果你拜访那家医院，很可能会看到玛哈苞巴——而且是穿着护士服——她如今已晋升为高级护士助手了。

修补一个瘘管大约要花300美元，而有九成左右是能够修补的。但是得了瘘管的大部分女性都是贫穷的乡下妇女，从来没看过医生，也没接受过医疗救助。华盛顿大学医学院的妇产科教授刘易斯·沃尔（L. Lewis Wall）马不停蹄地到处办活动，呼吁在西非设立瘘管医院。他估计，光是在非洲，每年就有3万～13万的瘘管新病例。[1]

这些年轻的女性——通常还只是十五六岁的少女，一般患病后就会认定生命已经无望了，而不会去主动就医。她们因为身上散发排泄物的恶臭而遭到丈夫遗弃，或者像玛哈苞巴一样被隔离。最后，不是饿死，就是因产道感染扩散而死。

“瘘管病人是现代版的麻风病患者，”在瘘管医院与凯瑟琳共事的

---

1 20世纪90年代，就是沃尔教授发起的运动，初次让我们了解了产科瘘管病。沃尔教授，连同他所领导的世界瘘管基金会（Worldwide Fistula Fund, www.worldwidefistulafund.org）一起，终于看到在西非设立瘘管医院的美梦成真。在美林证券和美国私人捐助者的支持下，该医院在尼日尔设立，不过资金依然吃紧。沃尔教授依然在努力帮助被忽视的女性，他是一位名副其实的英雄。——原注

玛哈苞巴在亚的斯亚贝巴瘘管医院的空地上。
（拍摄：尼可拉斯）

英国助产士鲁思·肯尼迪（Ruth Kennedy）说，“她们无依无靠，她们的声音没有人听到。这些妇女因为身为女性而被社会遗弃。要是男人碰到这种状况，就会有来自全世界的基金和补给品。”

美国电视节目主持人欧普拉在采访了凯瑟琳后，非常受触动，后来亲自参观了瘘管医院，还捐钱盖了一间新病房。然而，即便如此，孕产妇得到的关注依然很少，因为那些受到伤害或死于伤害的妇女，几乎一出生就受制于三项不利因素：身为女性、身为穷人、生活在偏远的农村。“女性在发展中国家遭到边缘化，”凯瑟琳表示，“她们是消耗品。”

的确，在贫穷国家，甚至连男性都缺乏健康护理。世界有11%的居民住在撒哈拉沙漠以南的非洲国家，他们得了世界上24%的疾病——而世界健康护理的花费中，只有不到1%是用来治疗他们的。其中孕产妇护理特别受到忽视，从来就没有得到过足够的资金。

2009财年，小布什总统竟然提议把美国国际开发总署在孕产妇和儿童护理方面的经费降低18%——也就是说仅剩3.7亿美元，平均下来每年每名美国人约1.2美元。

保守派强烈反对强制堕胎，自由派激烈争取堕胎权利，但是女性因难产而死的问题，一直缺乏群体的支持。民众没有注意到这个问题，这可以算是我们新闻工作者工作的缺失。每天有数量相当于五架波音747乘客数量的妇女死于分娩，但是新闻几乎从来没有报道过这项议题。如何解决？我们应大声疾呼，领导起全球产妇拯救运动。现在，美国人花在孕产妇健康上的经费，还不到军事经费的0.05%。

据世界卫生组织估计，2005年有53.6万名妇女在怀孕或分娩时丧命，这样的死亡人数30年来几乎没有退减。儿童死亡率已大幅下降，人类的寿命已延长不少，但是生育的致命程度依然跟以前几乎一样——每一分钟就有一名孕产妇死亡。

孕产妇死亡有99%发生在贫穷国家。最常见的衡量方法是孕产妇死亡率（maternal mortality ratio），即每10万个活产当中，有多少名产妇死亡。不过统计数据通常非常贫乏，只能概略地估计。爱尔兰是世界生育最安全的地方，孕产妇死亡率是1/100000。美国有较多女性没有得到适当的医护，孕产妇死亡率是11/100000。相较之下，南亚（包括印度和巴基斯坦）的孕产妇死亡率平均是490/100000，撒哈拉沙漠以南的非洲国家是900/100000，而塞拉利昂的孕产妇死亡率是全世界最高的，达2100/100000。孕产妇死亡率所计算的是单次怀孕的风险，而贫穷国家的妇女一生怀孕多次，因此统计学家也计算了死于生产的终身风险。世界上终身风险最高的是西非国家尼日尔，该国妇女死于分娩的概率是1/7。撒哈拉沙漠以南的非洲国家，死于生产的终身风险概率是1/22。印度虽然建了那么多宏伟壮丽的高楼，一名印度妇女的一生，依然有1/70的概率死于生产。相较之下，美国死于生产的终身风险概率是1/4800，意大利是1/26600，而爱尔兰只有1/47600。

由此可见，贫穷国家孕产妇死亡终身风险高于西方国家1000倍，这真应是一项国际丑闻。更糟的是，这样的差距还在一天天地拉大。世界卫生组织发现，在1990～2005年，发达国家和大部分发展中国家大幅降低了孕产妇死亡率，但是非洲的死亡人数几乎没有减小。事实上，由于人口越来越多，死于生育的非洲女性人数，从1990年的20.5万人升高至2005年的26.1万人。

孕产妇伤病（分娩时所受的伤）比孕产妇死亡发生得更加频繁。死于生育的妇女，与承受瘘管或严重撕裂伤等重大伤害的妇女，二者比例至少是1∶10。不安全的堕胎每年造成7万名妇女死亡，另外有500万名妇女严重受伤。照顾那500万名妇女的经济成本，估计每年是7.5亿美元。证据显示，妇女若死于分娩，她的孩子早夭的可能性也大。

坦白说，对于列出一堆数据我们相当犹豫，因为就连具有说服力的数字，也没办法激发世人采取行动。越来越多的心理研究显示，统计数据会让人愈看愈麻木，鼓动人们行动起来的反而是个人的故事。在一项实验里，研究对象被分为几个小组，研究者请每个人捐助五美元来减轻国外的饥饿问题。第一组被告知捐款会送给马里的一名七岁女孩罗琪雅；第二组被告知捐款会用来帮助解决2100万非洲人的营养不良问题；第三组跟第一组相同，被告知捐款会送给罗琪雅，但是在这一组里，还加了一些统计数字带出了全球性的饥荒问题。结果显示，人们捐助罗琪雅的意愿，远大于帮助2100万个饥民。甚至第三组，也降低了大家帮助这个女孩的意愿。

另一组实验，要求实验对象捐助一个30万美元的专项基金来对抗癌症。一组被告知捐款会用来拯救一名儿童的生命，另一组被告知捐款会用来拯救八名小孩的生命。结果，拯救那一名小孩的捐款，几乎是后者的两倍。社会心理学家认为，这些实验反映出我们的良知和伦理系统是基于管理个人故事的大脑，而非管理逻辑和理性部分的大脑。实验对象若被要求先解决数学问题，在激活了掌管逻辑那部分的大脑之后，他们的确不会那么大方了。

因此，我们宁愿放下统计数据，来讲讲席米·西佳耶（Simeesh Segaye）的故事。如果有更多人认识这位待人温柔、声音轻柔的21岁农村女孩，我们保证“孕产妇健康”会一下子成为他们的首要之务。我们第一次看到席米时，她正躺在亚的斯亚贝巴瘘管医院主病区尽头的病床上。她跟我们讲起她的故事，助产士鲁思·肯尼迪替我们翻译。

上学时，她曾读到八年级，这在埃塞俄比亚乡下是很了不起的事。她19岁结婚，发现怀孕时欣喜若狂，她的女性朋友们也都来道喜，祝愿她生个男孩。

没想到分娩时胎儿却出不来。难产了整整两天之后，席米几乎不省人事。邻居花了几个小时把她抬到最近的公路上，好不容易等来了一辆巴士。他们把她放上车，巴士又花了两天时间才抵达最近的医院，这时已胎死腹中。

出院后，席米回到村里疗养，身体好转时却发现自己瘸了，身上还不停地散发着恶臭，流出尿液和粪便。她如遭晴天霹雳，觉得丢脸至极。父母和丈夫攒了10美元的车费，想把她送回医院修补瘘管，可是上了巴士，其他乘客一闻到她身上的气味，都嚷嚷：“太没道理了！我们也付了车钱——你不能逼我们忍受这样的臭味！叫她下车！”

巴士司机把10美元还给席米，赶她下车。修补瘘管的希望就此破灭。后来丈夫抛弃了席米，父母虽然支持她，但还是盖了一间独立的茅屋给她住。就连他们也受不了那种气味。每天父母都会把食物和水带给她，安慰她几句。席米住在那间茅屋里，孤单，羞愧，又无助。一项调查显示，九成的瘘管病患曾经考虑过自杀，席米也决定一死了之。她变得忧郁，麻木，分裂。得了抑郁症的人有时候会回到胎儿姿势，席米就是这么做的——只不过她几乎完全不动。

“我把自己蜷成一团，”她说，“两年来都是这个样子。”一年有一两次，她父母会将其带出茅屋，但是其他时候她躺在地上躲藏起来，只求一死了之。她几乎不吃不喝，因为吃得越多，就有越多的排泄物从大腿流下来。她开始慢慢绝食。

席米的父母不是不爱女儿，但不知道这种病能否治好，更何况也没钱治病。席米没有提出过任何请求，她很少说话，只是躺在茅屋里等死。两年来，父母心如刀割地看着女儿受苦，最后下定决心把牲畜卖掉——那是他们所有的资产。由于没有巴士愿意载她，他们付了250美元雇了一辆私家车，花一天时间到了伊尔加阿莱姆市的医院。

医生发现席米的病情太过复杂，把她转诊到瘘管医院。当瘘管医院的医生向她保证能够解决她的问题时，她很受鼓舞。她开始走出阴影。起先还只是遮遮掩掩地轻声细语，渐渐地她重新与周围的人互动起来。在医生帮她修补瘘管之前，还有其他问题必须先解决。有整整两年席米躺在地上缩成胎儿的姿势，腿部已经萎缩、弯曲。她动不了双腿，更不用说伸直，而且她也虚弱得无法用脚支撑身体。医生们给她补充营养，

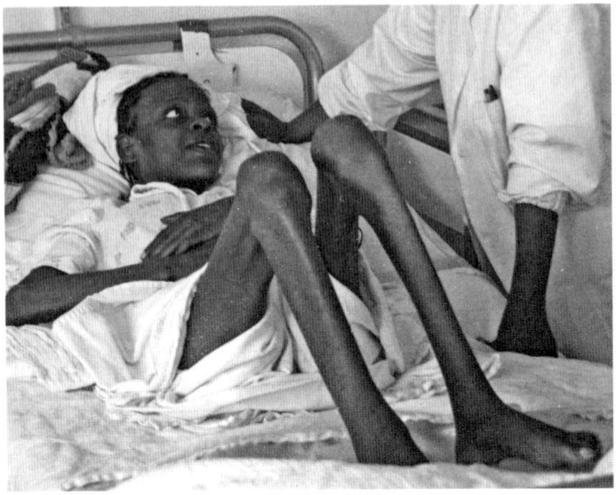

席米·西佳耶在瘘管医院，弯曲的双腿已经动弹不了了。
（拍摄：尼可拉斯）

做物理治疗，期望能让她伸直双腿。

后来医生发现她有七厘米的耻骨联合关节不见了，显然是遭到了感染。医生给她做了结肠造口术——由于忧郁退去，席米已能敞开心胸接受这样的治疗；经过无数次漫长又痛苦的物理治疗之后，她终于能够再度站起来了。后来她的脚患了应力性骨折，又在医院接受了密集物理疗法。几名已康复的病患帮她按摩，在疗程中协助她。她们总是很小心，只要席米疼痛难忍，就会立刻停止。经过月复一月的艰辛治疗，席米终于能够伸直双腿站起来，最后她甚至可以自行走路了。同样重要的是，她恢复了自尊以及对生命的热情。待到恢复力气，外科医师给她做了瘘管修补，后来她完全康复了。

像席米这样的女性几乎被世界遗忘了。但是几十年来，有一名美国医生一直在带头呼吁大家关注孕产妇健康。患了致命退化性疾病的他，身体逐渐衰弱，但依然为降低生育死伤人数而奋斗不休。

治疗国家，而不只是病人

艾伦·罗森菲尔德（Allan Rosenfield），20世纪三四十年代出生并在美国马萨诸塞州布鲁克莱镇长大，父亲是波士顿颇负盛名的妇产科医生。他就读于哥伦比亚大学医学院，曾被美国空军指派到韩国服务。在韩国期间，他每周末去地方医院做志愿者。病房里的所见所闻令他大为震惊：韩国的乡村妇女在生育时承受了很大痛苦，其严重性是美国人无法想象的。回到美国后，艾伦还是无法忘怀那些默默受苦的人。

韩国的经验使得艾伦对于贫穷国家的医疗需求问题深感兴趣。他后来听说尼日利亚的拉各斯（Lagos）有一所医学院有职缺，就提出了申请。1966年，他带着新婚妻子克莱尔到达拉各斯，夫妻俩在那里开始了新生活。尼日利亚的情况，尤其是生育计划及孕产妇护理方面的情况，让艾伦大为惊讶，也疑虑重重。

“我开始觉得我们给予的护理模式不适合尼日利亚，”他回忆道。那次在非洲的亲身经历，开启了他对公共卫生领域的终身兴趣。他开始致力于预防疾病，而不只是等着病人上门。在西方，我们往往认为疾病和死亡是医生的领域；但是到目前为止，在全球健康方面，进展最大的是公共卫生专家。公共卫生的解决模式包括天花接种计划，拯救腹泻婴儿的口服葡萄糖电解质液治疗法（ORT），以及鼓励车辆安装安全带与气

艾伦·罗森菲尔德在纽约哥伦比亚大学梅尔曼公共卫生学院。
（拍摄：坦尼亚·布拉甘蒂）

囊的推广运动。如果真的有心要降低孕产妇死亡率，也同样要考虑到公共卫生的观点——减少意外怀孕及提供产前护理，好减少紧急医疗危机事件。

有时候，最有效的方法可能跟医疗完全无关。比如说，一个不落窠臼减少怀孕的方式，就是为女生提供校服，这样她们就会在学校待得久一点——也就是说她们会延迟结婚和怀孕，直到她们更有能力生育。一项南非的研究发现，每18个月给女孩发一次价值六美元的制服，能够提升她们继续上学的可能性，因此也会大幅降低她们怀孕的次数。

艾伦·罗森菲尔德努力把实务医学与这种公共卫生观点结合起来，成为孕产妇健康领域的社会企业家。艾伦原本只打算把他在尼日利亚的服务作为人生的一段插曲，就好像加入“和平部队”（Peace Corps）到发展中国家提供技术服务一样。但面对周遭的强烈需要，一种使命感油然而生。他申请了一份泰国人口委员会（Population Council in Thailand）的工作。夫妇俩在泰国待了六年，组建家庭、学习泰语，并全心爱上了这个国家。然而，泰国海滩之美跟孕产妇病房的恐怖有如天壤之别。此外，子宫内避孕器和口服避孕药丸只有医生开了处方才能拿到，这表示99%的民众无法采用最有效的避孕方式。于是艾伦与卫生部共同研拟了一项具有革命性的方案：让受过训练的助产士也有权开处方。首先，他列出一份问题清单，让助产士在询问妇女时有个参考，能够迅速开出处方；不好判断的，则转诊医生。很快，该方案在全泰国3000个地方正式实施，最后助产士也有权帮妇女安装子宫内避孕器了。今天，我们很难体会这个方法的颠覆性。但是在以前，内科医师严加守护他们的特权，如果谁把医疗责任托付给微不足道的助产士，那简直是异端。

“这个方法是前所未有的创举。如果在今天，要审核这样一个方案一定很麻烦，”艾伦说，“但是当时我单枪匹马，反而可以这么做。”他的事业轨道已经定型，即致力于妇女生育安全的公共卫生工作。1975年，艾伦搬到纽约，成为哥伦比亚大学人口及家庭健康中心（Center for Population and Family Health）的主任。他发展了该领域的全球同盟网络，并在1985年与同事德博拉·梅因（Deborah Maine）联合发表了一篇划时代的文章，这篇文章刊登于全球卫生议题方面处于最前线的英国期刊《柳叶刀》上。文章里提出：

> 让人费解的是，健康专业人士、决策者和政客们对孕产妇死亡的关注太少了。全世界的产科医生在这方面尤其玩忽职守。大部分产科医生

疏于呼吁人们重视这个问题，也没有游说相关机构推行重要计划、调整先后顺序，而是把焦点放在强调高科技的次专科上。

这篇文章引发了全球孕产妇健康的倡议运动，同时艾伦也被任命为哥伦比亚大学梅尔曼公共卫生学院（Mailman School of Public Health）院长。1999年，比尔与梅琳达·盖茨基金会（Bill & Melinda Gates Foundation）提供了5000万美元的资助，艾伦利用这笔钱成立了“孕产妇死亡残疾防范组织”（Averting Maternal Death and Disability, AMDD），成为推动全球生育安全的先锋。

渐渐地，艾伦不只把孕产妇死亡当成公共卫生的焦点议题，也把它当成人权议题来处理。“光靠技术来降低孕产妇死亡率是不够的。”艾伦在一篇论文中写道，“作为基本人权，孕妇应能安全生产并得到悉心护理。我们必须利用人权‘体制’，亦即法律、政策和习俗，约束美国各州根据条约履行义务。”

最早前往国外时，艾伦算是开路先锋，但是目前这个领域的其他人已经赶上来了。“在我那个年代，我们连全球健康护理是什么都不知道，”他回忆道，“我那时是特立独行，但是今天有很多年轻人想要投身这个领域。”在今天的医学院里，全球公共卫生是个热门议题。在哈佛医学院里，像保罗·法默这样把精力主要投注在经营海地和卢旺达的医院，而不是位于波士顿那间办公室里的医生们，都很受学生崇拜。

艾伦的人生在2005年发生了悲剧性的转变。他被诊断出肌萎缩性脊髓侧索硬化症（ALS）及重症肌无力，这两种疾病都会影响运动神经。他原本是体育健将，热爱户外活动，但是现在他发现自己越来越瘦弱。他体重下降，走路及呼吸都有困难，后来医生建议他坐了轮椅。他担心成为家人的负担，但还是每天工作，甚至参加国际会议。2008年1月，在出席“国际妇女健康联盟”宴会时，他几乎动不了了，但仍然是众人瞩目的焦点，深得世界各地景仰者的尊崇。2008年10月，他撒手人寰。

孕产妇死亡残疾防范组织目前在50个贫穷国家拯救生命。我们顺路造访尼日尔东部津德尔地区的一家诊所时，就亲眼看见了该组织带来的影响。尼日尔是世界上孕产妇死亡率终身风险最高的国家，整个国家只有10名妇产科医生，而在乡村地区能找到任何一种内科医生就很幸运了。看到来了两个美国人，津德尔诊所的医护人员又惊又喜。他们开心地带我们参观，甚至还带我们去看了怀胎十月的孕妇拉玛多·伊索弗。她躺在担架上，大口喘着气，身体抽搐着。她抱怨自己快看不见了。

诊所里唯一的医生是尼日利亚籍的欧本德·卡约德（Obende Kayode），他因尼日利亚对外援助计划而被派到该诊所驻诊（如果尼日利亚可以把医生送到国外作为一项国外救援，美国也行）。卡约德医生说，拉玛多可能患有子痫前症。在发展中国家，这样的怀孕并发症每年让约5万名妇女丧命。拉玛多需要剖宫产，一旦婴儿出世，痉挛也会停止。

拉玛多37岁，育有六名子女，在这家小医院的等候室里她的生命日渐消逝。“我们刚才打电话给她先生，”卡约德医生说，“等他提供医药和手术材料，我们就能手术。”

原来，这家诊所是联合国人口基金会（UNFPA）和孕产妇死亡残疾防范组织为了根除孕产妇死亡而在尼日尔安排的试验性计划。因此，剖宫产所需的全部材料被收藏在密封塑料袋里，只有支付42美元才能使用。这已算改善不少了。之前家属要跑遍整个城镇，这里买绷带，那里买纱布，还得买手术刀，加起来花的钱更多。不过，要是凑不出42美元呢？

那她可能会死掉。“要是家人说他们没钱，那事情就严重了，”卡约德医生承认，“有时候你会帮忙，期望他们将来还钱。一开始我帮了很多人，但是后来他们没还。”他耸耸肩说，“这要看心情。如果医护人员觉得没办法帮了，那你就只好静观其变。有时候孕妇就这么死了。”

即便如此，诊所的医护人员还是不希望拉玛多在我们面前死去。护士们把她推进手术室，擦洗她的腹部，然后一名护士给她打脊髓麻醉。拉玛多躺在轮床上，呼吸沉重不均，全身动也不动，看来是昏迷了。卡约德医生走了进来，快速切开拉玛多的腹部，举起一个有点像篮球的大器官，那就是她的子宫。他小心地把子宫切开，捧出一名男婴，交到护士手上。男婴相当安静，没办法立刻辨认是否活着。卡约德医生缝合完子宫，又把它放回腹部缝好。整个过程中，拉玛多一直昏迷。20分钟之后，拉玛多醒了，虽然看起来憔悴无比，但是已不再痉挛或呼吸困难了。

“我很好。”她挤出这几个字。护士把男婴抱过来——现在他正在尖声哭号，充满了生命力。拉玛多面露喜色，伸手把宝宝接了过去。这一幕真像个奇迹，也再一次表明如果我们把孕产妇健康列为首要之务，会带来什么样的可能性。在尼日尔沙漠中央一间设备不佳的手术房里，一名医生和几名护士让一个妇女起死回生，也拯救了她的婴儿。艾伦·罗森菲尔德遗留人间的公共卫生组织与精神，又多拯救了两条生命。

第七章 妇女为何死于分娩

埃德娜的医院

假若男人因生育而丧命，世人会袖手旁观吗？

——联合国副秘书长米基罗（Asha-Rose Migiro），2007年

拯救母亲性命的第一步，是要了解什么原因导致了孕产妇死亡。昏厥、大出血、疟疾、堕胎并发症、难产或败血症都可能直接导致死亡。但是在这些医疗解释的背后，还有社会学及生物学因素。让我们来看看普鲁登斯·蕾茉蔻诺（Prudence Lemokouno）的故事。

我们在约卡杜马（Yokadouma）的一家小医院发现了躺在病床上的普鲁登斯。约卡杜马位于喀麦隆蛮荒偏僻的东南部。遗传学证据显示，20世纪20年代艾滋病病毒首次感染人类的案例，大约就发生在这个地区。24岁的普鲁登斯已经是三个孩子的母亲。她穿着破旧的红格子洋装，挺着大肚子，下半身用被单盖着。由于剧痛难当，她不时紧抓着床沿，但从没大声喊出来。

普鲁登斯与家人住在75英里之外的村里，之前没有接受过任何产前健康检查。生产时，一个没有受过训练的产婆过来接生，没想到普鲁登斯的子宫颈堵塞，胎儿出不来。阵痛三天之后，产婆坐到普鲁登斯的肚子上蹦来蹦去，导致她的子宫破裂。最后，家人雇了一名男子骑摩托车

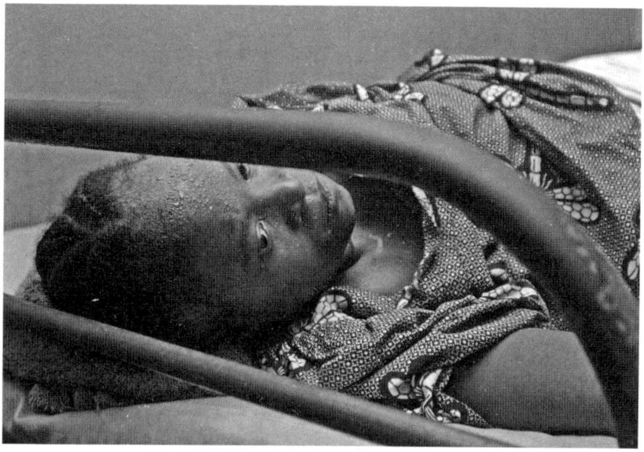

普鲁登斯·蕾莱蔻诺躺在喀麦隆医院的病床上，无人问津。
（拍摄：那卡·纳撒尼尔）

把普鲁登斯带到了医院。主治医生叫帕斯柯·皮皮，他很清楚普鲁登斯需要紧急剖宫产，但要收100美元才愿意动手术，而普鲁登斯的丈夫和父母说他们只能凑到20美元。皮皮医生认为他们在说谎，他们可以凑到更多。也许医生说得没错，因为普鲁登斯的一个堂兄有一部手机。如果她是男人，家人大概会卖掉家产凑够那100美元。

皮皮医生个子矮小，但看起来很结实，戴一副眼镜，显得有些严肃。他说一口流利的法文，神情中明显地流露出对当地乡下人的厌恶和轻视。他在这里辛勤工作，对我们也非常友善，却在我们面前痛斥附近像普鲁登斯这样不照顾自己又没有趁早去医院的村民。

"甚至那些住在镇上、家就在医院旁边的妇女，还是在家自己生产。"他说。他估计，大体上只有5%左右的当地妇女来医院生产。他抱怨说这里没什么医疗用品，而且该医院历年来没有人自愿献血。皮皮医生给人一种愤世嫉俗的感觉——他痛恨那些妇女，也抱怨自己被卡在这么一个鸟不生蛋的落后地区。他对于妇女的需求毫无同情心。

我们其实是无意间来到这家医院的，既然来了，就顺道进去问了一下这个地区的孕产妇医疗护理情况。在听完皮皮医生“明智”地评估该区的情况后，我们在一间闲置的病房里看到了普鲁登斯。她的家人告诉我们，她在那里已经躺了三天，没有受到任何治疗——后来皮皮医生愤慨地跟我们说，只有两天。她到医院不久，胎儿就死了，此刻胎尸正在慢慢地腐烂并毒害着普鲁登斯。

“要是院方立刻治疗，我的孩子不会死。”普鲁登斯28岁的丈夫艾兰·阿沃纳边在妻子身旁徘徊不定边愤怒地说。他是公立学校的老师，所受的教育足以让他清楚地看到妻子遭受的恶劣对待，并对此备感愤慨。“求求你，救救我太太！”他恳求道，“我的孩子已经死了，请救救我太太！”

艾兰的抗议惹怒了皮皮医生和其他医护人员，但他们还是尽量应对，在访客面前让患者死去，会是一件很没面子的事情。他们表示问题出在资源短缺上，而无知的村民们又不愿支付医疗费用，情况因此才会更严重了。

“在急诊案件中，病患家属通常是拒绝付钱的，”高级护士埃米利安·墨阿萨一脸不屑，看来她是个铁石心肠，“他们一转身就开溜了。”

然后皮皮医生表示，再不介入的话，普鲁登斯只剩几个小时可活了，要是他拿到剩余的80美元，就可以帮她动手术。我们当场同意支付剩余费用。接着皮皮医生又说普鲁登斯贫血，需要输血才能够撑过剖宫产手术。一名护士查了普鲁登斯的病历，说她的血型是A型Rh阳性。

尼可和摄影师那卡·纳撒尼尔互看一眼。“我是A型阳性。”尼可向那卡耳语。

“我是O型阳性——万能血型。”那卡悄声回道。我们转向皮皮医生。“要是我们献血呢？”尼可问，“我是A型阳性，他是O型阳性，这样的血能用吗？”皮皮医生耸耸肩表示可以。尼可和那卡拿出一些钱，请一名护士到镇上买来据称是全新的一次性针头，让化验室人员帮他们分别抽血。

普鲁登斯似乎没有完全意识到发生了什么事，但是她母亲流下了喜悦的眼泪。家人原本以为普鲁登斯的命保不住了，但现在似乎突然有了转机。艾兰坚持要我们等到手术结束再离开。“要是你们现在走，”他直截了当地说，“普鲁登斯就活不成了。”

后来，埃米利安和其他护士又开始和普鲁登斯的家人争执，想向他们敲诈更多，我们过去调停后，又支付了一些。终于，护士把血袋挂上了，尼可和那卡的血液开始一滴一滴输入普鲁登斯的血管中。她几乎是立刻活了过来，并用虚弱的声音向我们道谢。护士说普鲁登斯的手术已经安排妥当，但是几个小时过去了，却没有任何动静。到了晚上十点，我们问值班护士皮皮医生去哪了。

“噢，医生吗？他从后门回家了。他明天会动手术。应该吧。”看来皮皮医生和护士们决定给艾兰和普鲁登斯的家人一个教训，挫挫他们的锐气。

“但是等到明天就太迟了！”尼可抗议道，“普鲁登斯活不了那么久，医生自己都说她也许只能活几小时了。”

护士耸耸肩：“这就要听天由命了，由不得我们做主。要是她死了，也是上帝的旨意。”我们差点想把她掐死。

“皮皮医生住哪里？”尼可问，“我们现在就去他家。”护士不愿透露。艾兰看得目瞪口呆，茫然地看着我们。

“快点说啊，你一定知道医生住哪儿，要不然晚上有紧急情况怎么办？”

这时，身为喀麦隆人的口译把我们拉到一旁，说：“这样吧，要是我们四下打听，一定能问到皮皮医生的住处，但如果我们现在就去他家把他拖过来，他大概会气到不行。也许他会勉强动手术，但你不知道他拿手术刀会做什么，而遭殃的是普鲁登斯。只能等到明天早上，看看她是否还活着。”我们只好作罢，回到招待所。

“谢谢你们，”艾兰说，“你们试了，你们尽力了，我们真的非常感激。”但因为知道医院存心找碴儿，见死不救，他已经崩溃了。普鲁登斯的母亲早就气得说不出话来，泪水在眼里打转。

隔天早上，皮皮医生终于开始手术了，但是普鲁登斯至少已经在医院耽搁了三天。她的腹腔受到严重感染，医生必须切除20厘米的小肠，但是又没有抗感染所需的强力抗生素。

几小时过去了，普鲁登斯依然不省人事，大家渐渐明白这不只是麻醉剂的原因。她正陷入昏迷。由于受到感染，她的腹部持续膨胀，而护士很少来照顾她。连接导尿管的尿液袋满得快溢出来了，也没人来换。她轻微呕吐，只能由她母亲来收拾。

时间分分秒秒地流逝，病房的氛围越来越阴沉。皮皮医生一开口就批评普鲁登斯家人，尤其是艾兰。普鲁登斯的腹部膨胀得可怕，开始吐血。她费尽力气呼吸，喉鸣声大得吓人。家人决定把她带回家里等待咽气。他们雇了一辆车，愁苦地回到了村里。三天后，普鲁登斯死去了。

在世界的某个角落，这种事每分钟发生一次。

普鲁登斯的死因不只是子宫破裂，还有其他四个主要原因。

一、**生物学**。妇女死于分娩的原因之一跟解剖学有关，而这植根于两项基本的进化权衡（evolutionary trade-offs）。第一项进化权衡跟直立行走有关。我们的老祖宗开始直立行走时，由于骨盆过大，他们走路和跑步的效率都不佳，还很累。骨盆狭窄能跑得快，却使得分娩困难无比。因此人类在进化时发生了如此调适：女性一般拥有中等大小的骨盆，让她能够适度地快速移动，也能熬过生产过程——大多时候是如此。另一项权衡跟头部的大小有关。从我们祖先克罗马农人（Cro-Magnon）开始，人类的头颅就不断扩大，以便容纳更复杂的大脑。更大的脑袋虽然是一个进化优势，但也增加了大头胎儿无法活着从母体出来的概率。人类是唯一需要生产协助的哺乳类动物，因此一些进化心理学家和进化生物学家认为，史前时代第一个出现的“专业”可能是产婆。而母亲所承受的风险也会因为各自不同的身体结构而不同。人类的骨盆由形状来分类，反映出交替的进化权衡：女子型、男子型、细长型和扁平型。骨盆差异的重要性，专家意见不一，《生殖医学期刊》（*The Journal of Reproductive Medicine*）认为，骨盆差异不只反映了基因遗传，也反映了童年环境因素。女性最常见的是女子型骨盆，这种骨盆最能适应生产过程（但是卓越的女性赛跑选手就不是这种骨盆），在白种女性身上尤其普遍。相反，细长型骨盆能够让女性跑得快，但也更容易造成难产。目前骨盆形状的数据贫乏，但是非洲妇女拥有细长型骨盆的可能性似乎特别大，一些孕产妇专家以此作为非洲孕产妇死亡率极高的原因之一。

二、**缺乏学校教育**。要是村民能接受更好的教育，普鲁登斯的存活概率就会更高。教育跟以下三点有关：家庭人数较少、避孕更普遍以及就医率增加。因此，普鲁登斯要是接受了更多教育，她怀孕的机会就会降低，就算怀孕了，也比较可能到医院生产。要是那个产婆也同样受过良好教育，她就会把难产的孕妇转到医院，而且绝不会坐到普鲁登斯的肚子上。

教育及家庭计划往往让家庭更有能力赚钱谋生，也更可能存够去医院的费用。此外，受过教育的家庭也更愿意把储蓄分配到母亲的健康护理上。因此，普鲁登斯的家人如果受过教育，就更有能力支付100美元的手术费，也更有可能把医疗费用列入平日的家庭支出中。据世界银行估计，每1000名女孩多接受一年教育，未来死于生产的就会减少两名。正如我们所看到的，这样的研究有时夸大了教育的力量，但就算夸大了，其影响也是不言自明的。

三、**乡间医疗体制严重不健全**。如果喀麦隆拥有更好的医疗体制，那家医院就会马上给普鲁登斯动手术；医院会备有强效的抗生素来治疗她的感染；乡间的助产士也会被培训上岗，她们懂得基本的助产常识，还可以用备用手机随时呼叫救护车。上述任何一项因素，都能够拯救普鲁登斯的性命。

构建医疗体制的障碍之一是非洲乡间医生的短缺。皮皮医生虽然没有同情心，但他确实在辛勤工作，而且负担过重——喀麦隆的医生不够，无法再派驻一名到约卡杜马的医院。非洲乡间的医生和护士也都因无法休息、医疗器材缺乏和环境艰难（包括他们自己的健康安危）而饱受折磨，一心想要转调到首都。他们也常移民欧洲或美国，结果反而形成了非洲对西方的对外援助，而像普鲁登斯这样的妇女却没人管。

我们提议捐助国应该资助非洲孕产妇的看护，在这方面，捐助者遇到的首要问题是那些国家缺乏医生——至少缺乏有意愿在乡间服务的医生。在乡间盖一间手术室，远比添一名医护人员要容易。明智之举是在非洲发起训练计划，开设培训课程，好培育更多的医疗护理专业人员。不过这得是为期两三年的课程，且不颁发医学学士学位，否则毕业生就会拿着学位到国外找工作。

另一个普遍问题是医护人员经常缺勤，乡村诊所尤其严重。一项横跨非洲、亚洲和拉丁美洲六个国家的严谨研究显示：在任何一天，诊所内都有39%的医生缺勤。西方捐助国政府及联合国机构除了应支持诊所的兴建之外，还要协助构建诊所的考核制度。无故缺勤的医护人员应扣薪水，这也许是促使现存诊所效率更高、效果更佳的最便捷的方法。

四、**漠视妇女**。在世界许多地方，妇女丧命是因为她们不受重视。妇女被边缘化的国家及孕产妇死亡率高的国家，两者之间有很强的相关性。事实上，就美国而言，即便收入提高、看医生更为容易，但是整个19世纪和20世纪初期的孕产妇死亡率依然居高不下。第一次世界大战期间，死于分娩的美国女性比死于战场的美国男性还要多。但是从20世纪20年代至40年代开始，美国孕产妇死亡率大幅下降——显然，女性被赋予投票权后，也把资源导向孕产妇医疗看护领域。女性可以投票后，她们的生命突然变得更重要了。让女性有权投票，竟然使得妇女健康水平意外地大幅提升。

遗憾的是，孕产妇医疗看护问题一直被贬为“女性议题”，在主流的国际议程上从来不占一席之地，也从来得不到足够的资源。“发展中国家的孕产妇死亡问题，常是女性人权因遭受长年累积的否定而最终导致的悲惨结局，”《临床妇产科》（*Clinical Obstetrics and Gynecology*）期刊表示，“妇女的死因不是无药可治，而是社会还没决定好拯救她们的性命是否值得”。

假如女性没有月经，而且婴孩是由鹳鸟送到家里[1]，那么事情也许就有转机了。如同《柳叶刀》指出：

> 妇女问题受到忽视……的确反映出对于妇女某种程度的潜意识里的偏见，这个偏见体现在各个层面，下至社群民众，上至高位决策者……虽然我们可能故意忽视，但孕产妇医疗看护的确牵涉性和性征，血淋淋又肮脏不洁；我认为许多男人（当然不是全部）对于处理这种事情有本能的强烈反感。

在大多数社会，人们想出神话或者神学的种种理由，来解释妇女为何应该承受生产之苦，而且排斥做让分娩过程更为安全的任何努力。麻醉剂被研发出来后，几十年来不让分娩妇女使用，因为妇女受苦被认为理所应当。只有极少数社会采取相反的观点，其中之一是墨西哥的惠乔尔人（Huichol）。惠乔尔人认为生产之苦应该男女共同分担，因此生产时，产妇会抓着一根绑在丈夫睾丸上的绳子，每一次阵痛，她就会拉扯绳子，好让男人也“阵痛”。要是其他地方也采用这种方式，分娩伤害想不被关注都不行。

贫穷显然是另一个因素，但是贫穷国家并非无法避免居高不下的孕

---

1 有些民族的传说认为，小孩子是由鹳鸟送到这个世界上来的。——编注

产妇死亡率。证据之一是斯里兰卡。从1935年起，该国每6～12年就把孕产妇死亡率降低一半。过去半个世纪以来，斯里兰卡已经把该国的孕产妇死亡率从550/100000降至58/100000。现在，一名斯里兰卡妇女终生的怀孕死亡率只有1/850。

这是惊人的成就，尤其在斯里兰卡近几十年来因战争频繁而四分五裂，平均国民收入仅位居世界第117名的情况下。重点不仅是投资多少的问题。斯里兰卡将3%的国民生产总值投入健康护理，而隔壁邻居印度投入5%，但该国的孕妇死亡率却是斯里兰卡的8倍。重点在于政治意愿：拯救母亲在斯里兰卡是首要之务，在印度却不是。

更广泛而言，斯里兰卡投资于全民健康与教育，并对性别平等特别关注。大约89%的斯里兰卡妇女能读能写，而整个南亚地区能够识字的妇女只占43%。斯里兰卡国民的预期寿命比周边国家高出很多。此外，斯里兰卡从1900年起就有一流的民政体制来记录孕产妇死亡，所以该国确实有数据，而其他国家大多只有模糊的估计值。投资于女孩教育，就能让女性发挥更大的经济价值，在社会上也更有影响力，这似乎是斯里兰卡把更多精力放在降低孕产妇死亡率的原因之一。

从20世纪30年代开始，斯里兰卡进行了全国性的公共卫生基础建设，最底层的是基础卫生站，再上一层是乡村医院，接着是服务技术更精密的区域医院，最高层是省立医院及孕产妇专科中心。为了确保妇女到得了医院，斯里兰卡提供救护车。

斯里兰卡还建立了受训助产士的大网络，分布遍及整个国家，每位助产士服务3000～5000人。受过18个月训练的助产士会提供产前护理，而且会把具有风险的案例转诊给医生。今天，该国97%的分娩由专业技术从业人员协助，而且就连乡村妇女也都习惯了到医院生产。后来，政府在医院增设了产科医生，利用数据系统排查是否遗漏了一些女性（比如住在茶园的女性），并针对当地妇女设立诊所。此外，打击疟疾的活动也减少了孕产妇的死亡，因为孕妇特别容易感染疟疾。

由斯里兰卡的例子可知减少孕产妇死亡需要何种条件。家庭计划和晚婚会有所帮助，发放蚊帐也或多或少有所帮助。而在乡村地区推动功能良好的健康护理体制尤其重要。

“检视孕产妇死亡率是检视整体医疗体制的好方法，因为要降低孕产妇死亡率，我们需要做许多事情，”哈佛大学公共卫生专家保罗·法默医生表示，“需要家庭计划，需要区域医院来执行剖宫产等。”

还有其他可行的革新方法。一项在尼泊尔进行的研究发现，给孕妇提供维生素A补给品，能够减少四成的孕产妇死亡，因为维生素A能降低营养不良妇女的疾病感染率。在孟加拉国等国家的观察证据显示，放松抗生素的管制并鼓励妇女在产后使用抗生素，会降低她们死于败血症的概率。

一项有趣的实验正在印度进行。在该国的某些贫穷地区，只要妇女去健康中心生产，就能得到15美元；而乡村医疗护理人员每带一名妇女到医院生产，也能得到5美元的奖金。此外，孕妇能免费得到车票，好搭乘交通工具前往诊所。初步结果相当了不起。到健康中心生产的妇女比例从15%提升到60%，死亡率也大幅降低。此外，妇女生产后，也更有可能因为节育和对其他服务的需求而再次回到健康中心。

“能做的我们都做了，”艾伦·罗森菲尔德说，“关注到这个问题的国家，在减少孕产妇死亡方面已经大有进步。”世界银行在2003年的报告中也做出这样的总结：“发展中国家的孕产妇死亡率可以每7 ~ 10年降低一半，不管该国的收入水平和经济增长率如何。”

但是由于改善孕产妇健康是可能的，大家常以为这是自然而然的。

1987年，在一定程度上受艾伦发表在《柳叶刀》上的那篇划时代文章的影响，一场联合国会议在内罗毕召开，会议发起了“安全孕产倡议”，以求“在两年之后把孕产妇死亡率降低一半”。2000年，联合国正式采纳《千禧年发展目标》（*Millennium Development Goal*），预定在2015年之前把孕产妇死亡率降低75%。第一阶段的目标并没有达成，看来千禧年目标也将会落差一大截。

现在看来，孕产妇健康护理方面的倡议人士犯了一些策略上的错误。由世界卫生组织在后面撑腰的多数派阵营，坚称解决之道在于改善初级护理现状，其设想有如中国曾实施过的“赤脚医生”或斯里兰卡的助产士网络，因为这会比培养有专业水准的医生（他们很可能只会服务都市人）更符合成本效益原则。1978年，世界卫生组织会议决定重点拨款训练乡村助产士，此后一些国家甚至取消了医院的产科计划。

助产士训练计划可能有助于拯救新生儿，因为助产士会使用已消毒的刮胡刀割断脐带，但是对于产妇能否活命并没有多大帮助。在斯里兰卡，训练助产士是有用的，因为他们是完整医疗护理体制的一部分，可以把处理不了的患者转诊到医院，但是在世界大多数地方，训练助产士只是成套综合性计划的便宜替代品而已。

由艾伦·罗森菲尔德领导的少数派阵营则认为，拯救孕妇性命的关键在于提供紧急产科服务。艾伦表示，训练助产士是有用的，但是无法解救所有的孕妇。全世界大约一成的产妇需要剖宫产，而在孕妇较可能营养不良或年纪过小的最贫穷国家中，剖宫产的需求比例更高。也许西方做剖宫产的妇女过多，而非洲却又过少。没有剖宫产，就没办法拯救许多妇女的性命，而一般的助产士无法提供这样的技术医疗服务。做这个手术也许不用非得是妇产科医生，但是用刮胡刀的助产士是绝对不能胜任的。

另一份研究进一步反映出分娩急救的重要性。这个研究跟美国印第安纳州的一个原教旨派基督教会有关。该教会的教友是生活富裕、受过良好教育的美国人，但是因为宗教因素，他们有意避开医生和医院。该社群的孕产妇死亡率是827/100000，这个概率是美国整体的70倍，几乎是今天印度的2倍。我们很难不做出以下结论：拯救母亲性命的关键，在于紧急状况时能否获得医生的协助。如同《国际妇产科学期刊》（*International Journal of Gynecology & Obstetrics*）在一篇评论中所说，分娩急救是“安全孕产拱门上的拱心石”。最大的挑战是实务方面的，即如何提供分娩急救服务。这类服务既不简单也不便宜，需要手术室、麻醉剂和一名外科医生，而非洲乡下通常三项都没有。艾伦·罗森菲尔德在苦思如何解决这个问题时，回想起他年轻时在泰国行医的经验，当时由于医生有限，他培训过助产士一些作为医生的技能。而在非洲，医生经常移民海外，为什么不培训助产士来做紧急剖宫产呢？

亚的斯亚贝巴瘘管医院善用没有正式学位的医疗人员。该医院打麻醉剂的不是医生，而是护士，甚至有一名护士，还是从护工起步的。这样的情况在贫穷国家很普遍。难能可贵的一个例子是玛米杜·格歇（Mamitu Gashe），她从来没上过小学，更别说是医学院了，却成了顶尖的外科医生。玛米杜出生在埃塞俄比亚的偏远村庄，目不识丁，年纪轻轻就嫁了人，于第一次怀孕时得了瘘管。她想尽办法到亚的斯亚贝巴瘘管医院动了手术，病好后就在医院帮忙铺床，还协助雷格·哈姆林做手术。她站在雷格旁边，为他递手术刀，同时也在仔细观摩。一两年过后，雷格让她做些像是缝合伤口这样的简单工作，后来又把手术的更多部分交给她。

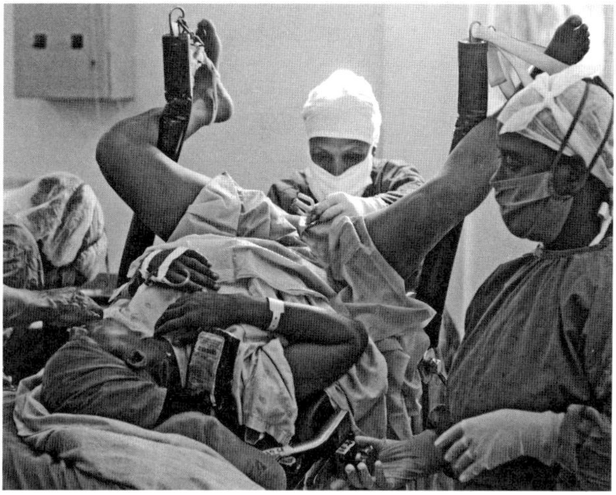

玛米杜·格歇从来没上过小学，更别说是医学院，现在却能定期执行手术——这提醒我们，医生不局限于学历。图中，她正在亚的斯亚贝巴瘘管医院为病人修复瘘管。
（拍摄：尼可拉斯）

玛米杜双手灵巧，技术一流，虽然她生物学方面的知识有限，却一直在扎实地累积经验，终于，玛米杜开始独自操刀。该医院所做的瘘管修补手术，比世界上任何一家医院都多，而玛米杜是其中的主力。她也负责培训，当医界精英到亚的斯亚贝巴进行为期几个月的瘘管手术学习时，他们的老师通常是一位从来没上过学、大字不识一个的女子。最后，玛米杜不愿再做个不识字的大师级外科医生，她开始上夜校。我们上次拜访时，她已经升上三年级。

“训练助产士或资深护士做剖宫产，就能拯救性命。”鲁思·肯尼迪表示。的确，在莫桑比克、坦桑尼亚和马拉维，已经有了训练非医生执行剖宫产的实验，这将成为当地孕产妇主要的救命方式。但是由于医生不愿放弃他们对于这种手术的垄断权，因此一直没有得到更广泛的推行。

另一个障碍是，孕产妇健康领域没有国际性的支持者。2008年美国总统大选期间，候选人呼吁增加预防艾滋病及疟疾的经费，以此证明自己提供外交援助的真诚。但是孕产妇健康的保障并不在政治地平线上。美国等大多数国家在解决这个问题上，贡献微不足道。挪威和英国是难得的例外，这两国在2007年宣布了一项针对孕产妇死亡的重大外交援助计划。美国假如能够联手英国和挪威一同在这方面努力，将会带来很大的帮助，也会提升美国的国际形象。

在推动降低孕产妇死亡率运动方面，至关重要的是避免夸大的宣传。倡议人士应特别留意，不要一再声明投资孕产妇健康如何经济实惠。一名世界银行资深官员在2007年于伦敦举行的孕产妇健康会议中充满热忱地表示："投资改善妇女及其婴孩的健康，正是智能型经济手段。"这在教育女孩方面的确没错，但遗憾的是，孕产妇健康的投资，不可能跟其他种类的卫生工作一样符合成本效益原则。拯救妇女的生命是刻不容缓的，但费用并不便宜。

一项研究指出，通过逐年增加经费——从2006年起追加10亿美元，至2015年追加到60亿美元，就能实现把孕产妇死亡率降低75%的"千禧年发展目标"。另一项研究表示，每年成本还要增加90亿美元，才能为全球95%的人口提供最有效的孕产妇及新生儿健康干预措施。（而在2004年，所有国家为孕产妇和新生儿健康提供的国际发展援助总额，只有微不足道的5.3亿美元。）

假设每年90亿美元的估计是正确的，虽然跟全球每年花在宠物食品方面的400亿美元相比依然不足道，但这还是一大笔钱。假设那90亿美元能够拯救目前3/4濒临死亡的孕产妇，就意味着每年能够拯救40.2万名妇女。拯救一条妇女的性命，费用会超过2.2万美元。就算这是我们误乘了五倍的数字，拯救一条性命也要4000美元以上。相较之下，一剂1美元的疫苗就能够拯救一名孩子的生命。如同在发展领域的一名领导者所说："疫苗符合成本效益原则，孕产妇健康护理则不然。"

因此，我们不要言过其实。孕产妇死亡是不公平的现象，之所以会被容忍，只是因为受害者是贫穷的乡下妇女。然而，停止这种不公平的最好理由，不是经济上的，而是道德伦理上的。普鲁登斯之死最令人震惊的，不是院方资源分配不佳，而是其医疗护理体制对于个人的忽视。如同艾伦·罗森菲尔德向来主张的，这主要是人权问题。人权组织要赶快采取行动。

而前面我们谈到的措施，包括在艰困环境中能拯救性命的分娩急救，后来在一家了不起的医院中找到了最佳论证，而那家医院却位于一个甚至不为世人所知晓的偏远国家中……

埃德娜的医院

埃德娜·阿丹（Edna Adan）一开始因学会阅读而轰动了全村，从那时起，她就一直让邻居们吃惊不已。现在，她又一次震惊了那些到非洲之角冒险的西方人。他们无论如何都不敢相信，在这里有一座如此美丽的妇产医院，它在混乱中熠熠闪光。

西方人对于第三世界的贪污和无能感到非常悲观，有时候他们甚至认为做慈善支援非洲是不值得的。但埃德娜和她设立的妇产医院证明这种悲观是错误的。这座丰碑式的建筑由埃德娜和几名美国捐助者合力完成，少了谁都不行。

埃德娜在哈尔格萨（Hargeisa）长大。那是个沙漠小镇，环境严酷，当时属于英属索马里兰（Somaliland），后来改为索马里（Somalia），现在是分离出的索马里兰共和国。那里的人民生活穷困，社会谨守传统，女性享有的自由还不如骆驼多。

“在我们这一代，女孩是没有学可以上的，”埃德娜坐在自家的现代客厅里说道，“大家认为教女孩读书写字是有害的，因为女孩要是受了教育，长大后谈的都是生殖器。”她眼里透着顽皮，表示这是开玩笑——有那么一点点。

埃德娜在一个独特的家庭中长大。父亲阿丹是名医生，后来成为该国的“医疗之父”。阿丹在索马里兰英国总督家的网球场认识了埃德娜的母亲，她是邮政大臣的女儿。然而就在这么一个优秀的上层社会家庭里，埃德娜刚出生的弟弟却因为产婆失手导致头部坠地而夭折。埃德娜大约八岁时，她母亲施行了索马里的传统习俗：在所谓的“女性割礼”中切除埃德娜的外生殖器。割礼的目的是降低女孩的性欲，防止她水性杨花，这样女儿才嫁得出去。

“他们没有问我的意见，”埃德娜说，“我被抓住按着，然后就完成了。我母亲认为这么做是正确的。父亲那时候在外地。他回来才听说。那是我唯一一次看到他眼眶里有泪水。那泪水带给我勇气。他觉得这是错的，对我而言这就够了。”

埃德娜与父亲一向很亲密。埃德娜外阴切除后，父母大吵，关系每况愈下。这也是埃德娜极力反对外阴割除的理由之一。在家里，埃德娜继续接受启蒙式教育。家里给男孩们请了一名家教，父母让埃德娜在后面旁听。埃德娜很快证明了自己的天分，于是父母把她送去附近的法国殖民地吉布提上女子小学。不过那里没有女子高中，毕业后她回到哈尔格萨镇，担任一名英国医生的口译。“我的英文进步了许多，也踏入了医疗领域，这让我更渴望从事医疗工作了。”埃德娜说。

1953年，另一个镇上设立了女子小学，15岁的埃德娜前去担任实习教师。她上午给女生们上课，下午找高中男生班老师给她做私下辅导（因为埃德娜跟男生同处一室学习是不妥当的）。学校每年都会有一些奖学金让索马里人前往英国深造，毫无疑问，大家认定这些奖学金是给男生的。但是埃德娜获准参加了考试（她一个人在一间教室里，跟男生分开考），不久，她成为第一位到英国念书的索马里女孩。她在英国待了七年，学习了护理、助产学和医院管理。

埃德娜成了该国第一位合格的护理助产士，第一位会开车的索马里妇女，而后成为索马里的第一夫人。她嫁给了索马里总理易卜拉欣·埃加勒（Ibrahim Egal）——在前英属及意属索马里领地合并后，埃加勒于1967年成为索马里总理。埃德娜和先生曾到白宫拜访约翰逊总统（Lyndon Johnson），埃德娜拿照片给我们看，照片里的她美丽活泼，约翰逊总统笑容灿烂地耸立在她身旁（她身高1.58米）。

埃德娜后来离了婚，受聘于世界卫生组织，过起了作为一名联合国官员的优裕生活。她奉令被派驻世界各地，但最大的梦想还是在自己家乡创办医院——“一所我父亲会想在里头工作的医院”。20世纪80年代初，她开始在索马里首都摩加迪沙（Mogadishu）着手建立自己的私人医院，但是后来战争爆发，兴建计划被迫放弃了。

接着，埃德娜升职为坐镇吉布提的世界卫生组织高层官员，联合国为她配备了舒适的办公室和奔驰轿车。但是她希望给世人留下的不是一辆奔驰，而是一座医院。这个梦想在她心里挥之不去。虽然没有精确数据可以证实，她知道索马里是世界孕产妇死亡率最高的国家之一。因为没有人记录死亡。1997年从世界卫生组织退休后，埃德娜向索马里兰政府（当时该国政府已赢得了内战，脱离了索马里）声明，她要卖掉奔驰，并把卖车的收益，加上自己的储蓄和退休金拿来盖一座医院。“你已经试过了。”她前夫，也就是索马里总统说。

“我必须再试一次，”她回答，“现在比以前更急迫，本来我们有的两三家健康中心，都被战争毁了。”

“那把镇子边上的一块地给你吧。”他说。

“不行！”埃德娜执拗地说，“要是有人半夜两点生孩子，她怎么去医院！”

如果地点选在哈尔格萨镇内，只有一块地可以用，那里是前政府的阅兵场，常用来囚禁、鞭笞和处死人民。内战结束后，这块地废弃了，索马里兰人把它当成垃圾场。埃德娜去探查场地时，被那里的脏乱差吓了一跳，但她也看到了优势：这里位于镇上的穷人区，靠近最需要她的人们。埃德娜拿出30万美元（她的毕生积蓄）作为启动资金，开始着手规划自己的医院。

这个梦想相当大胆，可能也很愚蠢。设于哈尔格萨镇的联合国观察哨所的一名官员表示，埃德娜的愿景是伟大的，但是对于索马里兰来说，野心过大。他讲得有理。非洲国家充斥着残缺不全和半途而废的计划，因此对于一个驱动力主要来自梦想而非资金负债表的计划，抱持怀疑态度是正常的。建这个医院的另一挑战是，像索马里兰这样不受国际承认、独立出来的国家，联合国和私人救援团体这类的潜在支持者不会非常积极地提供帮助。

医院大体上兴建完毕，但还没盖屋顶时，埃德娜的钱已经用完了。联合国和其他捐助者深表同情，但是不愿意提供资金。这时伊恩·费希尔（Ian Fisher）在《纽约时报》撰写了一篇关于埃德娜和她梦想的文章。安妮·吉尔胡利（Anne Gilhuly），一名刚从美国康涅狄格州富人区的格林尼治高中退休的英文老师读到了这篇文章。她当时在成人继续教育班教授古典文学，同时继续做她的莎士比亚和剧场研究。但是这篇文章触动了她，照片上，埃德娜站在尚未兴建完成的医院旁边，这也令安妮相当感动。安妮在格林尼治镇的一位朋友塔拉·霍尔布鲁克（Tara Holbrook）也读到了这篇文章，她们通了个电话。

“我们讨厌圣诞节送给孩子们那些塑料玩具，更愿意通过这个方式为世界的孩子做点好事：帮助他们的母亲活下来，”安妮回忆道，然后很快自嘲地加上一句，“听起来是陈词滥调，我知道。”

于是安妮和塔拉联系了埃德娜。她们也咨询了各个领域的专家，评估埃德娜的目标是否切合实际，是否能够达成。美国前大使罗伯特·奥克利（Robert Oakley）和其他专家表示可能性很大，这让安妮更有劲头了。不久，她和塔拉发现，明尼苏达州也有群人读到了伊恩的文章，想要助一臂之力。这群人当中有几名索马里兰人，牵头的是做计算机主管的穆罕默德·萨马塔（Mohamed Samatar）和精力充沛的旅行代理桑迪·彼得森（Sandy Peterson）。

桑迪的女儿六岁时曾遭邻居强暴，接下来又经历了从心理咨询、进精神病院到自杀未遂的一连串后续事件。桑迪发现许多非洲女孩也遭遇过同样的痛苦，但是没有得到过丝毫的帮助。明尼苏达人成立了名为“埃德娜医院之友”（Friends of Edna's Hospital）的组织，申请了免税资格。两组人马集中力量团结合作。第二年六月获得免税资格后，安妮开

埃德娜在她位于索马里兰的医院门口。
（拍摄：尼可拉斯）

始对外呼吁。

“我和塔拉发送的第一批筹款信，主要面向我们这一代的妇女，我们认为她们应该会对埃德娜在父系社会中的成就感到光荣，”安妮回忆道，“她们的确回应了。”

有了安妮和她朋友的帮助，医院终于落成了。在兴建过程中，埃德娜打破了索马里兰营业的所有常规。首先，她禁止工人咀嚼卡塔叶，那是一种含有类似安非他命[1]物质的叶子，全区的男人都喜欢咀嚼。工人不相信她会来真的，后来她解雇了一些不服从的人，他们才乖乖听话。接着，埃德娜坚持让泥瓦匠教妇女制作砖块。起先他们抗拒不从，但是谁付钱谁是老大，因此索马里兰很快有了第一批女性制砖者。哈尔格萨镇

1 安非他命：是一种中枢兴奋药或抗抑郁症药。因吸食有成瘾性，而被大多数国家列为毒品。——编注

的当地商人也支持医院，让埃德娜免费使用建筑设备，他们甚至捐助了860袋水泥。

最后，一座三层的白色医院建成了，前方用英语写着“埃德娜·阿丹妇产医院”（EDNA ADAN MATERNITY HOSPITAL），完全看不出来它的前身是垃圾场。沐浴在午后阳光下的这家医院，有着西方医院的卫生标准和办事效率。任何习惯了破破烂烂的非洲医院的人，看到它都会惊叹不已。医院有60张床位和76名职员，埃德娜住在医院内部的一间公寓里，以便能够随时待命。她不领薪水，甚至还动用世界卫生组织发放的退休金来补足医院运营的开支。

“像这种东西对我们就非常珍贵。”她拿着外科手术口罩说，那是在索马里兰买不到的。医院的所有医疗用品都是进口的，也幸亏有来自四方的捐款和物资，医院才得以运作下去。发电机是丹麦难民委员会送的；超声波仪器来自曾经来访的一位德国医生，他把旧的送了过来；血液冷藏箱是一位索马里人捐赠的，他欠埃德娜人情；联合国难民署捐赠了一辆救护车；荷兰送了两个婴儿恒温箱；美国国际开发总署建造了一座门诊中心；英国捐赠了手术室的设备；联合国儿童基金会捐赠了疫苗；世界卫生组织提供了输血的检验试剂。

“埃德娜医院之友”一开始是在美国搜集仪器设备和医疗器材，然后运到索马里兰。后来渐渐变成纯粹募款，好让埃德娜就近购买医疗器材。该团体也资助了埃德娜的两名护理学生就读医学院，将来她的医院就能够拥有两名“自己的”全职医生了。此外，“埃德娜医院之友”也设法成立了捐赠基金会，好让医院在埃德娜去世后继续运作。

不可思议吧，医院就这样建成了。一次，凌晨三点，一名男子用独轮手推车把即将临盆的妻子推来医院。医疗团队立刻行动，火速把产妇推进产房。另一次，一名游牧妇女因在沙漠中分娩而得了瘘管，她丈夫无法忍受妻子的臭味和滴流不断的尿液，拿刀往她的喉咙一刺，刀子刺穿她的舌头，却卡在了上颚。其他牧民把她的喉咙用针线简单缝合后带到埃德娜的医院，一名瘘管手术客座医生把这名妇女的伤口从喉咙到膀胱都缝合了起来。

埃德娜在医院里巡视走动时，有如十月的天气：时而激愤如风暴，时而温煦如暖阳。她在医院的主要工作是一拨又一拨地训练助产士、护士和麻醉师，而且她不断用英语盘问这些培训生，希望他们全都能对答如流。在走廊上，这一刻，她停下脚步训斥一名出错的护理学生，确保她不会重蹈覆辙；下一刻，她跟一名瘘管病人谈话，又展露出无比的同情心，聆听病人哭哭啼啼地叙述丈夫如何逼迫她离开家里。

"我也是女人啊！"埃德娜握着那名女孩的手，"我听了也快哭了。"

有一次，一名男子开车进入医院大门，后座里躺着即将临盆的妻子。车刚停下，妻子就生了，于是丈夫立刻掉头要把车开回去。

"停下！停下！"埃德娜对他大吼，"你这样会害死你老婆！胎盘要取出来！"

"我不会付你钱的，"男人吼道，"我要走了。"

"关上大门！"埃德娜大声吩咐警卫，然后转身面向那位先生，"不付算了。"她说，然后当场在后座把胎盘拉出来，才命人打开大门让他离开。

索马里兰人有个迷信观念，认为火烧婴儿的胸口就能预防肺结核，因此埃德娜必须时时予以防范。至少有一次，一名母亲就在医院厨房这么干过。

医院建成后，美国赞助者们陆陆续续来到了索马里兰，他们想看看自

埃德娜在她的医院帮一名妇女分娩。
（拍摄：尼可拉斯）

己的支持促成了什么样的改变。旅行代理桑迪·彼得森是前往哈尔格萨镇的第一个，后来其他人也陆续到来，包括安妮·吉尔胡利和她丈夫鲍勃。他们几年前拜访埃德娜时，埃德娜还身兼两职，除了在医院行医之外，她还担任索马里兰的外交部部长。安妮在发给我们的电子邮件中写道：

> 我们跟她一起在伯贝拉市（Berbera）的亚丁湾（Gulf of Aden）游泳，当然是一件衣服也没脱就下去游了（除了鲍勃，他是男的，可以穿泳裤）。我们在那温暖的蓝绿色海水里畅游，远方是粉红色的山脉，她的保镖带着机关枪在空无一人的海滩上来回巡视。这比在我们家附近的基督教青年协会打桥牌有趣多了。

安妮也看到埃德娜强悍的一面。有一次，一名资深护士过了很久才召唤医生来做剖宫产手术。埃德娜认为护士危害了那名产妇的性命，当场勃然大怒，对着护士破口大骂，让安妮和鲍勃相当震惊。后来他们认为埃德娜是正确的：要拯救病人和改变医护人员的态度，她的确得来个下马威。

“埃德娜认为医护人员对产妇的处境不够敏感，她不希望这样的事再次发生，”安妮回忆道，“在她的医院里，每一名病患都要被给予全面关注。这次的经验着实给我上了一课，仿佛心灵受到了洗涤，我这才了解到埃德娜承担的是如此重任，而我们外人要真正感受到这一点，又是多么难。”

第八章

家庭计划与『上帝鸿沟』

简·罗伯茨与3400万名朋友

每当食人族濒临饥荒，无限仁慈的上帝就会送给他们一位肥美多汁的传教士。

——王尔德

一天下午，26岁的肯尼亚妇女罗丝·汪洁拉出现在妇产科诊所。她身旁紧跟着一名小孩，肚子里是另一个即将出世的婴孩。罗丝身无分文，没有做过产前健康检查。她是贫民窟诊所里一位特别的客人，因为她上过大学，又会说英语。她坐在肮脏、昏暗的诊所一隅，一边等，一边跟我们诉说几星期前野狗是如何把她丈夫咬死的。护士终于叫到了她的名字，她躺上折叠床，医生帮她检查，听诊腹部，然后告诉她受了感染，她和胎儿的性命都有危险。医生帮她登记参加了安全孕产计划，好让她得到产前护理及分娩协助。

罗丝就诊的这家诊所是救援组织联盟设立的特殊前哨，专为难民妇女提供生育健康护理。她们往往是地球上最孤苦伶仃的人。这个联盟包括国际救援组织“关怀”（CARE）、“国际救援委员会”（International Rescue Committee），以及艾伦·罗森菲尔德在哥伦比亚大学成立的“孕产妇死亡残疾防范组织”（AMDD)。这家诊所由联盟的另一个成员运营，即“玛丽斯特普国际”（Marie Stopes International）——但是后来小布什中断经费，不再支持玛丽斯特普和整个联盟在全世界的运营了，只因为玛丽斯特普在中国帮助提供堕胎服务。

由于经费削减，玛丽斯特普不得不放弃原定帮助索马里及卢旺达难民的推广计划，关闭肯尼亚的两家诊所，并解雇了80名医生护士——正是照顾罗丝的那些医护人员。该政策断绝了罗丝健康护理的唯一来源，她成为美国堕胎政治的无数受害者之一。“这些诊所针对的是贫民窟中最贫穷、最边缘的人。”玛丽斯特普肯尼亚分部主任西普里安·阿威提（Cyprian Awiti）表示。

这个事件反映出美国外交政策上的“上帝鸿沟”。在制定人口及家庭计划政策时，宗教扮演特别重大的角色，非宗教的自由派人士和保守的基督徒总是定期宣战。双方本意虽好，但是彼此之间皆怀着深沉的猜忌——这样的嫌隙，恐怕难以促成兼容并蓄的左右派联盟，否则，在打击人口贩卖和解决凄惨至极的贫穷问题时，效果将大大不同。这些冲突的大战场，向来与是否资助玛丽斯特普这类关注堕胎议题的组织有关。

部分受迫于保守的基督徒，共和党籍的总统（包括老布什和小布什）制定了《全球禁制通令》（*Global Gag Rule*）。通令规定，任何援外团体只要提供妇女堕胎选择的咨询，或是跟堕胎有任何关系，包括使用其他来源的经费从事堕胎相关服务，美国政府都会禁止提供经费。加纳的医师尤妮斯·布鲁克曼-阿弥萨（Eunice Brookman-Amissah）表示：“与法令所声明的意图恰恰相反，全球禁制通令反而造成更多的意外怀孕，更多的不安全堕胎，以及更多的妇女死亡。”

保守派主要攻击的对象之一是联合国人口基金会，该组织致力于推广家庭计划、孕产妇健康护理及新生儿救助。联合国的机构往往程序繁多，效率欠佳，灵活度及成本效益原则都远低于私人援助团体。联合国机构最大的受惠者可能是复印机产业，而非世界最贫困的人——**但是联合国机构还是无法取代的**。我们想想尼日尔津德尔地区的手术室就好，那名医生拯救了拉玛多和她的孩子，而那家医院的设备就是联合国人口基金会提供的（详见第六章）。相反，普鲁登斯之所以无法被救活，原因之一可能是联合国人口基金会在喀麦隆执行的孕产妇健康计划资源不足，无法支撑她就诊的医院（详见第七章）。

联合国人口基金会在1969年成立时，总统尼克松的行政团队是强力支持者，美国政府是最大的捐助者。但是到了20世纪80年代，美国反堕胎运动人士开始把攻击目标锁定联合国人口基金会。

然而以下模式一再出现：反对堕胎的保守人士虽然出于一片好意，但是他们在生育健康方面所采取的立场实际上却伤害了他们试图帮助的人，结果导致了更多的堕胎。支持堕胎的“选择派”（pro-choice）阵营与反对堕胎的“生命派”（pro-life）阵营，尽管各自的主张不同，但也应该找出共同点，在各方面团结合作，尤其在降低堕胎数量的议程上更需如此。在爱沙尼亚，堕胎已成为一种节育方式，被广泛采用，有些妇女甚至经历过十次以上的堕胎，这导致了高度不孕症和其他并发症。在贫穷国家，堕胎有时候不只杀死了胎儿，也会让母亲丧命。在撒哈拉沙漠以南的非洲国家，每150起不安全的堕胎中，就有一名妇女丧命；而在美国，母亲堕胎丧命的风险不到1/100000。因此，关于预防意外怀孕的措施，自由派和保守派应达成共识，共同降低堕胎的频率。

然而事与愿违。21世纪初期的丑闻之一，就是全世界1.22亿女性想要避孕却无法达成。不管你对堕胎的看法如何，全世界有高达四成的怀孕是意外或不想要的，而且其中将近一半以人工流产为终——这实在令人悲痛。如果没有意外怀孕，1/4以上的孕产妇死亡是可以通过一些措施避免的。

过去十几年来，先进国家提供的家庭计划少有进步，在非洲尤其如此，真是丢脸丢到家。今天，只有14%的埃塞俄比亚妇女使用现代形式的避孕法。

"我们落后了十年，"英国生育专家约翰·克莱兰（John Cleland）教授在2006年向一个国会研究团体如此表示，"过去十年来，采用避孕措施的非洲已婚妇女的数量几乎没有增加，这是个大灾难。"

抑制人口增长并不像西方人所以为的那么容易。20世纪50年代，一项由洛克菲勒基金会（Rockefeller Foundation）及哈佛大学赞助的家庭计划方案在印度肯纳（Khanna）推行，旨在帮助8000名村民学习避孕。五年之后，这里的人口出生率却高于没有采用避孕法的对照组。更常见的情况是，虽然避孕方案在降低生育率方面有适度的效果，但依然比支持者预期的低。

一项在孟加拉国马特拉区（Matlab）操作严谨的实验发现，在三年之后，家庭计划方案让目标区的平均生育数降至5.1人，而对照区的生育数是6.7人。这并不是革命性的转变，不过却反映出家庭计划方案的重要影响。

来自人口委员会的彼得·唐纳森（Peter Donaldson）断言，贫穷国家的生育率在1960~1990年下降了23%，这要归功于家庭计划方案。

抑制人口增长的关键，往往不在于有无提供避孕措施这样的技术问题，而是如何应对推广小家庭模式所面临的社会挑战。缩小家庭人数的方法之一是降低儿童死亡率，好让父母安心，知道即便孩子生得少也无妨，因为每个孩子都可以存活。也许鼓励小家庭的最有效方式是推广教育，尤其是女孩的教育。举例来说，英国在19世纪70年代生育率大幅降低，很可能正是因为通过了呼吁义务教育的《1870年教育法案》（*Education Act of 1870*）。这个例子反映出提升教育水平和减少家庭人数两方面的强烈相关性。看来最有效的避孕方式是教育女孩，而节育用品显然也是需要的。

证据显示，男女传宗接代的策略是根深蒂固地对立的。民调往往证实进化生物学家的理论：在传宗接代方面，男性往往像个到处播撒苹果种子的美国拓荒英雄“苹果佬约翰尼”（Johnny Appleseed）[1]，认为未来要有收成，最佳方式就是种下的种子愈多愈好，而之后却不怎么照顾。由于生理的不同，女性倾向于少生孩子，但对每个孩子都投入极大的心血。因此，抑制生育率的方法之一，可能是让女性在家里有更多的发言权。

暂且不谈家庭计划方案能否为经济发展打下基础，就是在打击当今的艾滋病方面，家庭计划也是至关重要的。对妇女而言，艾滋病病毒特别令人头疼，部分是因为生理关系：女性跟艾滋病病毒检验呈阳性反应的异性伴侣性交时，感染概率是男性的两倍。这是因为精液比阴道分泌物具有更高的病毒载量，同时在性交时女性比男性有更多的黏膜暴露在危险环境当中。

过去30年来，全球最大的一项道德及政策失败，就是对艾滋病蔓延的漠视态度。之所以漠不关心，部分是因为道德说教者假装清高。1983

1 美国有名的民间英雄，用40年的时间将苹果种子撒在俄亥俄州的荒野上。——编注年，帕特里克·布坎南（Patrick Buchanan）[1]如此宣称：“可怜的同性恋啊——他们向自然宣战，现在自然对其严加惩罚，让他们得到可怕的报应。”现在看来，20世纪80年代最令人不齿的不道德行为，不是发生在旧金山的公共浴室里[2]，而是在权力走廊上——在那里，自以为是的领袖对于艾滋病的蔓延视若无睹。

抑制艾滋病病毒的挑战之一，是许多保守人士对于保险套持怀疑态度。他们担心，即使只是讨论如何让性交更安全，也会让性交更可能发生。这样的想法看似有几分道理，但事实是，保险套无疑也拯救了生命。现在大批购买保险套，一个只要两美分，在降低性病传染方面非常符合成本效益原则。加州大学的一项研究指出，通过保险套分送方案所拯救的每一条性命，一年成本是3.5美元，而通过艾滋病治疗方案一人一年则是1033美元（当然当时的艾滋病药物较为昂贵）。

另一项研究发现，在保险套上每付出100万美元，就能省下4.66亿美元的艾滋病治疗相关成本。然而，就算保险套这么符合成本效益原则，其配给却无比吝啬。在世界银行公认的最贫穷国家布隆迪，捐助国提供的保险套是每个男人每年不到三个。在苏丹，男人平均每五年得到一个保险套。有朝一日，人们回顾历史时会纳闷：他们是怎么想的？一些保险套批评者散播垃圾学说，说什么保险套孔隙的直径是十微米，而艾滋病病毒的直径不到一微米。那是不正确的。针对一方染上艾滋病病毒而

---

1 美国著名专栏作家和电视节目策划人，担任过三位美国总统的首席政策顾问，也曾三次亲自上阵竞选总统，均告失败。——编注

2 20世纪80年代初，随着艾滋病的蔓延，公众纷纷把目光投向了同性恋集中的公共浴室等场所。1984年10月，旧金山的一些公共浴室被率先关闭。——编注

另一方未染病的夫妻或长期性伴侣的调查显示，保险套在预防艾滋病方面相当有效，虽然效果不如禁欲。在萨尔瓦多，天主教教会帮忙促成了一项立法，规定保险套的包装要印有警告标示，声明保险套无法预防艾滋病。但在这项立法之前，也只有不到4%的萨尔瓦多妇女在第一次性交时使用保险套。

小布什政府团队有许多人曾发起反保险套运动，但小布什从来没有完全认同过，美国也继续向萨尔瓦多捐赠保险套，比其他任何一国捐赠的都多，而且每年数量会有些微增加。讽刺的是，大幅裁减美国保险套捐赠数量的是克林顿政府（以及当时共和党占多数的吝啬国会）：从老布什时代每年捐赠的8亿个保险套，降至1999年的1.9亿个。小布什政府在第二任期间，一年也会捐赠4亿个以上的保险套。

布什政府把艾滋病预防运动的焦点放在“婚前完全禁欲”（abstinence-only）的教育宣传上。有证据显示，如果搭配保险套、避孕法和生育健康的讨论，禁欲教育是有帮助的。但是布什的方案不只是支持禁欲教育，而是坚持年轻人要“完全禁欲”，这意味着校内不允许讨论保险套（虽然布什的艾滋病防治方案倒是乐意分发保险套给高危险群，比如非洲的娼妓和卡车司机）。事实上，有1/3的艾滋病预防经费依法拨给了“婚前完全禁欲”的教育宣传。其方法之一，是分发心形棒棒糖，上面印有以下字样：“别当傻瓜！婚前不上床。”[1]接着，课程导师会请女孩吸吮棒棒糖，并解说道：

---

1 DON'T BE A SUCKER! SAVE SEX FOR MARRIAGE.“Sucker”一语双关，既指棒棒糖，亦指容易受骗的傻瓜。——编注

你的身体就像个包装良好的棒棒糖。你和男人上床时，他会剥开并吸吮你这个棒棒糖。当时可能感觉不错，但不幸的是，他一旦跟你玩完了，你能给下一个伴侣的，仅剩一个包装破烂、被臭口水玷污了的棒棒糖（傻瓜）。

对于“婚前完全禁欲”教育宣传的影响，研究并无定论，而且某种程度上结论如何似乎依赖于研究者的意识形态。但是总体来说，证据显示该方案稍微延缓了性活动的起始时间；然而青少年一旦有了性经验，其使用避孕措施的可能性会比较小。研究显示，如此会导致更多的怀孕、更多的堕胎、更多的性病，以及更多的艾滋病病毒感染。国际妇女健康联盟等倡议团体英勇地为有实证根据的性健康政策奋战，联邦众议员卡罗琳·马洛尼女士也坚持不懈地为联合国人口基金会的方案奋斗，但是白宫并没有听进去。最终，奥巴马总统继任不久之后，宣布他会终止禁制通令，并且恢复给予家庭计划团体及联合国人口基金会的全额经费。

“婚前完全禁欲”教育宣传的前提之一，是认为非洲的艾滋病问题是淫乱的结果，但这不见得是正确的，对非洲妇女而言更不合事实。芝加哥大学经济学家埃米莉·奥斯特（Emily Oster）指出，美国成年人感染艾滋病的比率约为0.8%，而撒哈拉沙漠以南非洲国家的成年人感染率高达6%。当她检视数据时，无法找出任何迹象显示非洲人更为淫乱。事实上，美国人和非洲人呈报了相似的性伴侣人数（虽然有些专家认为，在非洲，性伴侣比较可能是同时存在而非接续存在）。欧斯特发现，最大的差异在于非洲的传染率远高于美国。假如都在不使用保险套的情况下与感染者发生性关系，非洲人染上艾滋病病毒的概率是美国人的四或五倍之多。如此高的概率，部分原因是美国人的生殖器疱疹会得到治疗，而非洲人往往没有。在任何时候，都有11%的非洲人感染生殖器疱疹却得不到治疗，而这些疱疹让病毒容易传播。

公共卫生专家公认，最符合成本效益原则的艾滋病病毒治疗法之一，是提供性传染疾病的免费检查和治疗。欧斯特指出，如果把预防艾滋病的资源拨出一些来治疗性传染疾病，那么，每年从艾滋病拯救回来的每一条性命的费用只需3.5美元左右。无论如何，对女性而言，有致命风险的因素往往不是淫乱而是婚姻。在非洲和亚洲，女性在结婚前通常是没有感染危险的，结婚后就从丈夫身上感染了艾滋病病毒。

在柬埔寨，一名曾经当过娼妓的27岁少妇跟我们诉说了她对抗艾滋病的过程。一开始我们以为她是在妓院感染病毒的。“噢，不是，”她说，“我是后来从丈夫身上感染的。在妓院里，我一定用保险套，但是结婚后就没用了。有丈夫的妇女比妓院里的女孩危险还大。”这话是夸张了，但也凸显了一个重要的现实情况：**艾滋病经常是性别不平等的疾病**。尤其在非洲南部，面对未采用保护措施的性行为，年轻女性往往没有权利拒绝。举例来说，少女经常成为中年男人的廉价装饰，因此艾滋病病毒持续蔓延。如同前任联合国艾滋病特使斯蒂芬·刘易斯（Stephen Lewis）所说：“性别不平等是大流行病的驱动力。”

有一项方案，在14岁少女塔邦所面临的挑战面前得到了试验。塔邦住在南非东北部的瓜姆蓝加村（Kwamhlanga），她身材修长，喜欢卖弄风情和浓妆艳抹，是个叛逆的青春期少女。她会给任何一项方案带来挑战。塔邦的父亲是电工，长期与艾滋病抗争，耗光了家里的积蓄，最后还是死去了。塔邦的母亲葛楚·多贝拉身上的艾滋病病毒也呈阳性，显然是被丈夫传染的，后来在分娩时又垂直感染了最小的孩子维特。葛楚是全家第一个上过高中和大学的人，他们此前也一直过着中产阶级的生

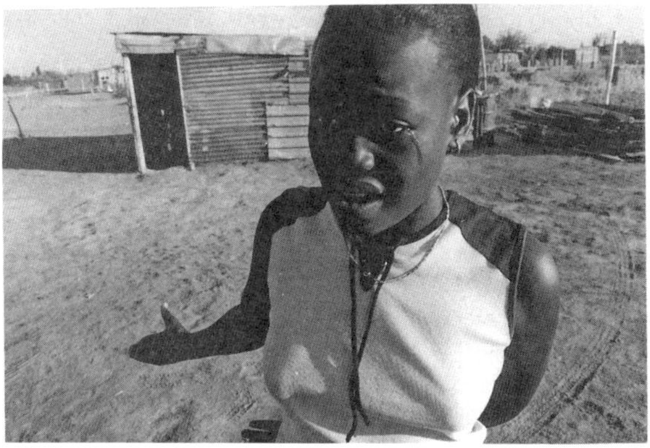

塔邦恐惧地站在她位于南非的小棚屋前。屋子里，母亲因患艾滋病而奄奄一息。
（拍摄：尼可拉斯）

活。但很快，葛楚病得无法工作，全家只好靠着每月22.5美元的政府补助维生。在他们居住的简陋小屋里，气氛令人绝望。

塔邦聪明有天分，就跟任何青少年一样，也渴望玩乐、温暖和爱情。她惧怕布满愁云惨雾的小屋，不愿回家，整天在镇上闲晃。她留着时髦的发型，穿着性感的衣服，总去找男孩消磨时间。她厌倦了母亲的束缚，想要独立，渴望长大。不幸的是，她还特别迷人，所到之处总能吸引男人的注目。在南非，成功的中年男人常找少女做情妇，许多少女视这种"甜心老爹"为通往优渥生活的阶梯。

一开始，塔邦开始与男人打情骂俏时，母亲会骂她打她。塔邦是家里唯一没有艾滋病的人，而一想到她可能感染，葛楚就惊骇万分。但是母亲的打骂惹怒了塔邦，她原本就怀疑母亲痛恨她，现在更证实了这一点，这也激得她想要离家出走。深受艾滋病折磨的母亲身体虚弱又身无分文，塔邦似乎觉得相当丢脸，母女之争也让葛楚更加疲惫和忧郁。葛楚讲到自己和小儿子死期逼近时神态镇静，但是谈到塔邦时则完全崩溃了。

“女儿离开了我，她想要自由，”葛楚呜咽地说，“她性生活太多，成天在酒吧和租来的房间里鬼混。”看到塔邦喜欢化妆、穿紧身衣服，母亲备感恐惧，一想到艾滋病可能会在下一代身上重演，她就无法忍受。至于塔邦，她说或许她朋友跟男人上床是为了金钱或礼物，但她自己绝对不是。

“不管我母亲怎么说，我还是处女。”塔邦说，接着也哭了起来，“她从来不相信我，就只会对我大吼大骂。”

“你母亲很爱你。”尼可跟她说，“她骂你，完全是因为她爱你，关心你的情况。”

“她一点也不爱我！”塔邦愤怒地回道，眼泪从脸颊滚落下来。她站在家外头，离母亲有15英尺远。母亲也在流泪。“要是她爱我，她就会好好说而不是动手，她就不会这么说我坏话，她就不会不接纳我的朋友。”

毫无疑问，当地学校应鼓励像塔邦这样的女孩禁欲守贞，而且那些教育方案也不应该就此打住，还要继续向人们解释保险套能够大幅降低艾滋病病毒传染的风险，同时应该示范如何正确使用保险套。政府应鼓励男性割包皮，这能大幅降低感染艾滋病病毒的风险，而且应推广性病的免费筛检和治疗服务。艾滋病病毒检测应成为常规，让居民都参与，这样一来，几乎所有成人都会知道自己的艾滋病病毒状况。这点非常重要，因为人们不知道自己有没有被感染时，是很难控制这个传染病的。这种全面性的预防之道，能够最有效地降低像塔邦这样的女孩所面临的风险，而且这些预防方法比长期治疗一名艾滋病患者便宜多了。

关于艾滋病预防的大多数研究都不甚严谨，但是麻省理工学院“抢救贫穷实验室”（Action Lab Poverty，他们作了一些跟世界各地发展有关的研究，质量一流）的学者在非洲进行了严谨的试验，检视了四种不同的艾滋病对抗策略。每一个策略皆在随机挑选的地区测试，测试出结果后与对照区相互比较。具体的方式是看怀孕避免了多少艾滋病病毒感染风险（与对照区比较），因为怀孕反映出未采取保护措施的性行为数量，而这些性行为都可能传染艾滋病。

策略一是给小学老师普及艾滋病教育，成本仅是每名学生2美元，但是对于减少怀孕却没有影响。第二个策略是鼓励学生针对保险套和艾滋病进行辩论和撰写论文，成本是每名学生1美元，但也没有显示怀孕数量降低。第三个方法是给学生提供免费校服，鼓励他们留在学校久一点，费用是每名学生12美元，这的确降低了怀孕数量。相较于对照区，研究者估计每防止一次怀孕，成本是750美元。第四个方法是目前最符合成本效益原则的，也是最简单的：警告学生“甜心老爹”的危险性。让学生观看短片，让他们认识到少女与老男人出去约会的危险，并清楚年纪较大的男人，其艾滋病病毒感染率远大于男孩——之前很少有学生知道这一重要事实。

这样的警告并没有减少女孩的性活动，但她们是与同龄的男友上床，而非与年纪较大的男人。男孩们用保险套的可能性更大些——他们显然是从学校的演讲中得知少女更容易感染艾滋病病毒，所以也害怕。这个简单的方案大获成功：每个学生不到1美元成本，而且只要91美元就能够防止一次怀孕事件。这也提醒我们在研发政策上需要精勤不懈地实验。保守派认定预防艾滋病的关键是“婚前完全禁欲”教育，自由派把重点放在分发保险套上，但是在非洲的试验结果显示，最符合成本效益原则的介入并不是这两种，这点双方都应反思。

宗教保守人士虽然反对分发保险套以及资助联合国人口基金会，却也通过支持和经营在非洲及亚洲最穷困地区的诊所而拯救了无数生命。当你在非洲最贫穷国家的首都或大城市旅行时，能频繁地看到外交官、联合国职员和救援组织。然而当你到了最需要协助的偏远村镇时，会发现救援人员骤然变得稀有。在偏远地区，虽然“无国界医生组织”和一些非宗教团体在英勇地从事救援工作，但是你能遇到的援助者，几乎都是传教士医生和教会资助的救援工作者。

有一次尼可飞往刚果中部时飞机出了故障，之后他决定自己开车过去。他花了将近一周的时间横穿这个饱受战争蹂躏的国家，唯一遇到的外国人来自两个天主教布道团。其中一个布道团的神父刚死于疟疾；另一个布道团由意大利神父主持。他们分发食品和衣物，试着在内战之中维持一家诊所的运营。

同样，“天主教救济服务组织”正在全世界范围内打击贫穷——尤其是支持印度苏妮塔的娼妓收容所。目前，全世界总计有1/4左右的艾滋病护理服务是由教会组织提供的。“在非洲大多数地区，这是健康体制的基石，”国际救援组织“关怀”的执行长海伦妮·盖尔（Helene Gayle）博士在谈到天主教运营的诊所时表示，“在一些国家，他们服务的人数，比政府医疗卫生体制服务的还多。”

此外，整体而言，地方天主教教会一向比梵蒂冈教廷更支持使用保险套。地方的神父和修女往往不理会罗马教廷，只是默默地尽力来拯救教区居民。在萨尔瓦多西南贫穷地区的松索纳特（Sonsonate），天主教医院鼓励妇女使用子宫内避孕器和口服避孕药，并呼吁她们使用保险套。“主教人在首都圣萨尔瓦多，从来没到过这里，”玛莎·艾莉卡·迪·雷加拉达（Martha Alica De Regalada）博士解释，“所以我们从来没有惹上过麻烦。”她也不担心讲得这么坦白后会惹上麻烦。

传教士在一些最贫穷国家运营着不可或缺的健康及教育网络，这已经有几十年的历史了。要是把他们的学校及诊所推广成全球运动，用来提升妇女的自主权，其效果将会非常可观。这些传教士有无价的实地经验。救援工作者及外交官们来了又去，但是传教士深耕社会，学习当地语言，把他们的子女送到当地学校就读，有的甚至能待上一辈子。没错，有些传教士的确会虚伪或假清高。任何一个团体都会有这种人。但还有其他许许多多传教士在努力遵照社会公道及个人的道德信念来行事，就像刚果那家医院的哈珀·麦康奈尔（详见第五章）。

为贫穷国家女性争取利益的运动要成功，就得在“上帝鸿沟”上搭桥造路。非宗教界善心人士和宗教界善心人士应为共同目标而努力。那正是200年前废奴运动的情形。当时自由开明的自然神教论者和保守的基督教福音派教徒团结起来，合力推翻了奴役制度。这也是激发政治意愿而使目前隐形的妇女问题登上国际议程的唯一方式。

把五旬节运动融入全球女权运动是特别重要的，因为它比其他信仰普及得更快，尤其在非洲、亚洲和拉丁美洲。现在，全欧洲做礼拜人数最多的教会，是乌克兰首都基辅的五旬节派超大型教会。该教会于1994年由一位蒙受灵恩的尼日利亚人桑戴·阿得拉加（Sunday Adelaja）成立。根据最高的估计，现在每十人当中就有一人是五旬节派教徒。这个数值可能夸大了好几倍，但是五旬节派在贫穷国家的普及化是毫无疑问的。之所以这么普遍，一个原因是部分五旬节派教会表示，上帝的恩典会让信徒此生富有。有些教会也传授大同小异的信仰治疗法，或是宣称耶稣会保护信徒不受艾滋病的感染。

虽然我们对于五旬节派的发展速度有些许怀疑，但是毫无疑问，它对女性角色的转变有正面的影响。五旬节派教会通常会鼓励所有会众在礼拜仪式上发言并传道，因此，有史以来第一次，许多普通妇女发现自己能担任领导角色，并能在道德及宗教事务上表达立场。每逢周日，妇女会聚在一起交换意见，看看如何运用社区的力量好把误入歧途的丈夫拉回正轨。同样重要的是，五旬节派和其他保守的基督教福音派都不鼓励喝酒和通奸。要知道，男人喝酒和通奸的风气对妇女（尤其是非洲的女性）造成了极大的困扰。

一直到20世纪90年代晚期，保守派基督教徒都在孤军奋战，他们担心（如同现代美国保守运动领袖赫尔姆斯所说）外交援助等同于“把钱丢到老鼠洞里”。但是在葛福临[1]、参议员布朗巴克和其他许多人的影响下，基督教福音派和其他保守基督徒开始把焦点放在艾滋病、性贩卖和贫穷等议题上。现在，美国福音协会（National Association of Evangelicals）是推动人道目标和对外援助的重要力量。正因为白宫前首席撰稿人迈克尔·格尔森（Michael Gerson）等基督教福音派的鼓励，小布什发起了打击艾滋病的总统倡议——这是他做过的最好的一件事，相信共拯救了超过900万条性命。华盛顿智库“哈德逊研究所”（Hudson Institute）的迈克尔·霍罗威茨（Michael Horowitz）是人道目标的推动者，他广召宗教保守分子，共同支持修补产科瘘管的新方案。现在，基督教福音派与自由派的善心人士站在前线并肩作战，一起争取救援资金来解决问题。这跟10年前或20年前相比，是个划时代的转变。

“以前贫穷和疾病不在我的议程上，”加州马鞍峰教会牧师、《标

---

1 葛福临（Franklin Graham），基督教福音布道家葛培理（Billy Graham）的儿子，现在是撒玛利亚救援会（Samaritan's Purse）会长。——编注

竿人生》（*The Purpose Driven Life*）作者华理克（Rick Warren）告诉我们，“我遗漏了艾滋病这种事，当时不了解这是多么大的一个问题。”后来在2003年，华理克前往南非培训牧师，发现一座帐篷里有一小群信徒在照顾25名艾滋病孤儿。“我那时才明白，他们为穷人所做的，比我们整个超大型教会还多，”他愉悦而夸张地说，“那感觉，就像一把刀插入了你的胸口。”

从那时起，华理克激励他的教会在全球68个国家打击贫穷和非正义。该教会超过7500名信徒自费到贫穷国家担任志愿者——他们一旦近距离看到贫穷现状，就想要做得更多。

许多基督教福音派教徒自愿缴纳什一税（每年捐出收入的10%赞助慈善事业），此举值得自由派人士仿效。根据《全球慈善事业索引》（*Index of Global Philanthropy*）的估计，美国宗教组织每年捐赠54亿美元给发展中国家，这是美国非宗教基金会所捐助款项的两倍以上。经济学家阿瑟·布鲁克斯发现，有1/3的美国人每周至少参加一次礼拜，相较于另外2/3没有宗教信仰的美国人，他们在“每个可以衡量的方面绝对是更为慈善的”。他表示，他们不只是捐的更多，也比较可能抽出时间担任义工。然而布鲁克斯也发现，自由派人士虽然自己没那么慷慨，但是政府若拨出经费从事人道活动，他们也比较可能去支持。

两派人士可以更加努力，确保他们的慈善捐款确实帮助了穷人。保守基督徒非常慷慨地捐助人道事业，但是很大一部分的捐款是用来兴建宏伟教堂的。同样，自由派的捐款往往流向了精英大学或交响乐团。这些目标也许是良好的，但不是人道方面的。希望能够看到自由派和保守派皆扩大捐助范围，好让更多经费真正用在帮助贫民上。

如果义工有更好的机制，这也会很有帮助。“和平工作团”是个难能可贵的方案，但是需要付出27个月，时间上有点让人望而却步，而且时间表与学年安排不一致，无法符合那些想晚一点去读研究生的学生。“为美国而教”（Teach For America）方案在有意从事公共服务的年轻人当中引起过很大的反响，但那是国内性质的。我们需要筹募资金成立“为世界而教”（国际版的“为美国而教”），好把年轻人送去国外一年，期满可以再续约。这会提供一个重要的对外援助新渠道，来支持贫穷国家的女孩教育，也能让美国青年接触到发展中国家的世界，遇到可能转变人生的契机。

简·罗伯茨与3400万名朋友

小布什在第一任期上任之初即宣布，美国将全数撤回原拟拨给联合国人口基金会的3400万美元。许多人对此表达了不满，而加州雷德兰兹（Redlands）一名退休的法文老师简·罗伯茨（Jane Roberts）把牢骚化为了行动。她一开始向当地报纸《圣贝纳迪诺郡太阳报》（*San Bernardino Sun*）投了稿：

布什政府决定撤回向联合国人口基金会捐助3400万美元这一回事，已经过了一个星期。好啦我知道，现在是放假期间。许多专栏作家已经发表了意见，报纸也登了评论，对此表示痛惜。好啦我知道，几天之内，死于分娩的妇女人数，比恐怖主义一年内杀死的人数还多。好啦我知道，一些小女孩的外阴正被仙人掌刺针割除。好啦我知道，这只是文化习俗的事情。

简·罗伯茨。
（图片由简·罗伯茨本人提供）

我的同胞们，会有3400万人和我一起，每人向“联合国人口基金会美国委员会”（USC ommittee for UNFPA）捐助一美元吗？就把它当做是义愤填膺的民主国家的一次义举吧。这会纠正一个严重错误……把“好啦我知道”这种事不关己的声音掩盖住。

简有着碧蓝色的眼睛，金色的短发，穿着举止上，比如她对非洲项链和黑色平底鞋的喜好，皆有20世纪60年代的风范。目前，她在执行一项重大使命。她联络了美国塞拉俱乐部（Sierra Club）和妇女选民联盟（League of Women Voters）等团体来支持她。比如在看到报纸上提到国家妇女组织委员会（National Council of Women's Organizations）这个组织之后，她就不厌其烦地用电话和电子邮件“轰炸”他们。一周后，委员会的董事会同意支持她的努力。

新墨西哥州的一位名叫洛伊丝·亚伯拉罕（Lois Abraham）的奶奶跟简想法不谋而合。她看到尼可发自苏丹首都喀土穆（Khartoum）的专栏，里面描写了一名罹患产科瘘管的少女的悲惨遭遇，并指出小布什政府是正在阻挠帮助这种女孩的少数机构之一。洛伊丝非常愤怒，她撰写了一封倡议信，介绍联合国人口基金会以及美国停断其经费的事情，并以此作结：

> 如果有3400万名美国妇女每人捐一美元给联合国人口基金会，就能够帮助基金会继续从事它的“无价事业”，同时也将证实：提供家庭计划及生育健康服务给原本无法得到这种帮助的妇女，是一项人道议题而非政治议题。
>
> **现在，恳请各位：**把一美元包在一张白纸里，再放入写上“3400万名朋友”的信封里。今天就寄出去。**更重要的是：**把我这封信转寄给至少十名（越多越好）可能会参与行动的朋友。

洛伊丝随后致电联合国人口基金会，告诉工作人员她写了封倡议邮件，正在往外发。联合国人口基金会向来在公众领域鲜为人知，也很少得到捐助。

“基金会里，有些人对于这种草根运动持怀疑态度，”该机构前资深官员斯特林·斯克鲁格斯（Stirling Scruggs）回忆道，“他们认为热度大概会维持几星期，接下来那两位女士就会感到厌倦，很快整件事情就会无疾而终。没想到，一袋袋信件开始在基金会的收发室堆积起来。”

洛伊丝和简发起的一美元钞票运动使得信件如雪片般飞来，这很快造成了一个问题。联合国人口基金会承诺所有资金都会用于执行方案，但是总得有人处理这些邮件。起先，职员们自告奋勇利用午餐时间拆信，接着“联合国人口基金会美国委员会”的支持者也自愿来帮忙，最后联合国基金会（UN Foundation）给予补助金，好让他们雇用专人处理信件。

大多数金钱是全国女性（以及一些男性）寄来的一美元纸钞，有些人寄来了更大的面额。“这五美元是向我生命中的女性致敬：我母亲、妻子、两个女儿和我的孙女。”一名男士写道。通过联合国人口基金会，洛伊丝和简彼此联系上了，最后两人合力，把运动正式化，成立了“联合国人口基金会的3400万名朋友”（34 Million Friends of UNFP, www.34millionfriends.org）。她们展开巡回演讲，让该运动越来越有力量。对于社会保守分子发起的反对生育健康的运动，比如停止拨经费给联合国人口基金会、公开谴责保险套和综合性性教育、不支持“玛丽斯特普国际”等救援团体所提倡的家庭计划，等等，美国各地人民都很愤怒，他们热切地想提供实质的帮助。邮寄一美元纸钞不是万灵丹，但是非常容易做到。

“没有人会说自己无法捐出一美元，”简指出，“我们甚至有大学生和高中生的捐款。只要一罐汽水的花费，就能够为世界妇女问题表态。”艾伦·古德曼（Ellen Goodman）[1]及莫莉·艾文斯（Molly Ivins）[2]

1 艾伦·古德曼（1941年4月11日— ）：美国记者和专栏作家，1980年获得普利策奖。她是美国最先公开讨论女性权利的女性之一。——编注

2 莫莉·艾文斯（1944年8月30日—2007年1月31日）：美国专栏作家，政治评论员。——编注

皆撰写专栏称赞简和洛伊丝及她们的运动，这使得一天的捐款有时高达2000美元。简随联合国人口基金会前往马里和塞内加尔（那是她第一次到非洲），回国后就开始马不停蹄地演讲和推广运动。“从那时起，我就在用生命去做，”她跟雪莉说，“我会长期跟进，好让这个目标更上层楼……每分钟有40名女性寻求不安全的堕胎——对我而言这纯粹是违反人性的罪行。”

2009年1月，奥巴马总统宣布他会重新拨发经费给联合国人口基金会。这时问题来了：“3400万名朋友”运动还有必要吗？应该消失吗？当时，这个团体已经总共筹募了400万美元。然而她们看到，需求依然广泛存在，于是决定继续推行她们的运动，作为美国政府资助联合国人口基金会的补充。“现在，全球对于家庭计划仍有庞大的需求量，”简表示，“瘘管预防与治疗同样必不可少。世界大多数地方还承受着人口压力、环境压力和经济压力，而未来女性所面临的性别暴力会更为严重。因此对我而言，‘3400万名朋友’是我的工作，是我的热情所在。我认为长期而言，没有什么其他目标会比这对人类、地球与和平更有贡献了。所以我们继续加油吧！”

第九章

投资于教育

安与安琪莉

如果你认为教育的成本太高，试试看无知的代价。

——哈佛大学前校长德里克·博克（Derek Bok）

大约20年前，我们刚结婚住在中国的那段时间，在中部贫瘠的大别山区认识了一个骨瘦如柴的13岁女孩。女孩名叫戴满珠，与父母、两兄弟和姑婆住在山坡上一间残破的木头棚屋里，从那儿走到最近的公路要两个小时。家里没有电、自来水、自行车、手表、时钟或收音机（简直是没有任何财物），而且他们还和一头猪同住在一个屋檐下。全家人一年只能在过年时吃到一次肉。昏暗的小屋里几乎没有家具，只有父亲为姑婆制作的一口棺材。“我现在还算健朗，”姑婆愉悦地解释，“但最好先作准备。”

戴满珠的父母小学没有念完，几乎不识字。他们认为女孩接受教育没什么用处。如果女孩长大后只是天天锄田和缝补袜子，为什么还要会读书写字？小学学费一年13美元，对于仅有几张破烂纸钞的家庭来说似乎是个浪费，那笔钱大可用来做更有意义的事情，比如买米。所以当戴满珠升上六年级时，家人叫她辍学。

戴满珠矮小、清瘦，留着细长干枯的黑头发，个性羞怯内向，比13岁的普通美国青少年要矮一头。她买不起教科书，甚至连铅笔和纸张费

戴满珠和校长站在学校前，她已读到六年级，面临辍学。
（拍摄：尼可拉斯）

用都无法负担，但是她是该年级的明星学生，她渴望继续上学。

“当时我父母正生病，他们说交不起学费了，”她看着自己的脚害羞地说，声音小到几乎听不见，“因为我是老大，父母要我辍学帮忙做家务。”辍学后她还是经常跑到学校，想“蹭”一些知识。她依然梦想着成为家里第一个小学毕业生。老师们特别疼爱戴满珠，不时给她旧铅笔和纸，希望支持她学习。

第一次拜访该校时，老师介绍我们与她认识。第二次再去时，戴满珠带着我们走了四英里路到她家看她父母。1990年我们写了一篇文章报道戴满珠，纽约的一名读者深为同情，通过摩根银行（Morgan Guaranty

Trust Company）汇给我们1万美元帮她支付学费。我们把捐款交给学校，校方喜出望外。“现在我们可以让这里的所有孩子上得起学了，”校长称，“甚至可以盖一栋新校舍！”那笔钱的确用来建造了设备更好的小学，并且为该区的所有女孩提供了奖学金。资金用了大半之后，我们打电话向捐款者报告进展。

“您真的是非常慷慨，”我们由衷地说，“您无法相信，1万美元在中国的一座村庄里能够带来多么大的改变。”

对方惊讶得说不出话来，过了一会儿才开口：“可我捐的不是1万，是100。”

经过一番调查之后才搞明白，原来是摩根银行出了差错。我们联络摩根银行的资深主管，很正式地问他是否打算派遣银行工作人员要回这笔钱，而那样的话，这些孩子们都要辍学了。“如此说来，”他说，“我们乐意捐出这笔钱帮助他们。”

美国人的慷慨——和粗心，都让村民们惊叹不已。不管怎样，多亏了戴满珠，校方才得到这笔捐款。学校免了她的学费，她可以一直读下去，只要能够通过考试。于是她读完小学、初中、高中，最后上了会计学校。毕业后她在广东省找了份工作，担任当地工厂的会计。一两年后，她也开始帮亲朋好友找工作。她寄回家的钱越来越多，使父母成为村庄里数一数二的有钱人。我们几年前回访时，戴满珠的父母（姑婆已经过世了）住上了一栋六间的水泥屋——对他们而言实在过于宽敞了。他们还是养了一头猪，把它圈在那间如今已成了猪圈的老木屋里。现在家里有电、火炉、电视和风扇。

戴满珠在2006年嫁给了一名技术一流的工人（铸模师傅）；第二年，也就是她30岁时，生了一名女婴。她在东莞市的一家台资电子公司担任主管，但是她想自己创立公司。老板同意助她一臂之力，这很可能会成为她发财的新机会。

因为摩根银行资助了所有奖学金，山区的其他女孩也突然间享有了难得的教育机会，毕业后她们纷纷前往广东的工厂找工作。她们把钱寄回老家，帮忙支付弟妹的学费，弟妹们最后也在中国沿海找到了好工作。这些都让山区更繁荣、更有影响力了。如今那里铺了通往村子的公路，正好经过新盖的戴宅旁边。也许有一天，村里会给纽约那名捐款者，或是戴满珠树一个雕像——又或是给那名糊涂的银行职员也说不定。

这就是教育的力量。一个又一个的研究显示，教育女孩是摆脱贫穷最有效的方式之一。妇女要能挺身对抗不平等，要融入市场经济，接受学校教育往往是先决条件。除非妇女能够算数而且能读会写，否则她们难以创业，更不要说对国家经济做出重要的贡献。

可惜的是，女孩所受教育对社会的影响，很难用统计数据来显示。只有少数几个发展领域有了比较多的研究，但是那些做研究和资助研究的人大多深信教育女孩的好处，这也使得研究不是非常严谨。这些研究方法往往不怎么令人信服，而且没有充分解释因果关系。“大部分的证据都存在明显的偏见：被调查的那些受过教育的女孩往往来自较富裕的家庭，嫁给了更有钱、受教育程度更高且思想更进步的丈夫，”麻省理工学院的迪弗洛（Esther Duflo）教授表示，她是性别与发展研究领域最为严谨的学者之一，“这样一来，要说明全部因素所起的作用一般是很困难的，而且很少有研究尝试这么做。”简言之，相关性不等于因果关系[1]。

---

1 拉里·萨默斯（Larry Summers）提供一个例子来强调相关性和因果关系的差别。他表示，识字率和拥有字典有几近完美的相关性，但是多发字典并不会提升识字率。——原注

倡议女性教育的人士也因为挑选了最佳例子作为证据，而削弱了他们研究结果的可信度。比如说，我们虽然认为教育女孩确实能够刺激经济增长并加强社会的稳定，但是在印度乡下教育最普及的喀拉拉邦，经济却停滞不前。同样，阿拉伯世界中给女孩提供最多教育机会的两个地方，黎巴嫩和沙特阿拉伯，前者是冲突的旋涡，后者是暴力的宗教激进主义的滋生地。我们的看法是，上述例子皆属例外：喀拉拉邦因实施了反市场的经济政策而导致发展受阻；黎巴嫩由于相互冲突的宗教派别及仗势欺人的邻国而纷乱不安；沙特阿拉伯则是受困于极为保守的文化和政府。世界是复杂的。每当我们看到什么法宝，就想测试一番，但教育不见得是万灵丹。

话虽如此，投资女孩教育的理由依然真实确凿。我们听说过许多女孩在接受教育之后，就能够找到工作或自行创业，进而改变自己和家人的生活。更广泛地说，大家一般公认，东亚在近几十年来之所以繁荣兴盛，原因之一是女性接受了教育并进入劳动力市场，这种方式是在印度或非洲所没有的。一些方法精密可靠的研究试图去呈现当女孩（包括贫穷或保守家庭的女孩）所受的学校教育大幅提高时会出现什么样的结果。举个例子，在1973～1978年，印度尼西亚大幅提升了学生的到课率。由麻省理工学院的露西娅·布里洛瓦（Lucia Breierova）及迪弗洛教授所做的研究显示，这使得女性较晚结婚，孩子生得也较少。在降低生育率方面，教育女孩的影响比教育男孩来得大。

同样，印第安纳大学的尤娜·欧西莉（Una Osili）和哈佛大学的布丽奇特·朗（Bridget Long），在调查尼日利亚自1976年起大幅扩张基础教育的影响后发觉，每增加一年的基础教育，就会让女孩少生0.26个孩子——这是很大的幅度。都说初中教育是最为关键的，但是这项研究发现，小学教育也能大幅影响生育率。

挑战就摆在眼前：在全世界1.15亿名小学辍学生中，57%是女孩。在南亚和西亚，2/3的失学儿童是女孩。

美国人常以为，要提升教育程度，就得兴建学校。在某些地区这的确是必要的。最近我们在柬埔寨建了一所学校，就像西雅图的弗兰克·格里哈尔瓦校长带领那群学生所做的那样，但是光建学校还是有问题。兴建学校费用昂贵，而且无法确保老师们会好好教。印度一项研究发现，在任何时候都有12%的学校是关闭的，因为那天老师没有去上课。

提升学生到课率，最符合成本效益原则的方式之一是帮学生除虫——肠道寄生虫影响儿童身体及智力的发育。事实上，普通寄生虫一年会导致13万人丧命，丧命原因通常是寄生虫引起的贫血或肠梗阻，而贫血尤其会影响生理期的女孩。20世纪初期，美国南方推行除虫政策时，学校老师对于除虫的效果大为震惊：学生突然间变得更机灵、更用功了。同样，肯尼亚一项划时代的研究发现，除虫可以降低1/4的旷课率。

“被忽视的热带疾病全球管控网络”（Global Network for Neglected Tropical Disease Control）是除虫领域颇为领先的一个组织，该组织的领导人之一彼得·霍特兹（Peter Hotez）说：“美国人平均每年花50美元帮一只狗除虫；在非洲，你用50美分就能帮一名孩子除虫。”通过兴建学校来增加入学率，每有一名学生注册入学，成本是每年100美元左右；通过帮学生除虫来提升入学率，每有一名学生注册入学，成本每年只要4美元。

让更多女孩就读中学的另一个符合成本效益原则的方法，可能是要帮助她们处理生理期的问题。非洲女孩生理期时通常使用旧布，而且重复使用；她们往往只有一条破烂的内裤可以穿。女孩担心经血渗漏及沾染有损颜面，有时候生理期干脆就待在家里。救援工作者正在试验着把卫生棉分发给非洲少女，并为她们建造厕所以便更换。他们已经发现这种简单方式能够有效提升中学女生的到课率。

不过宝洁公司（Procter & Gamble）生产“丹碧丝”及“护舒宝”卫生棉的部门在非洲制订免费分发方案时，却碰到出乎意料的挑战。首先，女孩需要一个地方来更换卫生棉及清理个人卫生，但是许多学校没有厕所。于是他们不得不在学校建造有自来水的厕所，这样一来成本就大幅增加了。接着该方案遇上了经血的文化禁忌，比如女孩们不愿意把用过的卫生棉丢到垃圾桶里。他们必须为丢弃卫生棉制定特别规定，在一些地方甚至要分发焚化炉。这个方案对双方而言都是一种教育，结果则是大家所熟悉的：企业做慈善的诉求是提升其品牌的优质形象，因此往往倾向于采用吸引眼球却不一定符合成本效益原则的镀金方案。

提升女孩教育的另一个简单方法也很令人心动，就是为人们提供碘化盐。发展中国家有31%左右的家庭无法从水或食物当中摄取足够的碘。缺碘的人容易得甲状腺肿大，而孕妇如果缺碘，造成胎儿脑部损伤的概率也很高。胎儿在孕早期需要碘来发育出正常的大脑，从对人类和动物的研究结果来看，雌性胎儿尤其如此。厄瓜多尔的一项研究指出，缺碘往往会导致孩子的智商降低10～15分，全世界光是缺碘就导致人类集体智商降低10亿分以上。根据一项估计，贫穷国家需要的碘化盐，仅仅1900万美元就能解决。另一项研究发现，这么做所产生的经济效益，是该费用的九倍之多。因此，供给碘化盐虽然是援助方式中最不起眼的，却得到了狂热者的热烈支持。

解决此问题的办法，是每两年给所有可能怀孕的女性分送一颗碘化油胶囊。每颗胶囊的成本只要50美分。哈佛大学埃丽卡·菲尔德（Erica Field）教授的研究重点是在坦桑尼亚，该国某些地区的妇女从1986年开始能分到这种胶囊。菲尔德教授发现，得到胶囊的妇女，其女儿的学业表现明显更为优异，而且留级的可能性相当低。

第三个扩展女孩受教育范围的智慧策略是“贿赂”——没有人愿意用“贿赂”这种字眼，但事实就是如此。使用这一策略的先驱之一是墨西哥。1995年，墨西哥货币暴跌，经济萧条。当时该国的反贫方案以发放食物补助金为主，不仅无效率，而且很大程度上只满足了食品公司的需求。财政部次长圣地亚哥·利维（Santiago Levy）担心这种状况会对穷人造成致命打击，于是默默地筹划了实验性的反贫穷计划。为了避免引起注意或招致反对，他把地点放在了远离首都的坎佩切（Campeche）。利维构想的精髓是“贿赂”贫穷家庭，好让其子女持续上学，并且让他们定期作医疗检查。他们小心谨慎地作记录，列表显示执行该计划的村庄及对照组村庄的结果。后来总统柴迪洛（Ernesto Zedillo）看到了该实验的成功，于是果敢地同意逐步淘汰食物补助金，发起全国性的新计划。该计划现在被称为“机遇”计划（Oportunidades）。

“机遇”是全球最令人敬佩的反贫穷计划之一，大约1/4的墨西哥家庭在不同程度上都得到过这项计划的帮助。只要家庭同意让子女继续上学，让子女注射疫苗，带子女体检及参加健康教育讲座，他们就能得到现金补助。补助金少至三年级学生每人每月10美元，多至中学女生每人每月66美元（中学女生得到的补助金最多，因为她们的辍学率是最高的）。补助金直接由中央政府支付，这样一来就降低了地方政府贪污的机会。而且补助金是交给母亲而非父亲，因为研究显示，母亲更可能为了孩子的利益而使用现金。该津贴也因此提升了母亲的家庭地位。

“机遇”计划设置了严谨的评估程序——这是大多数援助计划所缺乏的。他们与外聘专家签订合约执行评估，与对照组村庄做比较（他们随机挑选村庄来做实验或作为对照组），小心翼翼地衡量该方案的成效。外聘评估机构“国际粮食政策研究所”（International Food Policy Research Institute）对该方案非常认同：“仅仅三年之后，‘机遇’计划成果斐然，墨西哥那些贫穷的乡下儿童的就学率增加了，饮食更为平衡了，得到了更多医疗护理，并且知道自己的未来可以跟过去迥然不同。”世界银行表示，该计划提升了中学生到课率，其中男生提升了10%，女生提升了20%。参与计划的儿童，其身高每年平均比对照组的儿童多长一厘米。“机遇”计划的本质是鼓励贫穷家庭投资在孩子身上，这是富裕家庭已经在做的事情，此举可以打破穷人世代无法翻身的常态。“机遇”计划对于女孩特别有利。一些早期的研究指出，该计划创造了更多的人力资本，为墨西哥注入了经济力量，前期的投入不但能够在未来回本且生生不息。现在该计划在其他发展中国家被广泛复制，甚至纽约市也开始试验用“贿赂法”来增加学生到课率。

“贿赂”也开始在联合国的学校营养午餐计划中发挥作用。营养午餐由世界粮食计划署（WFP）及联合国儿童基金会执行，长久以来受到前参议员麦戈文（George McGovern）的大力推崇。世界粮食计划署通常会把粮食分送到一所乡间学校，由当地家长帮忙，每天给学生们做餐点。学校的所有学生都能免费享用——假定他们没吃早餐，所以通常是一顿早午餐；此外该计划还定期为学生除虫。到课率良好的女生还能把得到的定量口粮带回家，好说服父母继续让她们接受教育。

“这种方法有助于让女孩持续上学。”阿卜杜·穆罕默德（Abdu Muhammad）表示。他是塞比拉索（Sebiraso）的小学校长，这所学校位于非洲东北部厄立特里亚的偏远草原上。他一边看着家长把炖菜舀给排队领餐的学生一边说：“现在学生可以专心学习，跟得上进度了。自从营

刚果一所学校鼓励学生留校。校方正在给孩子提供食品。（拍摄：尼可拉斯）

养午餐计划开始后，我们就没有任何女生辍学，除了那些即将结婚的以外。以前女生往往读到五年级就辍学了。”

学校营养午餐计划的成本，只是每个孩子每天十美分而已。研究人员发现该计划大幅提升了学生的营养、发育速度和到课率，对女孩尤其如此。然而该计划并未能充分实施。世界粮食计划署表示，大约有5000万名学生原本可以从营养午餐中受益，却因资金短缺而无法得到帮助。

以上我们讨论的各种方法，在提升学生到课率方面都已证实有效。但是还有一个问题：学生一旦上学，如何提升他们的学习质量？一个特别符合成本效益原则的方法，是提供小额奖学金给成绩优异的女孩。哈佛大学经济学家迈克尔·克雷默（Michael Kremer）在肯尼亚主持了一项研究，该研究调查了改善教学质量的六种不同方式，小至免费提供教科书，大至学生赞助计划。其中最能提升学生考试成绩的方式，是规定参加六年级考试的女生只要排名前15%就会得到19美元的奖学金。19美元就能让她们继续读七、八年级，同时，在大会中得到表彰也是莫大的荣誉，女孩们个个受到激励。发放奖学金的学校是随机挑选的，而这些学校女生的学业表现明显比对照学校的女生优异——甚至连能力较差、实际上没什么机会赢得奖学金的女生，也表现得比对照学校的女生优异许多。男孩也表现较好，显然是因为女生带来的压力，或是不想忍受成绩落后的羞辱。

这种援助计划都已被证明有益，但不是所有援助计划都得到了同等对待。过去几年来，增加对外援助的呼吁遭到过集体反对。纽约大学教授、世界银行的资深人士威廉·伊斯特利（William Easterly）就是这样一个怀疑论者。他认为救援物资常遭到浪费，而且有时候造成的伤害大于好处。杰弗里·萨克斯（Jeffrey Sachs）是哥伦比亚大学的经济学者，他不屈不挠地热情呼吁，希望有更多援助用于打击疟疾和艾滋病以及帮助一些国家摆脱贫穷，他的著作却受到伊斯特利尖刻的嘲讽。也有其他经济学家指出，一国得到的救援多寡与促进该国的发展程度之间，很难找到任何相关性。如同经济学家拉古拉姆·拉詹（Raghuram Rajan）和阿文德·苏布拉马尼安（Arvind Subramanian）于2008年在《经济及统计报告》（*The Review of Economics and Statistics*）的一篇文章中所说：

> 一国得到的救援资源多寡与促进该国的经济成长之间是否有正面（或负面）的关系，我们没找到多少有力的证据。我们也没找到证据显示，在较佳的政策或地理环境中，救援工作会效果更好，或是某些形式的救援比其他的来得有效。

我们非常崇拜U2[1]的主唱波诺（Bono），他孜孜不倦地支持非洲的救援活动，也了解其中的细微之处。他谈论扶贫政策很有针对性，就有如他唱歌那么动听。但是2007年，当波诺在坦桑尼亚的一场国际会议中发表演说时，一些非洲人起哄，坚称非洲需要的不是救援，他应该少管闲事。乌干达人安德鲁·姆温达（Andrew Mwenda）也抱怨"国际善意鸡尾酒"的灾难性后果。肯尼亚的詹姆斯·席瓦提（James Shikwati）甚至曾向西方捐助者恳求："看在上帝的分上，请你们住手吧。"

这些怀疑论者的某些论点是有道理的。任何在非洲旅行的人都看得出来，援助要执行得当，通常比人们想象的要困难得多。2000年，在尼日利亚举行的世界卫生会议设定了一个目标：为预防疾病，在2005年之前，要让60%的非洲小孩用上蚊帐。而现实情况是，到2005年，只有3%的小孩用上了蚊帐。也有人提出比较合理的顾虑，认为救援活动使得非洲国家的汇率上涨，削弱了当地企业的竞争力。

甚至连简单的介入，比如防止艾滋病病毒在分娩时发生母子垂直感染，想要执行得当，也比任何一个坐在扶手椅里的美国人所能想象的还要困难许多。一份四美元剂量的"卫滋"，就能让新生婴儿免于感染，因此这种介入方式被称为"公共卫生的低垂果实"。但是就算孕妇接受艾滋病检测，就算她到医院生产，就算医院备有"卫滋"而且在第一时间帮她注射，就算院方教导她不要以母乳喂养婴儿以免病毒通过母乳传染，就算院方免费送婴儿配方奶粉给这名母亲，并且教导她如何给奶瓶消毒——就算做到以上所有准备，这套预防系统也往往失败。许多妇女

1　U2：一支成立于1976年的爱尔兰摇滚乐队。是20世纪80年代英国和爱尔兰最受瞩目的乐队之一。——编注

出院回家时，就直接把奶粉丢在医院外的树丛中。为什么？因为妇女生活在非洲村庄里，如果用奶瓶喂奶——其他村民会立刻发现她们得了艾滋病，她们就会受到排斥。

虽然赋予女性权利对于克服贫穷至关重要，但这也是救援工作中特别艰难的一个领域，需要一点一滴地改善当地社会的文化、宗教和家庭关系，而我们外人往往不能充分了解这些。我们有位朋友参与了联合国在尼日利亚的一项赋予女性权利计划，他的经验具有切实的警示作用。在尼日利亚的这个地区，妇女种植树薯——这是当地的主食，有多余的她们还能拿到市场出售。妇女有树薯可卖时，口袋里就有钱可支配，于是救援工作者想到一个妙点子：要是给她们更好的树薯品种，她们就有更多收成可以去卖，这样一来就会赚更多钱，花在家庭上。我们那位朋友如此描述接下来发生的事：

当地女性原本种植的树薯品种是每公顷出产800公斤，我们引入了另一个品种，结果每公顷出产了三吨，这带来了一场大丰收，但是接着也带来了一个大问题。种植树薯是妇女的工作，男人不会来帮忙。但产量太大了，妇女没时间收，也没能力处理。

于是我们引进了加工设备。不幸的是，虽然我们引进的这种树薯产量很高，但是味道比较苦，毒性也较重。树薯总是会产生一点跟氰化物相关的化合物，但是这个品种所产生的量大于一般品种。因此加工处理后的污水含有更多的氰化物，我们只好引进污水处理系统来避免氰化物污染地下水，否则后果将不堪设想。

好，这点我们也处理了，这个方案终于看起来相当成功了。妇女贩卖树薯赚了很多钱，我们很高兴。但因为妇女赚得太多，于是男人介入，把女人踢出了树薯田。这里的传统是妇女种植粮食作物，男人种植经济作物。男人们合计着，既然树薯这么有利可图，现在就得成为男人的作物。于是男人接管了树薯，然后把收益用来买酒喝，最后妇女的收入甚至比我们启动这个方案时还少。

所以，我们也愿意大方承认，“凡事只要有出错的可能性就一定会出错”的墨菲定律在救援世界中常起作用。不过，虽然对外援助难以执行得当，有时候甚至是浪费资源，但显而易见的是，某些种类的救援的确有效，而最有效的种类包括健康卫生及教育。

1960年，全世界有2000万名儿童在5岁前夭折。到了2006年，数量已降至1000万名以下，这要归功于提供预防疫苗、卫生设备和治疗腹泻口服液的推广活动。想想看：如今每年多了1000万名儿童存活下去，每10年就是1亿人。救援工作的失败例子众多，相较之下这算是不小的成就。同样，美国前总统吉米·卡特致力于慈善工作，几乎成功地把麦地那龙线虫消灭殆尽，这种古老的寄生虫自有历史记载以来就一直在折磨人类。

这里还有一个例子：美国花了10年时间投资3200万美元，在全球根除了天花。以前每年死于天花的人数大约是150万人，自从1977年根除天花，至今已经拯救了大约4500万人的性命，这个总数令人吃惊。而且，美国两个月就收回了成本，因为美国人不用再打预防天花的疫苗了。自从天花被根除之后，30年来那笔3200万美元的投资每年产生46%的投资回报率——这笔投资比那段时期任何股票的回报率都高。

安与安琪莉

安琪莉·姆温德瑞（Angeline Mugwendere）的父母是津巴布韦的农民，家境贫寒。她总是打着赤脚、穿一件破烂衣服去上学，同学奚落她，老师则会板起面孔，命她回家把拖欠的学费补上，虽然大家都知道她家根本付不起。但是安琪莉宁愿忍受这样的羞辱与嘲笑，也要恳求校方让她继续留在学校。她买不起学习用品，只好想尽办法跟人乞讨。

“下课后，我会到老师家里问：‘可以帮你洗碗吗？’”她回忆道，“他们有时候会给我一支笔。”念完小学，她参加全国性的六年级毕业考试，成绩不只是全校最高，也是全区最高——事实上在全国也数一数二。但是她没有钱上中学，这让她伤心欲绝。看来安琪莉注定要成为另一名农妇或村庄小贩了——又一个人才被白白浪费。对于这样的情况，当地人如此形容：**南瓜收成最多的人，偏偏没有锅可以煮**。换句话说，最聪明的孩子往往出生在缺乏教育资源的家庭中。

然而，安琪莉的学业与安·科顿（Ann Cotton）的事业有了交集。安是威尔士女子（用她的话说，是“地道的威尔士人！”），现在却一心想帮助津巴布韦的女孩。她在威尔士首府加的夫（Cardiff）长大，对于采矿和政治角力的家族故事耳熟能详，她的社会良知也在这样的环境中逐渐养成。她对教育产生了热情，为有行为障碍的女学生成立帮助中心，不过直到一场悲剧降临之后，她的人生才找到更深层的方向。

那次怀胎十月后，安顺利地产下一名女婴，取名凯瑟琳。这是她的第二个孩子，看起来健康无恙。十天大时，助产士来家里给婴儿例检，例检完却叫安赶快把她送去医院，说女婴可能性命不保。送到医院后，凯瑟琳立刻被放进了便携式氧气帐里。

原来凯瑟琳患有先天性肺部缺陷，她的肺泡氧气不够，无法充分地为血液供氧，因此小女孩的心脏和肺部正在逐渐衰竭。接下来的六周，凯瑟琳一直待在氧气帐里。那段时间，安、安的丈夫和儿子简直是以医院为家，他们也与许多生命垂危的孩子的年轻父母越来越熟悉。

“那时候好痛苦！”安回忆道，“我从来没有感到过那么无助。我身为一个母亲，却没能力帮助自己的女儿。那是我经历过的最大的痛苦。”医护人员全力以赴，但最后还是没有救活小凯瑟琳。

“她夭折后，我们只是一心想要纪念她的生命，以及实践她教我们的所有事情。”安说。但是要如何纪念，当时还不清楚。安很快又生了一男一女，养育三个孩子，生活忙碌不堪。后来安的丈夫在波士顿的高科技产业区找到一份工作。因为美国签证的相关规定，安无法在那里取得工作许可证，她索性注册了波士顿大学，攻读国际关系专业。她的学术兴趣被唤起了，之后她又在伦敦大学教育学院攻读人权与教育方面的硕士课程。

根据课程要求，后来安前往津巴布韦特别贫穷的地区进行了为期三周的访问，研究为何当地女孩的就学率和到课率如此之低。一般人会认为，许多非洲家庭基于文化习俗的考虑，不愿意把女儿送去上学。于是安带了好几沓问卷和便笺，准备探究其中的原因。她把重点放在莫拉村（Mola）的一所学校。在跟学生、家长和学校高层职员谈话后，她很快明白最重要的挑战不是文化，而是贫穷。家庭没钱为所有的子女购买课本和支付学费，所以只能把优先权给儿子，因为男生受过教育后找到好工作的概率更高。

津巴布韦女孩求学的决心，让安深受感动。她遇到一对十几岁的姐妹——西西利亚和玛卡利塔，她们天天步行60英里到莫拉村，因为这里学校的学费比家附近的便宜。这对姐妹邀请安到她们搭建的临时茅屋参观，坦白地说她们不知道下学期还交不交得起学费。这让安想到自己祖母早年在威尔士所经历的困苦。她觉得跟津巴布韦穷乡僻壤的汤加族女孩有一种亲切感，不禁想象要是自己的孩子处于这种环境该怎么办。

"这种程度的贫穷，是我前所未见的。"安说。她跟当地居民保证，自己会找到方法来支持女孩的教育。村庄长老和学校高层职员热情响应，他们开了一次小区会议，制订了用民间力量支持女孩教育的新方案——前提是安能够帮忙支付费用。

安回到英国剑桥的家中后，一直念念不忘那些在津巴布韦认识的女孩。她和丈夫成立自己的基金，请亲朋好友解囊相助，但是这样并不够。安本来不喜欢烹饪，也从来没做过买卖，但是为了赚钱，她开始在自家厨房里制作三明治和蛋糕，然后拿到剑桥市场去卖。这没有为他们的财务状况带来什么起色：在一个天寒地冻的二月天，安和两个朋友在寒风中站了一整天，只赚到30英镑。

安在第一年好不容易筹集到足够的钱，让32名女生读上了中学。她们的父母也承诺支持女儿，确保她们好好上学。两年之后，安把她的努力化为一个正式组织，叫作"女性教育运动"（Campaign for Female Education）。安援助的头几名女孩就包括安琪莉。安琪莉继续上了中学，不出所料，表现优异。

"女性教育运动"从津巴布韦扩张至赞比亚、坦桑尼亚和加纳，备受赞誉之余，也使它能够筹集到更多资金，规模进一步扩大。相较于大型机构，"女性教育运动"的经费依然微不足道（每年1000万美元），

安在她资助的一家位于赞比亚的学校里为孩子们读书。
（图片由“女性教育运动”组织提供）

但是该运动现在每年能帮助超过40万名孩子就学。打一开始，“女性教育运动”在每个国家就只雇用当地职员。他们非常重视当地社群的支持，至于哪些女孩能够荣获奖学金，是由当地社群组成的委员会来评选的，“女性教育运动”的职员负责审查委员会的决议，以防止贪污。此外，“女性教育运动”还刻意避开了可能危害救援组织的个人崇拜。他们的网站是关于女学生的，而不是关于安，对于启发这一切的女儿凯瑟琳，上面也只字未提。那是我们从安身上挖出来的背后故事。

这种民间努力所取得的成就，通常远胜于得到更多关注的大型联合国会议。我们特别强调“女性教育运动”，部分原因是我们认为，任何一项国际妇女运动，应该少把精力放在举办大型集会或游说新法成立上，而应该多花一点时间下乡援助，比如到津巴布韦的乡村地区，聆听社群的心声，帮助他们把女孩送到学校。

“女性教育运动”的支持往往从女孩读小学的时候就开始了，这是资助穷困学生的广大方案之一。当女孩从小学毕业时，“女性教育运动”会提供就读中学的全套支持，若有必要还包括鞋子和一套制服。如果学生家离中学太远，“女性教育运动”会帮她们安排宿舍并支付费用。此外，他们也向所有女孩供应卫生棉和内衣裤，让她们不至于在生理期无法上学。

安和其他人还必须面对来自老师的性侵害这个问题。尤其在非洲南部地区，有些老师会利用性来与学生交换好成绩：半数的坦桑尼亚女性以及将近半数的乌干达女性表示，她们曾被男老师强迫发生性行为；而在南非，受害者为15岁以下女孩的强暴案当中，有1/3的强奸犯是老师。“要是女孩觉得自己私底下找老师谈话会被非礼，她就不会好好用功。”安说。她也指出，西方人赞助的奖学金如果由老师或校长来颁发，有时候也会出现问题。奖学金得主有时候是最漂亮的女孩，作为回报，她会与校长上床。“女性教育运动”让委员会挑选女孩，而不给予校长这个权力，借此避开这个问题。“女性教育运动”辅导女孩在中学毕业后创业，学习技术（如护理）或是教书。如果她成绩够优秀，就会资助她上大学。

“女性教育运动”也提供小额金融贷款，资助一些女孩经营乳制品农场或做其他生意。受惠于“女性教育运动”的毕业生也会组织社会网络，彼此交换心得，还会参与女权的公开倡议活动。

比如在津巴布韦，毕业生团结合作，呼吁大家采取更强硬的行动，来减少女孩遭受的性侵害。毕业生也呼吁停止例行的处女检验（这是提倡贞洁的传统习俗），此外她们还发起运动反对父母安排的婚姻。在加纳，有一名受惠于“女性教育运动”的毕业生名叫阿妃薛杜，在2006年参与地区议会选举时，她是唯一的女性，而且高票当选。现在她的目标是进入国会。

或许最大的惊喜是，接受“女性教育运动”资助的毕业生也变成了慈善家。虽然就西方的标准来看，她们的收入相当微薄，但是她们依然在支持其他女学生。安表示，“女性教育运动”资助的中学毕业生，不管在任何时候，平均每人在帮助五名女孩，这还不包括她们资助的自家人。

“她们成为小区的真正慈善模范，”安说，“要是邻居的孩子因没有裙子而无法上学，她们就会送她一条裙子。她们还会支付女孩的学费。这是我们当初完全没有料想到的，这显示出教育的力量。”

谈到慈善模范和教育的力量，津巴布韦的“女性教育运动”现在出现了一名活力十足的新任执行长。这名年轻女子深知坚持的辛酸，也亲身体验到希望的力量——因为，往往几美元的学费资助，就能够影响一个女孩的一生。

她就是安琪莉。

第十章

小额信贷：金融改革

送给戈蕾蒂的『关怀』包裹

如果世界上一半的人类受歧视，我们的目标就不可能实现。研究一再显示，要想促进国家进步与发展，没有任何工具比赋权女性来得有效。

——联合国前秘书长安南（Kofi Atta Annan），2006年

扎伊尔玛·穆罕默德每晚以泪洗面。她饱受穷困折磨，而她那个欠了一屁股债的丈夫没有工作，就业条件也不是特别好。他整天一肚子怨气，只好每天晚上痛打扎伊尔玛来宣泄一番。他们住在巴基斯坦拉合尔的郊外，屋子已经摇摇欲坠，但是他们没有钱维修。因为家里吃了上顿没下顿，扎伊尔玛不得不把年纪幼小的女儿送到一个阿姨家寄养。

“我小姑笑话我，说‘你连自己的孩子都喂不饱’，”扎伊尔玛回忆道，“我丈夫把我打得体无完肤，他弟弟也对我动粗，那段日子真是生不如死。”

有时候扎伊尔玛会搭一小时的公交车到拉合尔的市场，想卖点东西好买些吃的，但这只会引来邻居的鄙视，认为她独自出门是不守妇道。扎伊尔玛的丈夫总共欠了人家3000多美元，这笔债似乎会拖垮他们家好几代。后来扎伊尔玛生了第二胎——又是女孩，她婆婆（名叫夏莉法的老太婆）因此挑拨离间，使得夫妻之间的紧张关系更加恶化。

扎伊尔玛在她位于巴基斯坦拉合尔附近重新装修的家门前。（拍摄：尼可拉斯）

“她生不出儿子啦，”夏莉法在扎伊尔玛面前跟儿子说，“你该再娶个二太太。”扎伊尔玛听了如遭晴天霹雳，哭着逃出了家。再娶一个妻子，很可能会让全家的财务陷入深渊，使得喂养和教育子女的钱更为短缺。此外，扎伊尔玛还会被打入冷宫，像只破袜子般被丢在一旁。接下来好几天，扎伊尔玛像孤魂一般迷茫地四处游走，眼睛哭得红肿，一点芝麻小事都会让她歇斯底里，崩溃成泪人儿。她觉得整个人生正在消逝。

就在这时，扎伊尔玛接触到隶属巴基斯坦小额信贷组织“奇迹基金会”（Kashf Foundation）的女性支持团。她借了65美元，买了珠子和布块，编织成美丽的刺绣，拿到拉合尔的市场卖。她用赚得的钱购买了更多的珠子和布块，这样没多久就把刺绣生意做了起来，并且收入稳定——她成了家里唯一收入稳定的人。扎伊尔玛把长女从阿姨家接了回来，也开始偿还丈夫的债务。有时候刺绣供不应求，扎伊尔玛一个人忙不过来，她就付钱请邻居替她工作。最后，她雇了30户，而且也没让丈夫闲着——“现在由我发号施令。”说这句话时，她眼睛闪烁着光芒。扎伊尔玛成为邻里的商业女强人，她偿还了丈夫的所有债务，让两个女儿上了学，翻修了房屋，给家里接了自来水，后来还买了一台电视。

“现在大家都来向我借钱了，以前这些人总是在我背后说闲话，”扎伊尔玛心满意足地说，“那些以前常议论我的人，他们的孩子现在都来我家看电视。”

扎伊尔玛脸颊圆润，头发乌黑浓密，红白格子的头巾下露出一点发丝。现在她体态更丰盈了，鼻子上镶着一只金鼻环，手上戴着几个戒指，两个手腕也戴着好几副手镯。她穿着体面，自信地带着我们参观她的家和工作场地，同时得意地炫耀家里的电视机和新装的水管线。在我们面前，她甚至不用假意装出听命于丈夫的样子。他大多时间游手好闲，偶尔帮忙做点事，但总是要等妻子吩咐。现在他对女性更佩服了。扎伊尔玛生了第三胎，也是女孩，但这再也不是问题了。“女孩跟男孩一样优秀。”他解释。

“现在我们夫妻感情不错，”扎伊尔玛说，“我们不吵架，他待我也不错。”那么再娶一个太太生儿子的事情呢？听到我们问这个问题，扎伊尔玛不禁咯咯笑出声来，说：“现在完全没有人提了。”当我们问婆婆夏莉法是不是还要儿子娶小老婆给她生个孙子时，她看起来相当震惊。“不用不用，”她说，“扎伊尔玛为这个家带来太多了，她是模范媳妇，让我们家有屋顶可以遮风避雨，有食物可吃。”

现在，丈夫已经不怎么打扎伊尔玛了。夏莉法甚至默许了这点。“女人应自知分寸，如果有失分寸，丈夫就该打她，”夏莉法说，“但如果女人赚的钱比丈夫还多，他就很难管得着她。”

扎伊尔玛改变了自己的境遇，也转变了孩子们的教育状况。她打算让三个女儿念完高中，或许还会送她们去念大学。她聘请家教帮她们补习。长女贾娃莉雅是班上第一名，我们问她长大后想干什么，以为她可能想当个医生或律师什么的。贾娃莉雅歪了歪头，她说："我想做刺绣。"

在横扫发展中国家的这场小额信贷革命里，扎伊尔玛是非常成功的参与者案例。在一个又一个地方，市场和小额贷款已经成为助人自力更生的有力的动力系统。小额金融比任何法律都能够有效提升女性的地位，保护她们免遭侵犯和虐待。由此可见，有时候"资本主义"可以做到慈善做不到的事。

奇迹基金会是典型的小额金融机构。它几乎只贷款给女性，25人一组，彼此互相担保，每两周聚会一次，商量还贷，同时讨论一项社会议题，包括家庭计划、女孩教育，或是用来惩罚强暴者的刑事法（Hudood）。聚会轮流在这些妇女家中举办。她们营造出一个"女性空间"，在那里，她们能够无拘无束地讨论自己关心的事情。

在以前，没有丈夫许可，许多巴基斯坦妇女是不准迈出家门的。但是现在丈夫们可以容忍妻子违反规范了，因为他们尝到了甜头。妇女们走出家门，然后带着现金和投资想法回到家中，渐渐地，一家人的生活都得到了改善。她们往往从小规模做起，把第一笔贷款完全还清之后就再次借款，而且金额可以更大。这样的模式让她们能够持续参加聚会及交换意见，也使她们养成了理财和按时还债的习惯。

"现在妇女会赚钱了，这让丈夫更尊重她们，"佐拉女士说，她是扎伊尔玛的邻居，利用奇迹基金会的贷款来养牛，"如果我先生打我，我会叫他住手，否则明年我就不去贷款了。他听了就会一声不吭地停下来。"

奇迹基金会是萝夏内·扎法尔（Roshenae Zafar）的点子，这名巴基斯坦女性似乎比较像个银行业者而非救援工作者。萝夏内家境富裕，父母都是知识分子，很少用传统去约束她。她就读于美国宾州大学沃顿商学院，后来在耶鲁大学获得发展经济学的硕士学位。萝夏内在巴基斯坦和沃顿商学院的许多朋友都想赚大钱，她却一心想拯救世界，于是加入了世界银行。

“我不想为有钱人创造财富，”萝夏内说，“我去了世界银行，以为这样就能改变世界，但在那里做事就像在逆风呼喊。比如我们到村子里，号召人们多注意卫生，他们的反应竟是：‘你们以为我们是笨蛋吗?要是我们有钱，当然会注意卫生。’我开始反思我们哪里做错了——我们的方案有大量资金配套，但是那些钱从来没有下达到村庄。”

后来有一次萝夏内参加晚宴时，刚好坐在穆罕默德·尤努斯旁边。这是位热情洋溢的孟加拉国教授，多年之后他因为率先倡导小额金融而获得2006年的诺贝尔和平奖。当时尤努斯名气并不大，但因为创立了给贫穷妇女提供贷款的乡村银行而吸引了经济圈人士的兴趣。萝夏内听说过尤努斯的成功故事，晚宴时不断向他讨教，他也兴致勃勃地谈论他在乡村银行的工作。这种切合实际的民间努力正是她渴望参与的，她决定放手一搏：她向世界银行辞职，写信给尤努斯，表示她想成为小额金融业者。尤努斯立刻送了她一张到孟加拉国的机票。她在当地待了十周，学习乡村银行的运作方式，然后回到拉合尔市成立了那个帮过扎伊尔玛的奇迹基金会。

一开始奇迹基金会似乎真的需要奇迹才有办法运作。巴基斯坦人告诉萝夏内，在巴基斯坦这种保守的国家，小额金融是不可能行得通的，因为妇女从来都不被允许借别人的钱。1996年夏天，她开始在贫穷家庭

萝夏内·扎法尔——奇迹基金会的创始人。
（拍摄：尼可拉斯）

间搜寻客户，却发现妇女不愿意借钱，这让她大为震惊。“我们挨家挨户地拜访，想要说服妇女和我们建立信贷关系。”她回忆道。最后，萝夏内找到15名愿意借钱的女子，并给了她们每人4000卢比（49美元）。

萝夏内重用一名朝气蓬勃的巴基斯坦女子萨达妃·阿比德（Sadaffe Abid），她曾在霍山学院（Mount Holyoke College）攻读经济学。萝夏内和萨达妃是一对令人惊艳的姐妹花：受过良好教育、人脉广、穿着体面、容貌美丽。她们穿梭于贫穷村庄，在一般巴基斯坦人眼里简直就是电影明星，完全不像是一般人认为的银行业者。然而，即使她们能力突出，却还是碰了一鼻子灰，因为她们对于贫穷这个问题还缺乏详尽的认识。

“我们只有100个客户，其中30人欠债未还。”萨达妃回忆道。看重实务经验的萝夏内不断修正事业模式，并派萨达妃到一座贫穷村庄里担任分部经理，然而事实证明，即便是这么做都很困难。“没有人愿意租地方给我们，因为我们是非政府组织，而且职员全部是女性。”萨达妃说。此外，许多巴基斯坦人认为，有节操的未婚女子是不会离开父母家独自生活的，因此奇迹基金会的女性职员总是惹来白眼和皱眉。后来，萝夏内只得跟现实妥协，雇用男性担任分部经理——因为，要找到愿意前往贫穷村庄工作的妇女非常困难。

头几年，萝夏内和萨达妃一直在调整商业模式。为解决欠债不还这个大问题，她们每天都追踪贷款的偿还进度，放贷员也会进行客户信用贷款资格的基本调查：比如，她跟当地的杂货店买东西时是否赊账？她是否按时支付水电费？除了这些基本调查，这种模式主要还是靠贷给小规模的妇女团体来运行。一团有25名妇女，要是有任何一人倒账，她们全都要负责。也就是说，妇女们会自己筛选过滤合作伙伴，以免被拖后腿。

最后，奇迹基金会终于建立了一套体制，使得贷款几乎是100%偿还——如果借方不还，团体的其他成员也会帮着支付。这时奇迹基金会开始快速扩张，从2000年起，每年都增长一倍以上。

奇迹基金会还推出了人寿保险、健康保险及居家改善贷款。萝夏内希望，首先丈夫把房屋的法律所有权转移给妻子，然后再拨放居家改善贷款，但是在巴基斯坦，做成这件事需要855个步骤，花五年时间。基金会只能选择让丈夫签署文件，并让他们发誓永远不会把妻子逐出家门，就算离婚之后也不行。

萝夏内被选为早期的“阿育王伙伴”，与比尔·德雷顿携手合作，这让她有机会接触到来自全世界的社会企业家。到了2009年，奇迹基金会拥有1000名职员和30万名客户，并有望在2010年把客户发展到100万名。萝夏内培养了一组训练有素的女性经理人，她们制订训练计划，开设课程，让职员养成“高效率人士的七个习惯”。

奇迹基金会也设立银行，这样一来他们就不只是提供贷款，也接受存款。人们通常以为小额金融处理的是贷款，但储蓄也许更为重要。不是所有的穷人都需要贷款，但是所有穷人都应该有机会使用储蓄账户。如果家庭积蓄是存放在妇女的名下，由妇女掌管，这会让她们在家庭决议中更有话语权。

该基金会内部的一项评估作了如下结论：在第三次借款之前，有34%的借方，其经济水平已经提升至巴基斯坦的贫困线以上了。一项民调发现，加入了借款计划后，54%的妇女表示丈夫对她们更加尊重，四成的妇女表示她们与丈夫对于金钱的争执变少。至于这个商业模式的可持续性如何，萝夏内简洁地说："我们的报酬率是7.5%。"

小额金融虽然在亚洲地区特别成功，却依然不是完美的解决之道。据研究，女性的微型事业比男性的成长得慢，因为女性同时要处理家务和照顾孩子——这些限制也让女性经营的事业难以朝更大规模发展。

此外，小额金融在非洲的效果远不如在亚洲，可能是因为这在非洲算是新概念，模式还没有调整好；或是因为在非洲，人口多分布在乡村，比较分散；或是因为非洲的经济大环境增长得较为缓慢，因此投资机会比较少。健康不佳、艾滋病、疟疾及分娩导致的意外死亡，也会造成贷款拖欠从而逐渐破坏既定模式。此外，所谓的"小额"指的是贷款额度，并不是利率。申请小额贷款其实费用高昂，借方往往必须支付20%或30%的年利率——跟当地商业贷款比起来算是廉价，但是对美国人或欧洲人来说这个利率却高得吓人。如果借方的投资项目有利可图，这样的利率还可以接受，但如果投资不当，借方就会债台高筑，情况比不借时还惨——据说参与奇迹基金会方案的妇女就曾经碰到这种事情。

"小额金融不是万灵丹，"萝夏内说，"你需要健康，你需要教育。要是我能当一天的总理，就会把所有资源投入教育。"

不是每个人都可以像萝夏内和萨达妃一样横下心来，放弃国际金融领域的大好前途，然后跑到贫穷地区成立像奇迹基金会这样的机构。但绝对人人都可以加入她们的行列，借出小额贷款给扎伊尔玛这样的贫穷妇女。有意者可上www.kiva.org网站看看。Kiva是一对年轻美国夫妇马特（Matt）和杰西卡·弗兰纳里（Jessica Flannery）的构想，他们是科技达人，去过乌干达，在那里见识了小额金融的效力。他们清楚，要是对借方能有了解，美国人就会愿意放贷，于是就想：为什么不通过网络来帮双方直接牵线呢？于是他们成立了Kiva。如果你去Kiva网站，就会看到世界各地想通过借款来经营小本生意的需求者。这些借贷者的信誉会先由当地的小额金融组织审查。

捐助者用信用卡把钱捐到Kiva的账户，然后浏览网站上的借方信息，斟酌把这笔钱借给谁。放贷额度最少是25美元。他们夫妇自己也在Kiva上放贷，借款人包括：萨摩亚一名卖煎饼的妇女，厄瓜多尔一名把部分居家改装成餐厅的单亲妈妈，以及巴拉圭一名制造家具的女性。

小额贷款的对象几乎都是女性，原因之一在于贫穷的最大受害者往往是女性。死亡数据显示，在饥荒和干旱时期，丧命的大多是女孩而非男孩。美国发展经济学家爱德华·米格尔（Edward Miguel）所进行的一项出色研究发现，在坦桑尼亚，极端自然灾害如旱灾或水灾出现时，没有收益的老妇因巫术而死亡的人数比平时增加了一倍（其他种类的谋杀没变，只有“巫婆”的死亡人数增加）。气候造成农作物歉收，人们的贫穷加剧——这时家人就会杀掉年老的“巫婆”，免得多一张嘴吃饭。

反贫穷计划以妇女为对象的另一原因，跟造成全球贫穷的一个不光彩的秘密有关：最为深重的苦难并不只是低收入造成的，还包括花钱不明智——男人花钱不明智。孩子因为没有一顶五美元的蚊帐而死于疟疾，母亲哀伤不已，而父亲却每周固定到酒吧花五美元饮酒作乐，这种情况并不罕见。几项研究显示，女人若有权控制开销，她们不太会把钱花在快速消费品上，而是更多投资于教育和小本生意。

然而控制荷包的通常是男人，这使得世界最贫穷的家庭花在酒、妓女、糖果、饮料和丰盛大餐上的整体费用，几乎是子女教育费用的十倍左右（平均占收入的两成）。经济学家巴纳吉（Abhijit Banerjee）和迪弗洛调查了13个国家极度贫困家庭（有些家庭一天赚不到一美元，有些不到两美元）的花销。他们发现，花在烟酒上的比率，巴布亚新几内亚是4.1%，印度乌代浦尔（Udaipur）是5%，印度尼西亚是6%，墨西哥是8.1%。此外，在乌代浦尔，中等家庭的年度预算有一成会分配到婚丧或宗教节庆上，其中往往包含炫耀性消费。九成的南非人会把钱花在节庆上，巴基斯坦、科特迪瓦和印度尼西亚的大多数人也是如此。印度马哈拉施特拉邦（Maharashtra）那些最贫穷村民们，大约花家庭收入的7%来买糖。到非洲或亚洲的村庄小店里看看，你会发现，他们卖许多糖果，但是很少卖维他命或蚊帐。虽然没有精确数据证实，但是在世界大多数地方，就连最为贫穷的年轻男人，不管是单身或已婚，都在妓女身上花不少钱。

不管用什么标准测量，乌代浦尔的穷人都是营养不良的。以世界卫生组织的标准来看，65%的男性身体质量指数（BMI）过低；只有57%的成人表示全年都有足够的食物可吃，而55%的成人贫血。然而，如果他们少买点糖和烟草，营养不良的状况大多能够消除。

虽说教育是脱离贫穷的扶梯，但比起在糖和酒上的挥霍，贫穷家庭在子女教育上的花费却只占收入的2%。要是贫穷家庭能够多在子女教育上投资点，哪怕跟他们花在啤酒和妓女上的一样多，贫穷国家的未来就能有突破性的转变。待在家里无法上学的女孩，将会是最大的受惠者。

谴责穷人沉溺于让人生更有趣的节庆、香烟、酒或甜食，似乎是文化敏感度不足的表现，但是当资源稀少时，厘清事情的轻重缓急是很重要的。现在，许多非洲及印度的男人认为啤酒是不可或缺的，但女儿的教育却是奢侈品。妓女的服务是重要的，而安全套只是可有可无的装饰。如果我们想找出方法让更多女孩上学，或是拯救更多孕产妇的性命，最简单的解决之道就是重新分配支出。

方法之一是把更多的钱放在妇女手里。一项早期的对照研究发现，当妇女持有资产或赚取收入时，家庭用钱可能花在营养、医药及住房方面，子女就会比较健康。

在科特迪瓦，一项研究把焦点放在男女为了存下私房钱所种植的不同作物上：男人种咖啡、可可树、菠萝；女人种植芭蕉、香蕉、椰子和蔬菜。有些年份，“男人作物”收成良好，男人手头忽然阔了起来；有些年份，丰收的是女人。私房钱某种程度上是共享的，但即便如此，迪弗洛教授发现：当“男人作物”丰收时，家庭会花更多的钱在烟酒上；当“女人作物”丰收时，家庭花更多钱在食物，尤其是牛肉上。其他几项研究也指出，女性比男性更可能把稀少的现金投资在教育及小本生意上。

自种族隔离政策瓦解之后，南非的国民年金制度扩大了适用范围，把黑人涵盖进来。而一项研究就是试图检视在这种情况下儿童的营养方面有没有受到影响。突然间，许多黑人祖父母得到了为数颇丰的现金（最高是每天三美元，或是当地中等收入的两倍）。当年金交给照顾孙子的祖父时，这笔钱对于儿童的身高或体重没有影响。但是当年金交给祖母时，重大改变发生了。这种改变在孙女身上体现得尤其显著，她们的身高体重都明显增加，而且比由祖父养大的女孩来得高和重。由此可知，如果现金补助的目的是改善孩子的健康，那么把补助金交给女人比交给男人要好。

在半个地球之外的印度尼西亚，女人结婚后，能够继续掌控她从娘家带来的资产。一项研究发现，如果妻子把更多资源带到夫家，婚后有更多的钱可以使用，她的孩子会比同等家庭状况但资产由男性掌管的孩子健康。孩子是否幸福，不在于家庭的富裕程度，而在于财富由母亲还是父亲掌管。如同迪弗洛教授所说：

当女性握有更大的权力时，儿童的健康及营养就会有所改善。这也表明，旨在提升离婚女性福祉的政策和增加女性进入劳力市场时机的政策，可能会在家庭里造成一定影响，尤其是在儿童的健康方面。提升妇女的资源控制权，即便只是短短一段期间，她们在家中的发言权也会提升，进而提升儿童的营养和健康。

言外之意是：援助国家应慢慢推动贫穷国家调整其法律，给予女性更多的经济权力。举例来说，寡妇继承亡夫的财产应成为常态，而不是让亡夫的兄弟继承。应当让女性更容易持有财产和开设银行账户，让小额金融机构更容易成立银行。据联合国调查，女性现在只拥有世界土地产权的1%。这点必须改变。

值得赞扬的是，美国政府已在推动这类法律变更。美国最优良的外援计划之一是“千禧年挑战”（Millennium Challenge），该计划正慢慢推动受助国家修订法规来保护女性。比如莱索托之前想取得“千禧年挑战”的资助，但是该国法律不准妇女在没有丈夫的许可下购买土地或贷款。美国要求莱索托改变法律，因为急需这笔经费，莱国只得照做。

强调这类性别差异可能是政治不正确的，但是对于救援工作者和国家领袖而言，这些差异再明显不过了。博茨瓦纳是过去几十年来世界上成长最快的国家之一，外界也公认其前总统莫哈埃（Mogae）为非洲最有能力的一位领袖。当我们委婉地暗示非洲的女人往往比男人工作得更勤奋，处理金钱也更为明智时，他笑了，如此回应：

你们说得太正确了，女人的确更会做事。银行是看到这个现象而雇用更多女性的第一个行业，现在每个行业都这么做了。在家里也是，女人比男人更会处理家务。在博茨瓦纳的行政部门，女性也开始独当一面，现在政府部门有一半是女性的天下。中央银行总裁、检察总长、礼宾司长、检察长——现在全是女性。在非洲，女性表现得优异许多，这在博茨瓦纳可见一斑。而且男女的特征不一样。延后消费的现象在女孩当中比例较高，而且她们会买耐用持久的物品，储蓄率也更高。

有些经济发展专家希望看到更多女性进入政府机构和决策层，认为她们能够把对家庭的贡献扩大至国家。目前世界上已经有81个国家为女性保留了某些职位，通常是国会里的部分席次，这样做可以提升她们的政治参与热情。目前11个国家拥有女性高层领导者，而女性掌握了全世界16%的国家立法席次，跟1987年的9%相较起来确实提升了一些。

为在全球范围内推动更多女性参政，美国国会前议员玛乔丽（Marjorie Margolies-Mezvinsky）做了许多有前瞻性的努力。1993年，民主党员玛乔丽刚当选众议员，克林顿政府总预算案（包含提高税金以达收支平衡）就在这时被送到了国会。事后来看，那笔预算案常被视为一个里程碑，让美国在20世纪90年代建立了稳固扎实的财政基础，但在当时却引起强烈争议。作为新议员，玛乔丽力量薄弱，共和党人士扬言，如果她投票赞成提高税金，就把她推下台。最后她还是投了决定性的一票支持克林顿的预算案。一年之后，她的确因微小的票数差距而落选了。她的政治生涯就此结束。

现在玛乔丽领导着“国际妇女运动”（Women's Campaign International），该组织指导女性民运人士如何让公众关注自己的事业，如何竞选公职以及如何为达到目标而组成联盟。“国际妇女运动”曾在埃塞俄比亚训练女性应如何有效地推行运动，使得该国国会的女性比例从8%提升至21%。

寻求更多女性政治家的根本原因之一，是女性被认为在同理心及达成共识方面特别卓越，若她们担任领袖，可能会比男性更为平和且善于调解纷争。然而，我们没有看到多少迹象显示，现代的女性总统或首相比男性表现得更好或更平和。事实上，女性领袖并没有对孕产妇死亡、女孩教育或性贩卖投入特别的关注。可能因为贫穷国家那些位高权重的女性，比如已故的印度总理英迪拉·甘地（Indira Gandhi）、已故的巴基斯坦总理贝娜齐尔·布托（Benazir Bhutto）、菲律宾前总统科拉松·阿基诺（Corazon Aquino）、菲律宾前总统阿罗约（Macapagal-Arroyo）等人，几乎都来自精英家庭，从来没有经历过贫穷妇女所承受的虐待。

另一方面，经济发展圈约定俗成地认为，女性官员在地方层级事务方面的确影响重大，要是她们担任市长或学校董事，往往更能注意到妇女及儿童的需求。1993年后，在印度有一个精彩的实验，那时印度修宪规定，1/3的村长职位要保留给女性。开展实验的村庄是随机挑选的，因此可以比较由女性管理的村庄在治理上是否跟男性统领的村庄有所不同。结果发现，村庄财政支出的优先级是不同的。在女性管理的村庄，安装了更多抽水泵或水龙头，而且维护得也比较好——可能因为在印度汲水是女人的工作。在其他公共服务上，她们做得也不比男性差，研究员没发现有什么基础设施被忽略。当地居民的报告显示，在女性治理的村庄，他们必须塞红包贿赂的概率大幅降低。

尽管如此，男女村民都宣称他们对女性村长较不满意。进行研究的学者对于这点感到困惑不解：服务愈优良，不满意的程度却愈大。不只是男性沙文主义者不高兴，连女性村民也同样不满。一般民众似乎对于政府强迫他们接受女性领袖感到惴惴不安，他们厌恶女性领袖，因为平均而言她们比男性领袖受教育程度更低、经验更少。这个现象的确说明，至少在印度，女性从政者面临一个难关：即便她们提供的服务优于男性，但一开始却遭受更严厉的评判。

后续研究发现，村庄一旦曾由女性村长治理过，民众对于女性领袖的偏见就消失了，这时村民的评判标准就没有性别之分了。这种研究显示，为女性保留地方领袖定额是值得的，因为此举克服了阻碍女性候选人的最初障碍。印度式的女性官员配额似乎打破了性别屏障，让后来的政治体制变得更为民主开放。

不管女性担任领袖的影响如何，其广泛的效应都不容忽略，这点我们从美国历史当中就可以找到直接证据。之前提过，美国在女性取得投票权之后，孕产妇死亡率才大幅降低：当女性能发出政治声音时，她们的生存境遇也更可能会被优先对待。此外，有确凿的证据显示，当女性获得投票权之后，会有更多经费分配到公共卫生，尤其是儿童健康方面，因为这是女性投票者强烈关心的议题。斯坦福大学学者格兰特·米勒（Grant Miller）曾经做了一项精彩的研究，他想知道妇女得到投票权之后，政府会采取什么样的公共卫生医疗措施。研究发现，如果某一州的妇女获得了投票权，该州的政客会抢着分配更多经费给儿童健康护理，以便赢得女性投票者的青睐；但在女性依然无法投票的州，这种事情没有发生。“《普选法》颁布的第一年内，立法投票表决的模式转变了，地方性的公共卫生支出大约提升了35%，”米勒教授写道，“颁布《普选法》之后，儿童死亡率降低了8%～15%……从全国来看，这样的降低幅度等同于每年大约避免了2万名儿童死亡。”

同样的情况在全国范围内出现了。1920年，第十九条宪法修正案赋予全国妇女投票权，一年之后国会通过了《谢泼德-唐纳法案》（*Sheppard-Towner Act*）。该法案是用来保护孕产妇及婴儿的，是公共卫生领域的划时代计划。“促使国会通过此法的主要原因，是他们害怕民意调查时被新的女性投票者痛批。”一名历史学家这么写道。这段时期美国健康卫生方面的改善令人惊叹：1900～1930年，1至4岁儿童的死亡率降低了72%，当然，出现如此大改变的原因还有很多。如同米勒教授指出，反对妇女参政的人士经常提出以下理由：如果妇女参与外部活动，儿童就会受苦。事实上，我们的历史证明，对于美国的儿童来说，女性参政具有广泛的救命般的好处。

送给戈蕾蒂的“关怀”包裹

布隆迪北部青翠蓊郁的景观是非洲最美的景色之一，绵延的丘陵耸立于深绿色田野的尽头，咖啡树在微风中轻轻摇曳。这里用泥砖砌成的小屋稀稀落落，气候比低地地区更为怡人。然而，这块风景如画的土地上住着地球上最贫穷的一群人，戈蕾蒂·尼亚本达则是其中最孤苦伶仃的一个。

戈蕾蒂的家是红黏土盖成的茅屋，她就好似一个被关起来的囚犯。这里的妇女每次离开宅院时，都要征求丈夫的许可，而戈蕾蒂的丈夫伯纳德性情乖戾，不喜欢让她出去。戈蕾蒂35岁，生了六个孩子，但是她连一个人去市场的权利都没有。

伯纳德和戈蕾蒂有三亩贫瘠的土地，种了香蕉、树薯、马铃薯和豆子，赚的钱几乎不够生活。疟疾让该地区的许多居民都丧了命，而他们家也穷得无法给孩子买蚊帐。伯纳德通常一周去酒吧三次，花上两美元喝杯香蕉啤酒。他去酒吧所花的费用，是家里可自由支配收入的三成。

从来没上过学的戈蕾蒂什么都不准买，也完全不准掌管钱，她连100法郎的纸钞（不到10美分）都不曾摸过。她和伯纳德会一起去市场购物，钱由丈夫付给卖方，提东西回家的是她。伯纳德与戈蕾蒂的关系，除了性之外，就是虐待与被虐待。

我们跟她坐在茅屋后面的草席上聊天。那天晴空万里，空气凉爽清新，不时传来悦耳的虫鸣鸟叫。戈蕾蒂穿着棕色针织衫（美国人捐给慈善组织后，辗转送至中非），下搭颜色鲜艳的黄色包裙。她的头发剪得很短，几乎是理了小平头，因为这样比较容易打理。当她说到自己时，不禁皱起眉头："我以前总是待在家里，不认识什么人，一个人独来独往，心情糟糕极了。我先生说太太的工作就是烧菜煮饭、待在家里或去田里干活。我就是那样过活，觉得很气馁，也很生气。"

后来戈蕾蒂的婆婆告诉她，一个叫"关怀"的美国救援组织在她们村发起了一项计划，要关怀妇女的需求。戈蕾蒂迫不及待地征求伯纳德的同意，希望能够参加一次"关怀"在村里举办的聚会。"不行！"伯纳德回答。戈蕾蒂只好闷闷不乐地待在家里。后来祖母又告诉她"关怀”多么多么好，这又燃起她参与的渴望。戈蕾蒂一再向伯纳德恳求，而他一再拒绝。后来有一天，戈蕾蒂在未经许可之下擅自前往。伯纳德发现后，一开始大发雷霆，不过由于细心的戈蕾蒂已经提前准备好晚餐，照顾到了他的每项需求，他也就作罢了。

“关怀”计划以联会的方式运作，每个联会约有20名妇女。由于祖母和其他妇女都急于参加，戈蕾蒂她们组成了一个新的联会，大家推选戈蕾蒂为会长。会员们经常一起工作，这天到这家耕田，那天到那家翻地。

有一天，20名妇女全部来到戈蕾蒂家，帮忙耕作她家的整片田地。“我丈夫看到时非常高兴，”戈蕾蒂说，心里偷偷得意，“他说：‘这个团体不错。’所以他让我继续参加。”

每次聚会，每名妇女都会带来相当于10美分的钱。钱会集中起来，借给其中一名会员，这名会员必须把钱投资在能够赚钱的事项上，之后连本带利偿还。事实上，这些妇女等于成立了自己的银行。戈蕾蒂借了2美元，购买了肥料，为菜园施肥。这是她第一次管理金钱。肥料使得马铃薯大丰收。戈蕾蒂在市场一连卖了好几天，赚了7.5美元。仅仅三个月之后，她就偿还了贷款（包括利息共2.3美元）。这笔资金会继续借给另一名妇女。

马铃薯让戈蕾蒂手头突然阔了起来。她花4.2美元买了香蕉，制作成香蕉啤酒，卖得非常好。这让她开始了制造及出售香蕉啤酒的小生意。又轮到她借款时，她拿这笔2美元的贷款扩张了啤酒事业，然后用赚得的利润买了一只怀孕的山羊。一个月后，山羊生下一只小羊。现在，戈蕾蒂拥有两头山羊和一份啤酒事业（每到晚上，她得把山羊牵进茅屋里，免得遭人偷窃）。伯纳德垂涎欲滴地望着戈蕾蒂酿制的一罐又一罐香蕉啤酒，但是她坚决不让他碰——这是要卖的，不是自己喝的。由于赚钱的是戈蕾蒂，他只好勉强克制自己。一次伯纳德染上疟疾需要住院，她的地位提升了——戈蕾蒂用卖啤酒赚来的钱以及“关怀”联会的贷款帮他支付了医疗费。

“现在伯纳德不会管我了，”戈蕾蒂说，“他看到我能做事，现在还经常会问我的意见。他看到了我对家庭的贡献。”联会成员也利用聚会来交换驭夫术，学习饲养动物、解决家庭冲突及经营自己的事业。客座护士也向妇女提供健康教育，告诉她们何时带孩子去接种疫苗，如何发现性传染病，以及如何预防艾滋病。妇女也有机会接受了艾滋病病毒检测，戈蕾蒂呈阴性反应。

“以前，这里有些妇女得了性传染病，自己都不知道，”戈蕾蒂说，“现在她们已经治好了。我打了避孕针，要是能早一点知道这种事情，我就不会生六个孩子了，可能生三个就好。但如果我从来没参加这个团体，可能会想生十个。”

“关怀”的聚会也引导妇女到医院生产，帮新生儿登记，这样孩子才能拥有合法身份。许多国家的女孩所面临的一大挑战，是她们从来没有出生证明或其他法律档案，因此在官方眼里不合法，没有资格得到政府的救助。救援社群里越来越多人承认，国民身份证系统（当然身份证必须难以伪造）有助于保护女孩免遭拐卖，也会让她们更容易得到健康服务。

更为重要的是，参与“关怀”计划让妇女明白，女性不应畏缩不前，而是要能够在聚会中分享贡献，以及采取坚定的立场。“这是个女性不能发言的文化，”戈蕾蒂说，“我们有个说法：‘母鸡不能在公鸡面前咕咕叫。’但是现在我们可以发言了，我们是社群的一分子。”许多妇女，包括戈蕾蒂，也通过“关怀”参加了特殊识字班。戈蕾蒂在我们面前费力地写出自己的名字，好证明她是真的会写字。

布隆迪北部的男人往往把力气花在当地的主要经济作物——咖啡——上，不管是自己种，还是在种植园里当劳工领酬劳。收获之后，手头变宽裕了，许多男人就会用这笔钱包二奶——通常是少女，她们会一直待到把男人的钱花光为止。二奶得到的报酬是衣服和珠宝，她们是家庭收入的一大笔开支，也是艾滋病扩散的渠道。然而，参加“关怀”方案的妇女目前正努力根除这项传统。联会里如果谁的丈夫包二奶，其他妇女就会自组治安会，把情妇赶走。有时候，她们还会去找那名先生，罚他十美元。如果她们来势汹汹，他有时会乖乖缴款，这笔钱就成为联会的资金。

时代改变有多大，从伯纳德开口向戈蕾蒂要钱这件事上即可见一斑。“我不见得每次都给他，因为我们要存钱，”她说，“但有时候我会给他一些。他让我加入团体，这让我过得开心，因此我也想让他有机会开心一下。”此外，戈蕾蒂不再每次出去都征求伯纳德同意了。“我还是会告诉他我什么时候要出去，”她解释，“但我是告知他，不是请求他的恩准。”

戈蕾蒂打算进一步扩大自己的事业。她想要繁殖山羊出售，同时继续兜售自酿的啤酒。当然，她仍有可能遇到问题：伯纳德可能会心生嫉妒而拿她发泄；野兽可能会猎杀她的山羊；一场旱灾可能会毁了她的作物而让她债务缠身；布隆迪不稳定的局势可能导致民兵掠夺她的作物；而她酿制的那些啤酒可能会把更多男人变成酒鬼。这种乡村小额金融模式虽然可以帮助部分家庭，不过依然有局限。

但到目前为止还算顺利，而且这个方案费用低廉。“关怀”这个为期三年的方案，为每名妇女付出的不到100美元（三年之后，戈蕾蒂毕业

戈蕾蒂和她的山羊在家门口。
（拍摄：尼可拉斯）

了，项目会在新的地区展开）。也就是说，捐助者一周付出65美分就能帮助戈蕾蒂。这不仅改善了她的生活，也意味着布隆迪又多了一位对国民生产总值做出贡献的人。同样，戈蕾蒂的孩子现在有钱买笔和本子来继续学业了。更重要的是，这里多了一个模范，大家亲眼看到一名女子的蜕变。

“妈妈变得不一样了，”戈蕾蒂上六年级的长女帕丝卡西说，“现在如果爸爸不在家，她可以自己去市场给我们买东西。”

至于伯纳德，他有点不愿意接受采访，可能是明白自己在这出家庭剧里扮演的是个较不讨喜的角色。但是在随意聊起香蕉价格之后，他承认拥有伴侣比以前拥有仆人还令他快乐。“看到妻子赚钱，把钱带回家，”他说，“让我对她更尊敬了。”

伯纳德可能只是在说我们想听的话，不过戈蕾蒂身为“驯夫者”

的名号越来越响亮，总有人求助于她。“现在如果邻里发生了口角，他们就会找我帮忙。”戈蕾蒂得意地说。她还说要更积极地参与小区计划，参加更多村里的会议。一旁的伯纳德听得一脸惊慌，但是戈蕾蒂视若无睹。

“以前我低估了自己，我不会跟任何人表达，”戈蕾蒂说，“但现在我知道自己有好点子，而且会告诉别人我的想法。”

第十一章

中国与卢旺达

大声说出心底的秘密

呜呼，女性身上的花样特别多，而人生亦从此多苦矣。

——鲁迅，《忧“天乳”》（1927）

我们一直在记录贫困妇女的世界，现在且让我们休息一下，介绍一位亿万富翁。

张茵是个娇小、热情的中国女性。她一开始是名成衣女工，一个月赚六美元，除了养活自己，还要帮家里养活七个兄弟姐妹。20世纪80年代初期，她搬到深圳经济特区，在一家中外合资的纸张贸易公司工作。在那里，张茵学得了经营纸张生意的微妙之处。本来可以继续待在公司不断发展，但是她野心勃勃，想要不断突破。1985年她到中国香港独闯，在一家贸易公司工作。不到一年，那家公司破产了。张茵就在中国香港自立门户，在当地购买废纸，再运回内地。她很快发现，美国和中国的废纸市场之间有庞大的套利机会。由于中国的森林不多，大部分的纸张是由稻草或竹片制成，质量低劣，这使得从美国回收的废纸（由木浆制成，在美国当地非常不值钱）在中国成为贵重商品——尤其因为工业化的关系，纸张需求急遽上升。

张茵与来自中国台湾的丈夫合作，一开始通过中盘商购买美国的废纸，1990年，她搬到洛杉矶，开始自己去联系业务。她开着二手的道奇小货车拜访加州各处的垃圾场，跟他们约定时间收取废纸。垃圾场也很乐意和她交易。

“我得从头学起，”张茵说，“这是我和先生两人的公司，而我一句英文也不会说。”她能够以低廉的费用把废纸运回中国，因为货船把玩具和衣服从中国运到加州港口后，回程大多没有装载任何商品。随着中国对纸张需求的蹿升，张茵的事业愈做愈大。1995年她回到中国，在南方新兴都市东莞开设了制造纸板的造纸厂，专做包装出口商品的瓦楞纸箱。

张茵在加州的回收公司叫作“美国中南控股”，就交易量而言，目前是美国输往中国最大的纸原料出口商。她在中国的造纸厂“玖龙纸业”有5000多名员工，但她还怀有更大的雄心壮志。“我的目标是在3～5年之后，让玖龙成为纸板的第一品牌，”她跟我们《纽约时报》的朋友戴维·巴伯札（David Barboza）表示，“我一直渴望成为业界领袖。”

到了2006年，张茵的身家已达46亿美元，在中国富豪榜上名列前茅。她当时应该是全球白手起家的女性当中最富有的，虽然后来的市场波动让她的身家大幅下跌，还威胁到公司的运营。但无论如何，这其中隐含更大的寓意：根据追踪中国财富的《胡润百富》数据显示，世界上白手起家的女性富豪，十名中有六名是中国人。这再次反映出中国已为女性建立了更平等的竞赛场。

从更宽广的角度来看，中国已成为发展中国家性别议题的模范：从压制女性进化为解放女性，这表明只要有政治意愿，文化障碍相对而言是可以快速克服的。全世界背景迥异的国家，比如卢旺达、博茨瓦纳、突尼斯、摩洛哥、斯里兰卡，也同样在赋权女性方面有迅速的进展。挑战依然存在，但是这些国家提醒我们，性别障碍是可以逐渐消除的，这对男性与女性来说都有好处。

有时候，我们会听到人们对于反抗性交易、外阴切除或荣誉谋杀等怀疑的声音，认为这些事情是不可避免的。我们的好意碰到了数千年的传统，哪起得了什么作用呢？

我们以中国的例子来说明。一个世纪前，生为中国女性可以说是最为命苦的，裹小脚、童养媳、纳妾及溺女婴的习俗深植于中国传统文化之中。20世纪初期的中国乡村女孩，有的甚至没有真正的名字，只是被叫作“二妹”或“四妹”，或者更没尊严地被取名为“来弟”“迎弟”或“招弟”，取“招来弟弟”之意。女孩们极少有机会接受教育，常被贩卖，许多人最后沦落到上海的妓院。

那么，批评裹小脚和溺女婴这类现象，是西方人的文化帝国主义作祟吗？或许吧，但是如此批评也是正确的。如果我们坚信某些价值观，譬如全人类不管肤色或性别人人平等，那么我们就不应该害怕为捍卫这些价值观挺身而出；如果我们为了尊重他人的信仰或文化，而接受奴役、虐待、裹小脚、荣誉谋杀或外阴切除等广泛存在的事实，这样未免也太没责任及道义心了。中国让我们学到一点：我们不需要接受歧视女性是难以根除的“社会文化”这一观点。要是文化无法改变，中国还会很穷，而雪莉也得蹬着三寸金莲摇摇晃晃地走碎步。

争取女性权益在当时的中国，跟在今天的中东一样艰难，而且挫折连连。当时，看到年轻女性开始剪短发，中国社会保守人士怒不可遏，认为这让女人看起来像个男人。在20世纪20年代晚期，街头混混有时会把短发女性抓过来，把她的头发全部扯掉，甚至割掉她的乳房。“要是想变得跟男人一样，”他们说，“这样才彻底！”

1949年之后中国共产党较正确的一项政策是解放妇女。毛泽东把女性引进到劳动领域和中共中央委员会，废止童养媳、卖淫和纳妾。“妇女能顶半边天”这句豪言壮语就是出自毛泽东之口。

中国在改善妇女地位方面取得的长足进展，没有哪个国家能够与之匹敌。过去100年来，中国已成为女性权益保护最好的国家（至少在城市是如此）。中国都市的男性往往比大多数美国男人更会投入煮饭和带小孩等家务事中。事实上，中国女性通常主导家庭决策，因此产生了“妻管严”这样的说法。虽然在职场上歧视女性是事实，但不是因为性别主义的关系，而是雇主需特别提防中国对孕产妇的优待补助。

我们可以看到雪莉祖先所住的中国南部村庄也在不断进步。雪莉的外婆五岁时，被母亲用裹脚布把她的脚从指头缠到脚跟，冒着从此将会压碎小骨头的风险，只为让她拥有小巧娇美的三寸金莲。这种小脚被认为是性感美丽的：19世纪的中国人描述女性小脚的词汇，比描述胸部的修辞更色情。与丈夫搬到加拿大多伦多后，雪莉的外婆把裹脚布拆掉，但是已经来不及了。她一辈子生了七个孩子，是位意志坚强的母亲，但是一直到生命结束时都还穿着小鞋子蹒跚而行，走起路来像只踩着矮跷的苗条版企鹅。

我们开始造访中国时，裹小脚的习俗已经消失了，但是多数乡村妇女依然默默接受二等公民的地位。然而，教育的普及化和年轻女性工作机会的增加，让性别观念快速得到校正。教育及赋权女孩当然是正确的，但是在许多家庭眼中，以此带来的经济利益才是最重要的。这样的良性循环在中国发生了：女孩一旦有了经济价值，父母就会在她们身上投资更多，并给予她们更大的自主性。中国女性也打入了一度由男性占压倒性优势的领域。中国数学系及化学系学生虽然大多是男性，但是男女数量的差距比美国还小。下棋是全世界男性最热衷的消遣活动，在中国也是如此——但是中国的女性迎头赶上，速度比其他国家还快。1991年，谢军成为第一位来自中国的女子国际象棋冠军，之后诸宸和许昱华两名中国女性成为棋后。此外，一位名叫侯逸凡的女孩可能是女性国际象棋界有史以来最神奇的天才：2008年，年仅14岁的她在世界女子锦标赛的决赛当中差点夺冠，现在依然进步神速。如果现在棋坛上有哪位女性将从男性手中夺得国际象棋冠军的头衔，很可能就是她。

中国之所以是女权保护的重要模范，正是因为它因解放女孩而带动了经济起飞。其他快速成长的亚洲经济体也是如此。如同曾在世界银行及布鲁金斯学会（Brookings Institution）针对这些议题作过研究的经济学家霍米·哈拉斯（Homi Kharas）所建议的：

> 启动一国的经济起飞，取决于该国资源是否达到最有效利用。许多东亚经济体在给予年轻农村妇女免费的基础教育之后，把她们从农田带入工厂，形成持续的经济繁荣。在马来西亚、泰国和中国，成衣和半导体等出口导向的工业主要雇用年轻女性，而她们之前只是在生产力较低的家族农田工作，或是忙于家务事。一国经济能够从这样的转变得到诸多好处：改善年轻女子的劳动生产力，经济增长率提升了；雇用她们在出口产业工作，国家得到外汇存款，可以用来购买所需的资本设备；这些年轻女性存下大笔金钱，或是寄回村庄资助家人，提升了国家的储蓄率；她们拥有好工作和赚取收入的机会，因此会较晚结婚和生育，这降低了生育率和人口增长率。因此，东亚经济成功的一大主因是农村年轻女性劳动人口的贡献。

实现经济起飞的国家，都是教育女孩并给予她们搬到城市寻找工作自主权的国家，这并非巧合。相较之下，我们很难想象（至少现在很难）这样的情景：几百万名巴基斯坦或埃及乡村少女接受完整的国民教育，获准搬到城市，以单身的身份工作并推动着产业革命。

印度顶尖企业的主管曾指出，该国的缺点之一是他们不像中国那么有效率地雇用妇女，现在他们正努力矫正这一点。科技公司龙头“威普罗科技”（Wipro Technologies）董事长普雷姆吉（Azim Premji）表示，现在威普罗雇用的工程师当中有26%是女性。他设立的“普雷姆吉基金会”（Azim Premji Foundation）致力于让更多农村女孩上学——一来帮助这些女孩；二来这会使得生育率下降，女性劳动力会更有效率，进而推动整体经济的发展。

中国的模式让我们了解：“血汗工厂”让女性发展得更好。这话可能让许多美国人大吃一惊。美国人听到的大多是成衣工厂有多么不公不义，比如强迫加班、性骚扰、危险的工作环境等。这些情况的确存在，但是妇女依然涌入这些工厂，因为在工厂比在乡下整天拿着锄头耕田还是要好过一些。在大多数的贫穷国家，女性没有多少工作可供选择。比如在农业方面，女性往往没有男性强壮，因此工资较少。但是在制造业，情况却相反。工厂偏好年轻女性，可能是因为她们比较乖顺，也可能是因为她们的小巧手指比较灵活，适合组装或缝纫。因此，制造业的兴起总体而言提升了女性的就业机会和社会地位。

言下之意，西方人不应该谴责血汗工厂，而应鼓励贫穷国家发展制造业，尤其是非洲和伊斯兰国家。除了毛里求斯之外，非洲几乎没有出口制造业（莱索托和纳米比亚两国只有少量的制造业），我们能够帮助埃及和埃塞俄比亚妇女的方式之一，就是鼓励当地设立工厂，出口廉价鞋子或成衣。劳动密集型的工厂能够为女性带来大量的工作机会，而女性会带来更多的资本——以及性别平等。美国已发起了一个绝佳计划，借着降低关税来推动非洲的出口业。该计划称为“非洲增长与机遇法案”（African Growth and Opportunity Act, AGOA），是一个有效的援助方案，却从未得到适当的关注或支持。西方国家若想用简单方法帮助非洲女性，就应整合“非洲增长与机遇法案”与欧洲的优惠方案“除武器外全部免税”（Everything But Arms）。如同牛津大学经济学家保罗·科利尔（Paul Collier）所指出的，标准规范与官僚体制的整合，会创造更大的共同市场来进口免收关税的非洲制品。这会成为在非洲设厂的主要动因，进而提升就业率，并且给予非洲人一条自给自足的新道路。

半个地球之外，一个跟中国迥然不同的国家也逐渐成为性别议题的模范。卢旺达，一个贫穷的内陆国，一个父权至上的社会。1994年爆发种族大屠杀，100天之内80万人丧生，人们至今依然活在当年的阴影之下。大多数刽子手来自胡图族（Hutu），而大多数受害者是少数族群图西人（Tutsi）。现在，部族间的紧张局势对该国的安定而言依然是个挑战。然而，如今在这个沙文主义大行其道的贫瘠土地上，女性却在经济、政治和社会中扮演起重要角色——这为整个卢旺达带来了巨大的利益。卢旺达自觉地实施赋权女性及提升女性地位的政策，该国之所以成为非洲成长最快速的经济体之一，或许部分可归功于这些政策。目前，卢旺达除了国土面积过小之外，堪称非洲的中国。

大屠杀的后果是卢旺达有七成的人口是女性，因此国家不得不依靠女性。但这不只是出于必要。男人在大屠杀时身败名裂，而女人基本上只扮演配角（因杀人入狱的囚犯中只有2.3%是女性）。事后，大家普遍认为女性责任感比较强，比较不会诉诸残暴行为。因此，国家已经做好了心理准备要赋予女性更多重任。

镇压种族灭绝者的反抗军领袖保罗·卡加梅（Paul Kagame）成为卢旺达总统，他想要振兴国家经济，也明白这需要借助于女性。“你要是把那部分人口杜绝在经济活动之外，就是陷自己于不利，”他告诉我们，他的新闻秘书（一位女性）露出赞许的眼神。“我们决定让女性参与，并不是因为时势所逼，”他补充道，“在《宪法》里，我们规定国会席次有三成必须是女性。”

卡加梅英语流利，定期和美国人会面，或许他明白把卢旺达标榜为机会平等的国家会有好处。卢旺达的内阁会议室比白宫还高科技，里头常回荡着女性的声音。卡加梅不时会任命女强人担任内阁职位和其他高层要职。现在担任最高法院院长、教育部部长、首都基加利市（Kigali）市长以及卢旺达电视台总裁的都是女性。而在地方事务上，许多妇女在乡村重建方面扮演了重要角色。到了2007年，卢旺达超过瑞典，成为全球国会女性成员比例最高的国家——下议院48.8%的席次是女性。2008年9月，一场选举让卢旺达成为第一个国会女性占多数的国家——下议院的女性席次占55%。反观美国，在2008年，众议院只有17%是女性。在女性担任国家政务要职的比例方面，美国世界排名第68。

贫穷国家中，女性占国会总席次至少1/3的，卢旺达是其中之一——另外两国是哥斯达黎加和莫桑比克。卢旺达也是贪污情况最少、成长最快、治理最佳的非洲国家。

卢旺达和中国的例子表明，政府可以通过培养妇女来促进经济发展。而在这种治理良好且机会均等的国家，西方援助也通常特别有效。

41岁的莫文琳·克拉克住在纽约布鲁克林区，她一直觉得自己应投身公益，把更多收入捐给慈善机构。她在银行工作，年收入5.2万美元，自觉满足自己的需求已经绰绰有余。“我听说过什一税，也就是把1/10的收入捐给教会，”莫文琳解释，“我不是教友，但觉得自己也应该把1/10的收入拿来做慈善。”

莫文琳在选择慈善机构时，首要条件是行政开销要少。她上网花了几小时浏览“慈善导航网”（Charity Navigator）上那些四星的慈善组织。该网站以效率来评估慈善团体，它不是完美的指南，因为它把评估重点放在了运营费用是否精简，而非影响力有多大上，但该网站不失为做出正确判断的起点。莫文琳偶然发现了“国际妇女互助”（Women for Women International）组织，她颇为赏识。这是一个赞助组织，捐助者可以借此援助贫穷国家的一名特定妇女。莫文琳是牙买加裔黑人，想要赞助一名非洲妇女。于是她注册登记，同意每月支付27美元，为期一年，并要求受助者是卢旺达人。

莫文琳跟克劳丁·穆卡卡里沙配成一对。克劳丁27岁，是卢旺达布塔雷省大屠杀的幸存者。当年胡图族的极端分子闯入了她家（他们是图西族），最后只有她存活下来。那时克劳丁才13岁，她与姐姐一起遭到绑架，被带至胡图族的强奸屋。“他们对我们姐妹施暴，”克劳丁以一种害羞又痛苦的单调语气向我们解释道，“然后打我们。”大量的民兵来到这间屋子，耐心地排队强暴女人，一直持续了好几天。当然，受虐妇女得不到医疗护理。“我们的生殖器开始腐烂，蛆虫从我们身体里钻出来，”克劳丁说，“我们几乎走不动，只好跪在地上爬。”卡加梅的军队打败种族灭绝者时，胡图民兵逃到刚果，也把克劳丁和姐姐一同带去了。民兵杀死她姐姐，但是最后放走了克劳丁。“我不知道他们为什么放了我。”她耸肩说道。也许是因为她怀孕了。克劳丁当时还不了解

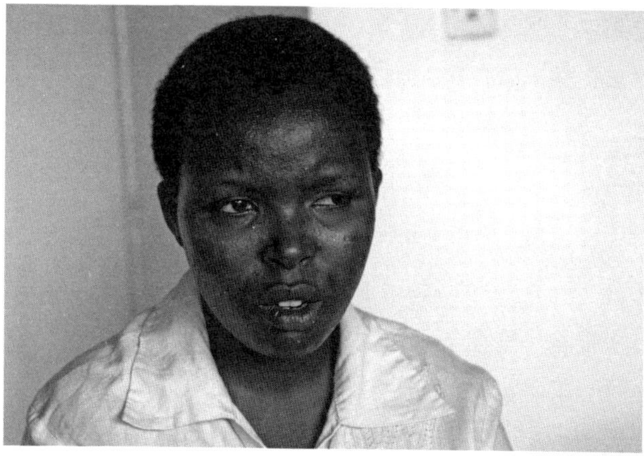

克劳丁在卢旺达“妇女互助”的会议上。
（拍摄：尼可拉斯）

生命是怎么产生的，她纳闷自己的肚子为什么越来越大。“我以为我不可能怀孕，因为以前听人家说女生只有被亲脸颊时才会怀孕，而我从来没被亲过。”

年仅13岁的克劳丁挺着大肚子到处寻求帮助，后来自己在停车场生下孩子。她觉得自己没有办法养活这个婴儿，加上痛恨强暴她让她怀孕的人，于是抛弃了婴儿，任其自生自灭。“但是我内心不允许我这么做，”她说，“我又回去把婴儿捡起来。”克劳丁在街上乞讨，只能勉强活命。“许多人见到我就把我赶走，”她说，“因为我很臭。”克劳丁安静矜持，话音轻柔。她在叙述自己的故事时，嘴唇偶尔颤抖，但是情绪的波动并不明显。她身上透出的最显著的东西，是与孩子一同活下来的决心。

这种乞讨生活过了几年之后，一个叔叔收留了克劳丁，但是要求她以性交交换。她再度怀孕时，被这位叔叔赶走了。后来，克劳丁发现自己可以找到园艺或洗衣服的工作，做一天通常能赚到1美元。她打算把两个小孩送去上学，但心有余而力不足：每个孩子每学期的学费是7美元，她没有那么多钱，她和孩子们都是过一天算一天。莫文琳的赞助为克劳丁和孩子带来了新希望。莫文琳每个月赞助的27美元，有12美元用来支付她的训练课程，剩下的15美元则直接给克劳丁。在训练课程上，讲师会指导妇女储蓄，一来为了养成小额储蓄的习惯，二来在一年后修完课程毕业时，她们就能有一笔资金可用。克劳丁每个月存5美元花10美元。10美元当中，有部分用来支付孩子的学费和购买食物，此外，克劳丁还挪出一些钱买来生火用的大袋木炭，再以薄利的零售价卖给其他贫穷家庭。

克劳丁每天早上去“妇女互助”的宅院上课。每周一、周三、周五是职业训练，学习可以养活自己的一技之长。克劳丁学习的是珠饰细工，她所做的刺绣品可以自己卖，也可以委托给“妇女互助”出售（他们能想办法把刺绣挂进纽约时髦的百货公司）。还有妇女学习用芦苇编织篮子或餐垫；若是妇女真有天分，还能学习缝纫，以后当裁缝师。裁缝师一天可赚4美元，在卢旺达是一笔可观的收入；而学习其他技能的妇女赚得相对较少。每周二和周四，妇女参与关于健康护理、识字或人权的课程。开课的目标之一是让妇女更有决断力，改变她们对不公平待遇逆来顺受的心态。

克劳丁和莫文琳互相通信，莫文琳寄给克劳丁纽约市的照片，让克劳丁看看她所住的地方。这些照片看得克劳丁和她的孩子很入迷，仿佛那是另一个星球。

在赞助克劳丁九个月后，莫文琳被裁员了。当我们问她做慈善的决心有没有动摇时，她笑出声来。“我一刻也没后悔过，”她说，“如果我够幸运能帮到她，让她可以脱离现在的处境，也助她家人一臂之力，对我而言这才是真正重要的。至于我，这反而是让我走出自我的方式。许多时候，因为从没经历过真正的匮乏，你会忘记自己有多么幸运。”

莫文琳成了自由职业者，并继续把1/10的收入投入慈善。“现在我有了任何一笔收入，或是有人送我礼物，我就会随时在心里计算，心想：‘好，我要捐出这么多。’其实没那么困难。”

克劳丁也发展得越来越好，她对于莫文琳给予她和孩子这个机会而感激不尽。此外，卢旺达的经济繁荣的确是件大好事，它为“妇女互助”的毕业生提供了更多机会。卢旺达之所以繁荣，正是因为这个国家想出办法把克劳丁这样的妇女转为了财富。

大声说出心底的秘密

扎伊纳布·萨尔比（Zainab Salbi）身材纤细，肤色淡褐，一头黑发剪得极短，越发凸显出她明亮的大眼睛，看起来像选角公司心目中那种自由奔放的中东公主。她说英文时带点外国腔调，因为她的童年是在伊拉克度过的。扎伊纳布在巴格达长大，那个时期的巴格达深受两伊战争影响，人们时时担心遭到攻击。扎伊纳布的父亲是名飞行员，母亲是学生物学的，一个难得不受传统束缚的女性。但是让扎伊纳布的家庭与众不同的关键因素在于，她的双亲皆跟侯赛因[1]很亲近。她父亲是侯赛因的私人飞行员，扎伊纳布从小叫侯赛因叔叔，周末常在他家跟他的小孩玩耍。

---

1 即萨达姆·侯赛因，伊拉克第五任总统，在位期间先后发生了两伊战争、海湾战争、伊拉克战争，于2006年11月5日被判绞刑。——编注

这表示他们享有特权。他们经常收到礼物，包括每年由侯赛因赠送的一辆新车，但是恐惧也不断啃噬他们的心。亲近不等于保护伞，任何一个小疏忽，都可能会惹来灭族之祸。扎伊纳布在学校的一个朋友是一名资深官员的女儿，这名官员在一场电视会议中被拖出去处以死刑，他女儿随即遭到唾弃。大家私底下传言，侯赛因和他的几个儿子强暴妇女，而且情报人员把这些女人遭强暴的过程录下来，用以威胁受害者。

“他就像有毒气体，”扎伊纳布在她位于华盛顿的办公室与雪莉长谈时，这么告诉雪莉，“我们慢慢地把他吸入，有时候也慢慢死去。”但是侯赛因对于扎伊纳布一直是彬彬有礼且乐意效劳的态度，甚至陪她四处走，带她参观皇宫庄园。有一次，大伙儿下水游泳，她没有泳衣，侯赛因把自己的袍子给她穿，好让她一起玩乐。她拒绝了，担心袍子湿了后会太透明。他坚持要她穿上，但是她死活不肯。

扎伊纳布上大学时，母亲突然莫名其妙地要她嫁给住在美国的一名伊拉克人。“我20岁时，母亲突然求我接受来自美国的提亲，”扎伊纳布回忆道，“她流着泪恳求，说：‘拜托听妈的话！’我想当个孝顺的女儿，所以就来了美国。”

扎伊纳布之前并不认识她丈夫。他比她大很多，而且很快露出施虐及冷漠的本性。结婚三个月之后，他的暴力倾向完全显露出来了，有一次他把她脸朝下摔到床上强暴。之后，扎伊纳布头也不回地离开了。然而，第一次海湾战争爆发了，她回不了家，只好继续待在美国。她怨恨母亲把自己逼入一场失败的婚姻，也害怕美国当局会发现他们家跟侯赛因的关系。“我决定永远也不透露我认识他。”她说。她守住了这个秘密。

慢慢地，生活改善了。扎伊纳布认识了一个博士班学生，他叫阿姆贾德，是个温柔的巴基斯坦男人。结婚后，他们计划去西班牙度蜜月，并开始为旅行存钱了。伊拉克渐渐从她生活中淡去。

1993年，扎伊纳布24岁，跟阿姆贾德结婚已经半年。有一天夫妇俩去拜访一位朋友。阿姆贾德和朋友在厨房准备晚餐时，扎伊纳布随手拿起一本《时代》杂志，恰好读到关于波斯尼亚强奸营的一篇文章。塞尔维亚士兵以轮奸妇女作为部分军事策略，好让人闻风丧胆。文章附有一些妇女的照片，扎伊纳布看得泪流满面。阿姆贾德闻讯跑过来，大为惊慌。扎伊纳布把文章推到他面前，“我们得做点什么！”她说，“我得做点什么来帮助这些妇女！”

扎伊纳布打电话到各个人道救援组织，询问是否能担任志愿者帮助波斯尼亚的妇女，但是她没找到任何一个帮助强暴受害者的团体。于是她又开始打电话，提议成立这么一个团体。得知神体一位派[1]教会对她的计划方案有兴趣，她提着公公的公文包走进教会的董事会——认为这会让自己看起来老成一些。在教会的支持下，扎伊纳布和阿姆贾德把自家的地下室改装为运作中心，把这个新团体称为“波斯尼亚妇女互助会”（Women for Women in Bosnia）。他们开始狂热地建立人脉，筹募资金，把原本打算到西班牙度蜜月的钱捐出去——因为波斯尼亚的妇女更需要这笔钱。

不久之后，扎伊纳布飞到巴尔干半岛，开始和曾经遭受塞尔维亚士兵强暴的妇女会谈。她的第一个会谈对象是阿吉莎。阿吉莎怀孕八个月时被放出强暴营，这时要堕胎已经太晚了。

1　神体一位派是否认三位一体和基督的神性的基督教派别。此派别强调上帝只有一位，并不同于传统基督教相信上帝由三个位格（即圣父、圣子和圣灵）组成。——编注

扎伊纳布·萨尔比会见“国际妇女互助”驻卢旺达的工作人员。
（拍摄：崔西·托宾）

三年来，扎伊纳布和阿姆贾德努力经营他们的组织，同时去大学修课。他们筹募的一分一毛都用在了组织帮助的400名妇女身上，这让他们几乎没有余钱缴纳账单或养活自己了。正当扎伊纳布不得已要放弃并打算找份工作时，一张6.7万美元的支票到了她的邮箱。“运营资产”（Working Assets）[1]计划把营业额的1%捐给慈善机构，他们选择了扎伊纳布来送出这份礼物，这笔捐款让组织起死回生。后来，这个组织扩大为“国际妇女互助”，不只帮助波斯尼亚的幸存者，也帮助全世界深受战争蹂躏国家的幸存者。

1 美国电信公司，成立于1985年，支持和平、平等、人权、环境保护等公益目标，用户每使用一次该公司的移动电话、信用卡或长途服务，收费的一部分就会被捐出。——编注扎伊纳布的第二次机会发生在2000年。知名主持人欧普拉在一次节目中进行了七段访谈，扎伊纳布被放在第一位。节目播出后，“国际妇女互助”的知名度一下子高了起来，他们建立起大型国际支持者网络，经费高达2000万美元。当然，扎伊纳布依然对她和侯赛因的家族渊源闭口不谈。

2004年的一天，扎伊纳布来到刚果东部的布卡武市（Bukavu），和当地妇女拿比朵聊了起来。拿比朵跟她描述反叛军是如何强暴她和她的三个女儿的，而最小的女儿年仅九岁。反叛军甚至命令拿比朵十几岁的儿子强暴她。儿子不肯，他们就朝他的脚开枪。讲完自己的故事后，她告诉扎伊纳布：“这些事情我从来没跟任何人说起过，你是第一个。”

扎伊纳布被深深地触动了。“那我该怎么办？”她问，“我该保密，还是要告诉全世界？”

“如果告诉全世界就能防止这样的事继续发生，那就告诉全世界吧！”拿比朵说。那天稍晚，在回卢旺达的路上，扎伊纳布哭了。司机开着车在凹凸不平的泥路上行驶，整整五个小时的车程，她哭了一路。回到酒店后，她又哭了一场。那天晚上，她下定决心，如果拿比朵说得出不可告人的秘密，她也可以。扎伊纳布决定透露她遭到前夫强暴、她的家庭和侯赛因的关系，以及她刚刚才得知的另一个秘密。

当时扎伊纳布母亲的健康每况愈下，在她来美国看病的时候，扎伊纳布终于鼓起勇气谈论她从第一次婚姻就深埋心底的怒气。扎伊纳布谈到，当她那位平时开明自由的母亲居然逼她嫁给一个有暴力倾向、她几乎不认识的中年男人时，她觉得自己被彻底出卖了。她问母亲当初为什么要那么做。

彼时扎伊纳布的母亲已经无法说话，只能用写字来沟通。她流着眼泪匆匆写下这句话："扎伊纳布，他要你。我想不出其他法子。"那个"他"就是侯赛因。他贪图扎伊纳布的美色，父母担心侯赛因会把扎伊纳布软禁起来，做他的情妇，等找到另一个新玩伴后再将她抛弃。

扎伊纳布受到拿比朵的启发，开始把完整的故事说出来，每个见不得人的部分都毫不隐瞒。"讽刺的是，我推动了一个鼓励妇女表达和沟通的方案，但自己长久以来却没有任何沟通，"扎伊纳布说，"现在我做到了。"

"国际妇女互助"效率良好，因为它接触到了民间基层。在经济发展领域中，这种由下而上的方式，一再显示它对经济及社会所带来的改变是多么有力。而此时此刻，在遥远的西非，另一个人正用类似的草根方式，来打击一个最为可怕和根深蒂固地伤害女孩的传统：外阴切除。

第十二章

草根VS.树顶

女孩帮助女孩

女人是人吗？如果是，我们会被当成商品放在货柜里从泰国运送到纽约的妓院吗？……我们的阴部会被切掉好“净化”我们吗？……女人什么时候才能变成人？什么时候？

——凯瑟琳·麦金农，《女人是人吗？》

（Catherine A. Mackinnon, *Are Women Human?*）

大约每十秒钟，世界某个地方就有一名女孩被按住，双腿被拉开，一名没有受过医疗训练的当地妇女亮出一把刀或刮胡刀片，把那名女孩的外阴部分或全部切除。大多数情况下是没有打麻醉剂的。

出于善意却帮倒忙的西方人和非洲人，他们几十年来都在努力终止这项习俗，但是越来越多的母亲依然安排自己的女儿接受外阴切除。直到最近几年，草根运动团体才终于破解密码。美国伊利诺伊州一名妇女大半辈子都住在塞内加尔，这些运动人士在她的领导之下，似乎想出了办法终止这项习俗，他们的运动也像滚雪球般迅速扩张。看样子，西非的外阴切除习俗也有望像中国的裹小脚传统一样渐渐消失。这真是不可思议。这使得反对外阴切除运动成为典范，让更大型的发展中国家妇女保护运动有所依循。如果我们想超越喊口号阶段，请汲取反对外阴切除运动长期奋斗所得到的教训，它将能让我们事半功倍。

目前，外阴切除这种现象，虽然在许多非洲基督教家庭也存在，但主要还是发生在非洲的伊斯兰世界。在大部分非洲之外的阿拉伯文化或伊斯兰文化地区，并不存在这种习俗。该习俗能够追溯到古代，人们发现古埃及的一些女性木乃伊外阴就遭到了切除。公元2世纪，古城艾菲索斯（Ephesus）一位名叫索兰纳斯（Soranos）的希腊医生，曾在一本有开创性的妇科著作里写道：

> 阴蒂肥厚是邪恶堕落的征兆。事实上，姑且这么说好了，（这种女人）就像男人一样渴望得到肉体的刺激及性交。现在，你要遵照以下方式在她身上执行手术。让她平躺且双脚并拢，执刀者应用小镊子固定住突起并看似较大的阴蒂，然后用手术刀将它割除。

1666年出版的一本德国手术教科书附有切除阴蒂的插图；这项手术经常在英格兰执行，直到19世纪60年代才式微——在欧洲和美国，19世纪60年代之后甚至偶尔还会出现这种例子。在北非的一大片地区，这依然是个被普遍认同的习俗。据统计，全世界大约有1.3亿妇女遭到了外阴切除；后来再次进行的研究表明，光是在非洲，每年就有300万名女孩遭到外阴切除（之前估计全球每年有200万名）。在也门、阿曼、印度尼西亚和马来西亚，这项习俗存在的范围较小；沙特阿拉伯和以色列的部分贝都因人（Beduin）会这么做，印度和巴基斯坦信仰伊斯兰教的博赫拉人（Bohra）也会这么做。执行这项习俗的时间因地而异，差别很大。在也门，女孩往往是两周大就得切除外阴；而在埃及，可能十二三岁才会切除。

切除外阴的目的，是把女人的性快感降到最低，以减少女人红杏出墙的可能性。最普遍的形式是切除阴蒂或阴蒂包皮（有时候不仅没有伤到阴蒂，甚至还让它暴露更多，这种“成事不足败事有余”的方法反而增加了性高潮的机会）。在马来西亚，有时候只是用针扎一下，或是在阴部附近挥舞刮胡刀片。但是在苏丹、埃塞俄比亚和索马里，最为极端的切除形式相当普遍，也就是把整个阴部“清干净”，包括阴蒂、阴唇和整个外生殖器全部切除。这会形成大片红肿疼痛的伤口，接着会用野蓟草把阴道口缝起（只留下一个小开口让经血流出），这时双腿要绑在一起好让伤口愈合，被称作“阴部扣锁”。等到女子结婚时，丈夫或产婆会用刀子把缝合的部分重新切开，好让她有性生活。在索马里经营妇产医院的助产士埃德娜·阿丹（见第七章）常年给到医院生产的所有妇女做检查，她说：“97%的妇女遭到外阴切除，而且几乎每一名都经历过阴部扣锁的过程。”埃德娜给我们看她拍摄的一个录像带，里头一名八岁女孩正在经历阴部扣锁，那个惨状让人不忍再看第二眼。

在一些国家，执行外阴切除的是传统助产士，但是在塞内加尔和马里，执刀者通常是铁匠阶层的妇女。那些执刀者大多是跟母亲或祖母习得这项技巧，她们的刀子通常都不干净，手术后也无法止血。有些女孩因此丧命，或是一辈子难逃伤口折磨，但是这个比例究竟有多高，完全没有数据统计可以说明。因外阴切除而身亡的女孩，通常会被说成是感染疟疾所致。世界卫生组织的一项研究发现，外阴切除之后伤口会结成疤，使得分娩更为危险，极端的切除形式更是如此。

20世纪70年代晚期，西方人士发起了反外阴切除运动。之前大家称该习俗为“女性割礼”，这种说法过于委婉，因此批判者代之以“外阴残切”（female genital mutilation, FGM）。联合国采用了这个词，并召开多场国际会议谴责“外阴残切”习俗。结果有15个非洲国家立法禁止外阴残切，相关文章也撰写了，会议也召开了——但是，没什么实质性改变。几内亚在20世纪60年代立法，以无期徒刑来惩罚外阴切除行为，犯人在服刑期间还要从事辛苦的劳役工作——若女孩在遭到外阴切除后40天之内丧命，执行者将被判死刑。但截至目前，从来没有任何受审案例，而且99%的几内亚妇女都已遭外阴切除。在苏丹，英国早在1925年就通过法律禁止阴部扣锁[1]，1946年禁令延伸至所有切除的习俗；然而直到今天，仍有九成以上的苏丹女孩遭到外阴切除。

“这是我们的文化啊！”我们向一名苏丹产婆问起此事，她气愤地表示，“我们全都想切除，美国哪管得着？”产婆说她经常帮女孩切除，都是应她们母亲要求，而且女孩长大后还会感谢她。这也许是事实。那名跟土狼奋战然后到传教士那里求救的埃塞俄比亚瘘管病患玛哈苞巴，她记得当时自己是多么期待接受切割成年礼。

埃德娜·阿丹强烈反对切除习俗，但她表示国际运动效果不明显，从来没有触及一般的索马里妇女。我们开车穿越索马里的哈尔格萨市时，她突然指着对街一幅谴责外阴切除的横幅布条。“联合国来索马里挂布条，”她说，“那有什么用？一点影响都没有！女人连路牌都看不懂！”事实上，国际社会对于外阴残切的谴责，反而促使一些国家产生戒备心而群起抵抗，导致部落团结一心捍卫习俗，他们认为应该保护受到外人攻击的传统。后来反对者终于学聪明了，并稍微退让了些，改而使用更为中性的词“外阴切除”（female genital cutting, FGC）。至少用这个词，不会暗喻他们所帮助的那些妇女是残缺不全的，否则对话起来，

1　19世纪末英国占领苏丹南方，1899年英国和埃及共同统治苏丹南方，直至1956年苏丹共和国成立。——编注

气氛会变得太僵。更重要的是，领导地位要交给埃德娜这样的非洲女性，因为她们发言的权威性与说服力远大于外国人。

终止切除运动中最为成功的团体或许是“托斯坦”（Tostan）。这个西非团体采取极度尊重当地人的方式，将外阴切除置于社区发展的大型架构中。推行该方案的代表不是给妇女上课，硬生生地改变她们的观念，而是鼓励村民讨论跟切除相关的人权与健康问题，然后让她们自行选择。事实证明，这个软性推销方案的效果远大于强迫推销。

“托斯坦”由莫莉·梅利钦（Molly Melching）成立，她来自美国伊利诺伊州丹维尔市（Danville），为人热情。虽然长期待在非洲，但是她的外表和口音依然有地道的美国中西部人的味道。高中时上的法文课，让她对任何跟法国有关的事物都心生向往。后来她到法国念书，又在巴黎郊外一个贫民窟工作，那里住的大多是北非人。

1974年她到塞内加尔参与一个学术交换计划，约定交换时间只有半年，但是莫莉一直待到了现在。她很有语言天分，学习了塞内加尔当地的沃洛夫语（Wolof），又参与了和平工作团在塞内加尔的工作，还曾经用沃洛夫语主持过一个广播节目。1982~1985年，她住在当地一座村庄里，利用美国国际开发总署给予的小笔资金，致力于教育及赋权的工作。

“那座村庄里，没有一个人上过学，”莫莉回忆道，“那里没有学校。村民都非常聪明，只是从来没上过学，而且信息非常匮乏。”这段生活经验，加上担任救援计划独立评估者的那段工作经历，让莫莉对于大型救援计划产生了怀疑。她过着跟塞内加尔人一样的生活，也跟他们一样，看到对外援助工作者开着旅行车到处跑时，会不以为意。她观察到一些救援计划把经费都花在了那些外派来的工作人员身上，而不了解他们是不是做了什么。没有当地人的支持，再善意的团体也只能白费工

莫莉·梅利钦和其他妇女在塞内加尔的一个“托斯坦”项目上，她们都放弃了外阴切除。
（图片由“托斯坦”提供）

夫——他们前脚建好一家配给药品的诊所，后脚村民就会把诊所病床分一分搬回家，而医生则转手把药品拿到市场上卖了。“塞内加尔就像座坟墓，里面埋着行不通的救援计划。”她直言不讳地说。

莫莉评估过240个识字教学中心，发现大多效果不好。“一个有50名学生的识字班，上课时却没有人，”她说，“或是即便有人来，也都在打瞌睡。”同样，她看到西方人大声呼吁反抗外阴切除，试图通过法律禁止该项习俗，却没有实际走访乡间，了解母亲让女儿接受切除的深层原因。

“法律是个便捷通道，改好了，大家就觉得不需要再做什么了，”莫莉说，“但真正会带来改变的是教育。”当在塞内加尔讨论要立法禁止外阴切除时，一开始莫莉是反对的，她担心这么做会触及族群政治，引发激烈反抗（这里的大多数族群并不会切除外阴，因此少数切除外阴的族群会觉得备受压力）。现在，她对该项法律的态度则相当矛盾：虽然通过该条款的确引发了激烈反抗，但也警示了村民外阴切除对健康的严重影响。

莫莉在自己家里亲身体会到，在切除一事上女孩面临的朋辈压力是那么强大，就算法律禁止也没有用。莫莉的丈夫是塞内加尔人，他们生了一个女儿柔依——有一天，柔依提出了令人震惊的要求。

“我要去做切除，”柔依跟母亲说，“我保证不哭。”柔依所有的朋友都接受了外阴切除，她不想做个异类。莫莉并不是个纵容孩子的母亲，她告诉女儿切除过程所带来的风险，这让女儿改变了主意。这个偶发事件让莫莉深信，终止切除外阴习俗的关键在于改变村民的态度。

1991年，她正式启动“托斯坦”的运作，把重点放在贫穷村庄的教育上。通常“托斯坦”会派遣一名当地教员到村里讲课，课程很多，包括民主、人权、解决问题、卫生、健康和管理技巧等单元。村民必须积极参与，帮助提供上课场地、课桌椅、学生以及老师的食宿。这个课程为期三年，男女都能来，不过学员们要做好心理准备，因为他们需要投入大量的时间：一周三堂课，每堂课两或三小时。课程内容也包括训练村庄的管理者，成立小区管理委员会以及建立小额信贷体系来鼓励村民经营小生意。由当地妇女领导的这个组织非常小心，避免与村里的男人为敌。

“我们倡导女权才一阵子，就听到了反对声音，”莫莉说，“一些男人把我们的中心给关了，他们非常愤怒。后来我们坐下来，重新编写整个单元，把‘女权’改成‘人权’——民主和人权。这时男人也开始支持我们了，男人只是想参与，他们不想被当成敌人。”

“托斯坦”的谨慎作风，不愿意使用“残切”一词的做法，甚至不愿明说他们反对外阴切除的态度，有时候会激怒女权主义者。尽管如此，她们还是保持自己的风格，维持一个正面的态度，让村民有足够的知识自行去作决定。他们的课程内容包含跟外阴切除相关的人权及健康议题，但是抱持不批判的讨论态度，不会建议父母停止帮女儿作切除。最后，大家通过公开地讨论切除而打破了禁忌。妇女一旦认真思考这项习俗，明白了外阴切除并不是普世价值，就会开始担心健康风险。1997年，马里康塔班巴拉村（Malicounda Bambara）一个由35名妇女组成的团体，在上完课后踏出了历史性的一步：她们宣布从此再也不会让女儿进行外阴切除。

从表面上来看，这似乎是个突破，也值得喝彩。但谁也没想到，这到后来竟成了灾难。其他村民痛斥这些妇女没有女性及非洲人的风范，指控她们拿白人的钱来背叛自己的族群。之后的几个月，这些女人们以泪洗面，担心女儿会成为老处女。莫莉向当地一位宗教领袖请教，了解到外阴切除是跟婚姻息息相关的，如果谁家的女儿没做切除，那会严重影响她的婚姻。莫莉认为“托斯坦”的错误在于让单一村庄独自行动。

“大家必须一起改变，否则你永远无法把女儿嫁出去，”莫莉说，“以前我母亲逼我戴牙套，我不仅流血，还哭了整整两年。要是一名非洲妇女说：‘你怎么对女儿如此狠心？’我母亲会说：‘我省吃俭用，从我微薄的薪水里省下一些钱，好让女儿的牙齿变得整齐好看，这样她才嫁得出去。你说我狠心，未免也太过分了！’”外阴切除是同样的道理。

莫莉下决心让整个嫁娶社群集体放弃外阴切除。“托斯坦”先是帮助妇女团体确认经常跟她们村有嫁娶关系的其他村庄，然后举办村与村之间的外阴切除讨论会。“托斯坦”也帮助妇女筹组共同宣誓大会，宣布她们放弃这个习俗。结果成效惊人。在2002～2007年，超过2600个村庄宣布停止切除。“速度正在加快！”莫莉说，并补充道，“‘托斯坦’的目标是在2012年之前终止塞内加尔的所有切除习俗。”

2008年，塞内加尔政府检视该国所有终止外阴切除的活动，评定“托斯坦”是唯一取得重要成效的组织，于是把其方案推向全国。几天过后，西非地区的各地卫生官员也全然采纳了“托斯坦”模式。

如今，“托斯坦”已经发展到冈比亚、几内亚及毛里塔尼亚，也在东非的索马里和吉布提开设课程。莫莉表示，该方案由下而上的方式，在每个国家都能找到接受度良好的听众。“托斯坦”的努力已得到许多国际机构的赞赏，2007年被授予希尔顿人道主义奖（Conrad N. Hilton Humanitarian Prize）及联合国教科文组织奖。这些认可帮助“托斯坦”得到私人、联合国儿童基金会及“美国犹太人世界服务组织”（American Jewish World Service）的财政援助，因而能够稳步扩展。为了鼓励捐助者，“托斯坦”还发展了自己的赞助计划：捐助者可以“领养”一个约800人的村庄，支付1.2万美元开设为期三年的课程。

除了华盛顿特区办公室有两名美国人负责筹募资金和推广工作外，莫莉是非洲“托斯坦”唯一的西方职员。非洲“托斯坦”强调雇用当地职员，使其成本效益极佳，部分原因是莫莉只支付自己4.8万美元的年薪。现在面临的考验是她的模式是否也能在索马里、苏丹、乍得、埃塞俄比亚和中非共和国成功推行——由于部分国家饱受战争冲突的蹂躏，在这些国家工作相当危险。

小规模运作良好的计划，搬到非洲大舞台却效果不佳，这种情况历史上早有先例。不过至少在索马里，初期迹象令人振奋。而莫莉也在疑惑，不知道“托斯坦”模式能否套用在终止其他有害的社会习俗上，比如荣誉谋杀。在非洲其他地方，别的团体也从反对外阴切除的运动中获得了动力。一些思想开明的埃及人逐渐开始公开反对这项习俗，其他救援团体——包括“关怀”，也正在进行开创性的工作。埃塞俄比亚和加纳的一些当地草根团体特别令人刮目相看。帮助根除天花的比尔·福奇（Bill Foege）是公共卫生领域的传奇人物，他认为外阴切除现象如果能消失，那么大多也要归功于莫莉和“托斯坦”职员的努力。

“他们做到的事情，是联合国会议、无尽的决议案和政府宣言所没能做到的，”福奇告诉我们，“非洲发展史要是写成文字，赋权女性这一步定会记上重重一笔，因为这是一个转折点。‘托斯坦’已经显示赋权是有感染性的，不论是个人还是村庄，都是通过一传十十传百的方式实现的。”

全世界都在悉心学习像“托斯坦”这样的组织，吸收他们的实地工作带来的重要经验。其中之一，是让大家确信进步是可能的；挑战唯有在直面问题时才能克服，至于如何克服，我们已有更好的战术。失败的大型运动之所以没有达到目标，例如20世纪七八十年代的反抗外阴残切运动，以及西方人标榜赋权女性的阿富汗救援任务，就因为那是由“高坐在树顶”的外国人所制订的。他们向当地人请教，只是做做样子而已。西方人举办会议和改变法律的做法，在无数议题上已证明效果不佳[1]。如同爱尔兰前总统玛丽·罗宾逊（Mary Robinson）（后来担任了联合国人权事务高级专员）所说：“50年的人权机制，30年几十亿美元的发展计划，以及

---

1 几个例外：成功的公共卫生新方案有时候是从“树顶”指挥的，包括根除天花、接种疫苗运动，以及对抗河盲症及麦地那龙线虫病。这些方案执行的前提是权威的研究、充足的材料、专业的知识，而这些是民间草根运动所不具备的。——原注

无数的高级修辞，把这些结果相加起来，你会发现它们所产生的全球影响力是相对逊色的。这是执行上的失败，其规模之大，让我们全都抬不起头来。”

相反，有些计划则产生了惊人的改变：托斯坦、奇迹基金会、乡村银行、布隆迪“关怀”计划、孟加拉国乡村进步委员会、印度的“自雇妇女协会”和“世界自救妇女”。共同之处在于这些计划皆是民间草根计划，所有权属于当地人，有时候比较像是社会或宗教运动，而非传统的救援计划。通常由特别优秀且有紧迫感的社会企业家所推动，这些社会企业家曾经接触过“树顶”的努力，加以改造后创造出更为有效的由下而上的模式。对于把目标放在发展中国家妇女的新国际运动，这是往前迈进的关键步骤。

女孩帮助女孩

民间援助受虐妇女的作战前线可能是在非洲和亚洲，而乔丹娜·康菲诺（Jordana Confino）在新泽西的韦斯特菲尔德镇（Westfield）读高中时，就已经想出奉献之道。乔丹娜留着暗金色的长发，像是刚从宝座上走下来的舞会皇后。她在中上阶层的家庭环境中长大，认为生而平等是人类的基本权利——后来她才意识到，并不是人人都拥有优渥环境，她为此也深感困扰。

乔丹娜及与其一起从事援助工作的高中学生，代表了社会企业精神的兴起。这促进了兼职救援工作者的增加——就连那些坐在高中教室的学生都加入进来了。大约十岁时，乔丹娜受到了母亲莉萨·奥尔特（Lisa

乔丹娜·康菲诺在一次以女孩的教育为主题的会议上。（拍摄：莉萨·奥尔特）

Alter）的启蒙。母亲试着让女儿们了解世界其他地方的问题，给她们看新闻报道，或告诉她们国外女孩所面临的挑战：看看你们住在新泽西有多么幸运！莉萨发现，乔丹娜对于别人这些骇人听闻的境遇感触颇深，远超过她的预期。

“我们谈论那些文章，尤其跟女孩有关的文章，”乔丹娜说，“有些议题令人非常难过，包括外阴残切、抛弃女婴、童工问题。大约这时，关于阿富汗塔利班政权禁止女孩接受教育的丑闻也被公之于世。我们全家一起讨论，如果女孩不识字，一定难逃受虐的下场。我得承认，理解和面对这些问题似乎超出了我们的能力，但我们开始集思广益，想看看如果把女孩团结起来能够做些什么。”

这个想法在乔丹娜的心中酝酿着。八年级时，她和一名女性朋友组队合作，开始认真讨论成立社团来专门处理这些议题。莉萨和朋友的母亲帮助她们研究并拟订计划，而且一起参加了联合国举办的妇女会议。乔丹娜被听到的故事所深深打动，她们铆足力气筹备策划，不久，一个为国外女孩的教育筹募资金的组织“女孩学习国际”（Girls Learn International, www.girlslearninternational.org）成立了。她们打电话、贴海报、发邮件，乔丹娜也去拜访其他学校，吸收更多志愿者。她上高中时，已经是“女孩学习国际”的一名斗士，该团体也在全国各地成立了分会。

在布朗克斯区青年女性领导学校的年会上，乔丹娜作了专题演讲。她提醒听众，可能在座的每个人都有自己的困难要面对，但其他国家的女孩面临的是直接的生存难题，更别提上学读书这种奢侈的事情。乔丹娜几乎是会场里唯一的白人女孩，但是看她谈论全球各地各种挑战的架势，俨然已成为许多同龄女孩的榜样。

“2007年，在世界各地的村落社群里，有将近6600万名女孩没办法接受教育。”她说。“当这些女孩长大时，”乔丹娜继续说，“她们成为文盲，男女之间的性别鸿沟更加扩大……教育机会遭到剥夺的女孩更有可能陷入贫穷和疾病的恶性循环，被迫结婚和从妓，成为性交易、家暴和所谓荣誉谋杀的受害者。”

“女孩学习国际”目前在全美的中学成立了20多个分会，也正在努力制订成立相关大学分会的计划。有些女生一开始加入时，只是为了让申请大学的社团活动履历更漂亮。但是，在得知国外学生的处境后，她们深受触动，最终真心实意地投入了这个工作。

“女孩学习国际”的每一个分会，都与贫穷国家的一个伙伴班级配对，那些国家是传统上女孩受教育不多的地方：阿富汗、哥伦比亚、哥斯达黎加、萨尔瓦多、印度、肯尼亚、巴基斯坦、乌干达、越南。美国女孩筹款帮助她们的伙伴班级，并且帮助伙伴班级所在的学校。乔丹娜还帮助改善了穆赫塔尔·马伊——也就是那位巴基斯坦乡村反强暴民运人士——的办公室。当穆赫塔尔·马伊发电子邮件告知我们她所遭受的最新威胁时，她用的是“女孩学习国际”所赞助的计算机和网络联机。

“女孩学习国际”的伙伴班级，大多是由乔丹娜、她母亲和曼哈顿办公室两名专业职员所建立的人脉来挑选的。每一分会一年至少要筹募500美元，而这些年轻人总共已筹募了5万美元左右，专门用来帮助国外的伙伴班级。给予支持的大人每年独立筹募10万美元以上，用来支付行政开销。也就是说，“女孩学习国际”不是支持国外女孩教育的慈善机构当中最有效率的，因为，比起支援巴基斯坦的女孩继续上学，他们更多的经费是拨给曼哈顿办公室的行政费用。话虽如此，这个组织依然值得赞扬。“女孩学习国际”的宗旨不只是支持国外女孩的教育，还包括促进交流，以及在家乡建立推行公益运动的基础。就把这当作是美国女孩的教育性风险投资好了，其实这是再划算不过的了。原本会着迷于设计师品牌包的美国高中学生，现在却会把零用钱送去国外，好让印度的女孩有笔记本可以用。

“说到让女孩参与的时间，”“女孩学习国际”组织成员卡茜迪·杜兰特-格林（Cassidy DuRant-Green）说，“从中学开始不是最好的吗？培养这些女性领袖是我们未来20年要做的工作。”也就是说，表面上该组织虽为像巴基斯坦这样国家的女孩们争取了权利，但是主要受惠者是美国女孩。你在乔丹娜身上，在她为这个目标奋斗时的历练与热情上，可以看出来她深受启发，并在迅速成长。在布朗克斯区演讲时，乔丹娜成熟、自信、有同情心，她呼吁学生支持“女孩学习”分会的成立，指出许多跟在座同样年纪的女孩正遭受拐卖或是荣誉谋杀的现实，最后她以一句响亮有力的口号作结：“女孩的权利就是人权！”

第十三章

你能够做什么

花十分钟就能付诸行动的四个步骤

与其等待世界改变，不如先改变自己。

——圣雄甘地

几十年来，美国人都深知种族隔离的不公，但是种族歧视似乎是深植于美国南方历史和文化的复杂问题，大多数好心人士不知道怎么做来改变这样的非正义。接着出现了人权斗士罗莎·帕克斯（Rosa Parks）、马丁·路德·金（Martin Luther King Jr.）博士、反对歧视黑人的白人团体“自由骑士”（Freedom Riders），以及约翰·霍华德·格里芬（John Howard Griffin）的《黝黑如我》（*Black Like Me*）这种令人眼界大开的书。突然之间，非正义成了不能忽视的问题，同时经济形态的转变也逐渐摧毁了种族歧视。其中一个结果是广大的民权运动应运而生，有关同盟纷纷成立，媒体也开始关注相关弱势群体，而那层让善良的人也只得默认种族歧视的眼罩最终被扯了下来。

与此同时，20世纪的大半时间天空灰蒙、河川油腻、动物濒临绝种，但是环境破坏继续进行，没有多少人批评或反对，似乎这是进步的代价，虽然可悲但不可避免。接着雷切尔·卡森（Rachel Carson）在1962年出版了《寂静的春天》（*Silent Spring*），环保运动应运而生。

同样，今日我们面临的挑战是要鼓动全世界，让大家勇敢正视被困锁在妓院的女性，以及蜷缩在孤立茅棚、饱受瘘管之苦的十几岁少女。我们希望看到一个广泛的运动应运而生，来对抗全世界的性别不平等，推动全世界女孩获得更多的教育和工作机会。美国的民权运动是个典范，环保运动也是，但是这两个模式又有所不同，因为它们牵涉的都是关系自身的国内问题。至于把美国女性运动当成楷模这一观点，我们则有所保留，因为如果一项国际性运动被戏称为“女人的议题”，那么它就已经失败了。不幸的现实是：**女性议题确实遭到了边缘化**。无论如何，性交易和集体强暴都不该被视为女人的议题，就像奴役制度不应该是黑人的议题，或者大屠杀不应该是犹太人的议题。这些全是人道议题，超越任何一个种族、性别或宗教信仰。我们之前曾经提到新运动的理想模式，即在18世纪末和19世纪初，英国人奋力终止奴隶交易的过程。这是一个闪亮的例子。为了改善遥远地方人类同胞的生活，一个民族付出了大量的血汗与财力。丘吉尔曾表示，英国人的“光辉时刻”是20世纪40年代对抗纳粹的毅力；但是同样高贵的时刻是英国本土促使废除奴役制度时的道德复苏。

历史上，人们大多数时候容许奴役，认为那是可悲但不可避免的。雅典人思辨能力一流，也富有同理心，他们当中有优秀的作家和哲学家，但是他们甚至没有辩论过自己依赖奴役的风气是否正确；耶稣在《福音书》里完全没有谈到奴役问题；圣徒保罗和亚里士多德接受奴役；犹太教及伊斯兰教神学家认为要对奴隶慈悲为怀，但是没有质疑奴役一事；18世纪初，贵格会[1]信徒激烈谴责奴役，却被大家视为不切实际

1　贵格会兴起于17世纪中期的英国及其美洲殖民地，特点是没有成文的信经、教义，最初也没有专职的牧师，无圣礼与节日，而是直接依靠圣灵的启示指导信徒的宗教活动与社会生活，始终具有神秘主义的特色。——编注

的怪人，而他们的影响力也急剧下降；18世纪80年代初期，奴役依然是全球无可争议的部分——然而，令人震惊的是，不到十年，奴役成为英国国家议程的首要议题。潮流改变了，英国在1807年禁止了奴隶贸易，并于1833年成为率先解放奴隶的国家之一。

英国因此付出了极大的代价，时间长达半个世纪之久。英国废除奴隶贸易的前一天，横越大西洋的奴隶运送船中有52%是英国船只，而世界的糖产量有55%在英国殖民地生产。废奴之后不再输入新的奴隶，使得“新世界”的英国殖民地惨不忍睹，而英国的头号大敌法国趁机从中获得庞大利益，美国也是如此。

英国废除奴隶贸易之后的35年内，英属西印度群岛的糖产量降低了25%，而拥有奴隶的竞争经济体，其产量却提升了210%。英国海军部队带头在大西洋和非洲本土镇压奴隶贸易，导致大约5000名英国人丧命，也使得英国人纳税额提高。这项片面的行动在外交上成本高昂，激怒了其他国家，让英国与敌对军事力量起了公开冲突。英国的反奴运动分别导致1850年与巴西短暂的战争、1841年与美国的战争危机、1853年与西班牙的战争危机，以及跟法国持续的紧张关系。但是英国并没有退缩，其典范作用终于刺激了法国在1848年开始废除奴役，也激发了美国的废奴主义者以及《解放黑人奴隶宣言》的颁布，推动了古巴在1867年强制执行奴隶进口禁令，也就是说，英国终止了横跨大西洋的奴隶贸易。

据学者哈伊姆·考夫曼（Chaim Kaufmann）与罗伯特·佩普（Robert Pape）计算，英国因出于道义而终止奴役，60年来国民生产总值每年平均减少了1.8个百分点。这个总数令人震惊，累积起来超过英国一整年的国民生产总值（对今天的美国来说，等同于损失了14万亿美元以上），这对于英国人的生活水平而言，是个重大且持续的损失。这是一个国家把价值观置于利益之上的英勇范例。

废奴主义运动通常归功于威廉·威伯福斯（William Wilberforce），他的确是该运动最重要的领袖，也是转变潮流的人。但是威伯福斯投入运动时，废奴主义早已开始进行，而且他的口才不是唤起民众的唯一原因。废奴运动的主要部分（而且是值得今天学习的部分），是谨慎细心地向英国人解释在运奴船上和领地种植园里的真实情况到底是什么。奴役并不存在于英国本土，只存在于国外的英国领地，因此对于一般英国家庭而言，奴役是看不到的。就像今天在印度的性贩卖，我们很容易就会对所发生的残酷事实表现出关注，可过后还是会各做各事，没了下文。当时把此事向前推进了一大步的废奴主义者是托马斯·克拉克森（Thomas Clarkson），他在剑桥求学时曾在一次拉丁文写作比赛中写了一篇关于奴役的文章，自此开启了他对这个议题的兴趣。当发现内幕之后，他深感惊恐，立志成为废奴主义的忠实支持者。克拉克森成为“实现废止奴隶贸易社”（Society for Effecting the Abolition of the Slave Trade）的推手。“如果要选出现代人权运动的始祖，”《经济学人》评论道，“那会是克拉克森。”

离开大学之后，克拉克森冒着极大的风险暗中走访利物浦和布里斯托的各个港口，这两处是英国奴隶船只停泊的大本营。他跟水手谈话，搜集奴隶贸易的证据，取得脚镣、手铐、烙铁、夹指刑具，以及撑开奴隶嘴巴的恐怖器具。他找到一名奴隶船只的退休船长，后者向他描述了货舱的情况。克拉克森还得到一艘利物浦奴隶船只“布鲁克斯”（Brookes）的示意图，他制作出海报说明这艘船如何装载482名奴隶。

这幅图成为废奴主义运动的图标，也为我们强调了一个重点：克拉克森和废奴主义者谨慎小心，不夸大事实。事实上，“布鲁克斯”在某些旅程中承载的奴隶高达600名，但是克拉克森认为最好使用最仔细的记录和保守的数字，以确保可信度。当时那些为奴役制度辩护的人，经常以西印度群岛的仁慈农业为例子，表示他们宽厚地照顾到奴隶各方面的需求，但是克拉克森的证据表明奴隶的真实生存环境差得令人作呕。奴隶贩子大发雷霆，付钱请一批水手暗杀克拉克森，差点把他打死。

克拉克森和威伯福斯似乎在打一场渺无希望之战：英国继续经营奴隶贸易，巨大的利益源源不断，反正受苦的是英国人视之为低等野蛮人的远方民族。然而，当英国舆论质问，把一大批人塞进一艘船的货舱到底意味着什么——那些恶臭、疾病蔓延、尸体横陈的景象，以及血淋淋的手铐脚镣——时，英国人民深感恐惧，他们开始反对奴役。这的确是个有用的课题。终究而言，重要的不只是废奴主义者的热情和道德信念，还包括严谨地搜集而来的大量证据。

同样，成功不只来自让政客看到“真相”，还包括持续不断地向他们施加政治压力。克拉克森为传播废奴观念曾骑马行走3.5万英里；曾为黑奴的欧拉达·伊奎诺（Olaudah Equiano）花了五年的时间巡回英国各地发表新书演说。1792年，30万人抵制来自西印度群岛的糖——在当时是史上最大的消费者抵制运动。那一年，联署请愿反对奴役的人，比有资格在英国选举中投票的人还多。在国会里，威伯福斯强烈建议设立一个投票集团，以便制伏支撑贩卖奴役的游说团体。跟现在一样，当时的政府首脑发现，在有选民的强烈坚持时，符合伦理道德的政策就更容易通过。

在18世纪90年代，把废奴主义者称为理想主义的道德说教者是很普遍的，这些人被认为不能体会经济的重要性，不了解地缘政治的复杂性，比如来自法国的威胁。同样，时至今日，大家往往认定“严重议题”是指恐怖主义或经济问题。但是在今天，女性的议题就跟18世纪

90年代的奴役议题一样，不是浪费时间金钱的无用问题。几十年后，人们回顾这段历史时会纳闷：当时的社会怎么可能默许21世纪的性奴隶交易？而如同我们所看到的，其规模比19世纪横跨大西洋的奴隶交易还要庞大。孕产妇医疗因为缺乏投资，造成每年50万名妇女死于分娩，我们却不当一回事。这一点，后来人也会困惑吧。

这项运动的领导者必须来自发展中国家。现在已经有迹象了。在印度、非洲和中东，男性和女性皆致力于推动更大幅度的平等，这些人需要我们的支持。20世纪60年代，领导民权运动的是马丁·路德·金等黑人，但是他们从"自由骑士"等白人支持者那里得到过重要的支持。今天，帮助女性的国际运动也同样需要"自由骑士"——写信呼吁、筹款支持或付出时间担任志愿者。

此外，妇女解放也为处理恐怖主义这类地缘政治难题提供了另一个面向的解决方案。"9·11"事件之后，美国试图解决巴基斯坦的恐怖主义问题，拨出100亿美元用于购买直升机、枪支、军队及提供经济支持；然而，美国在巴基斯坦却越来越不得人心，穆沙拉夫政府越来越不稳定，极端分子则越来越受欢迎。试想我们当初要是利用这笔钱，通过巴基斯坦的组织和团体来推动该国乡村地区的教育及小额金融项目，情况将会如何不同。其结果可能是美国更受欢迎，女性在社会上有更多的参与空间。如同之前所说，证据显示当女性能够在社会中发声时，暴力情况就会减少。2003年，美军采用"震慑战术"（shock and awe）攻打伊拉克，时任美国驻奥地利大使、目前任教于哈佛大学的斯旺尼·亨特（Swanee Hunt）回忆起与一名国防部官员的对话时说："他当时正在寻找伊拉克的未来领袖，已经找了几百名男性，但只有七名女性，当我敦促他扩大搜寻范围多增加女性时，他回答：'亨特大使，我们先把那个地方的安全顾虑处理妥当后，再来处理女性议题。’真不晓得他所谓的‘女性议题’是什么意思，我讲的就是安全议题啊！”

这个世纪的主要问题，包括战争、不安全和恐怖主义；人口压力、环境枯竭和气候变迁；贫穷和收入差距等。面对这些各式各样的问题，赋权女性是一种解决之道。最显而易见的是，让女孩接受教育，把她们纳入正式的经济体系中去，这将会产生经济红利，从而帮助解决全球的贫穷问题。人口激增，使得环境压力也不可避免地随之产生，而降低生育率的最佳方法是教育女孩并给予她们工作机会。同样地，我们已经举例论证，要缓和那些被各种冲突折磨的社会现状，就得让妇女进入学校、职场、政府和市场，一来提升经济，二来调和这些国家男性当道的价值观。我们不认为赋权女性是解决问题的唯一法宝，但是赋权女性会带来一系列好处，远远超过单纯的正义。

且让我们看一下孟加拉国的情况。这是个贫穷国家，常常政治上功能失调，未来的变数极大。该国在1971年之前是巴基斯坦的一部分（称为东巴基斯坦），但是现在绝对比巴基斯坦稳定。国家分裂后，一开始国际认定孟加拉国无药可救，当时的美国国务卿基辛格（Herly Kissinger）戏称其为“国际废人”（basket case）。跟巴基斯坦一样，孟加拉国也为政治暴力及领导不力所苦，但是今天，它的未来看似更有希望。如此不同的结果是有许多原因的。然而，令今天的孟加拉国更为安定的一个重要理由，是它大量投资女性。孟加拉国女孩的就学率远高于巴基斯坦女孩，长大后找到工作的可能性也更大。今日的孟加拉国拥有极具分量的公民社会，以及被女性工人占据的庞大成衣产业，她们推动了一个欣欣向荣的出口部门。到贫穷国家工作的人，几乎都承认女性是第三世界未加利用的最大资源。“我们得到的第一个教训是男人通常是训练不来的。”赤足大学（Barefoot College）创办人邦克·罗伊表示。该援助组织总部设于印度，运作范围遍及亚洲、非洲和拉丁美洲。“所以现在我们只和女性共事。我们从阿富汗、毛里塔尼亚、玻利维亚、西非马里的廷巴克图等地挑选女性，用六个月的时间训练她们成为赤脚工程师，回去从事供水系统的工作或处理其他问题。”

全世界善用女性各种才能的国家和公司，无一例外都繁荣兴盛起来了。“鼓励更多女性进入劳动力市场，是欧元地区劳力市场成功的最大动力，其效果远大于‘传统的’劳力市场改革。”高盛投资银行在2007年的一篇研究报告中写道。同样，拥有更多女性主管的上市公司，其表现向来优于女性主管较少的公司。一项针对美国500强企业的研究发现，女性主管最多的一季，其股东权益报酬率比女性主管最少的一季高出35%。在日本的证券交易市场，相较于女性员工比例最低的公司，比例最高公司的表现优异程度高出将近50%。

不管是哪个例子，原因并非在于女性主管是天才，而是这些提拔女性的公司显示出了足够的创新力，在把握商机方面也会遥遥领先。而这正是可持续经济模式的精华所在。把女性移至更具生产力的角色里，这有助于抑制人口增长，并且培养出一个可持续发展的社会。想想看，要是国家有一半的人力资源未开发利用，成本会有多高。妇女挤在茅棚里生活，未受教育、没有工作、无法对世界有所贡献，成为一大片从未经开采的人类黄金矿层。不让女孩受教育不只让国民生产总值损失几百亿美元，全民的智商也损失几十亿分。心理学家已经注意到，智商测验所显示的全世界智力水平历年来急遽上升，这个现象被称为弗林效应（Flynn Effect），是以新西兰智力研究者詹姆斯·弗林（James Flynn）而命名的。比如从1947～2002年，美国人平均智商提升了18点。30年来，荷兰应征入伍的士兵智商提升了21点，西班牙学生的平均智商提升了10点。一名学者推测，要是1932年的美国儿童接受1997年的智商测验，那么至少有一半会被归类为临界智能障碍。我们并不完全了解弗林效应的主因，但是它影响的主要是分数较低的人，这些人可能无法得到充足的营养、教育或刺激。在一些国家，缺碘是一个因素。随着人们得到更充足的营养、接受更完善的教育，他们在智力测验中也表现得更好。因此，在巴西和肯尼亚等发展中国家，弗林效应特别明显并不令人惊讶。仅仅14年间，肯尼亚乡村儿童的智商就提升了11点，这个速度比西方呈报的任何弗林效应都来得快。贫穷国家女孩营养不良的问题特别严重，不管是在身体还是智力方面都如此。如果我们教育这些女孩，给她们食物，也给她们工作机会，那么整个世界的人类智力水平就会注入一股新流——而且贫穷国家将会产生更有能力解决该国难题的国民及领袖。对于贫穷国家的领袖，我们所能提供的最强有力的论据并不是道德上的，而是实务上的：如果他们希望振兴国家经济，就不要让那些人类金矿深埋于地下。

基于这些务实的理由，许多救援组织逐渐把焦点放在妇女身上，“国际小母牛组织”（Heifer International）是其中之一。这个救援团体总部设在美国阿肯色州，通过给予贫穷国家母牛、山羊、鸡或其他动物来进行援助。该会会长是乔·勒克（Jo Luck），她曾是阿肯色州内阁官员，当时的州长是克林顿。1992年，乔前往非洲访问，在津巴布韦的一个村子里，认识了特芮莱·特伦特（Tererai Trent）。特芮莱脸形修长，颧骨很高，皮肤中褐，一根根细辫子绑得很紧。就像发展中国家的许多妇女一样，她不知道自己的生辰年月，也没有出生文件证明。她认为自己可能是1965年生的，但也可能是之后一两年。特芮莱小时候没有接受过多少正规教育，部分因为她是女孩，要做家务——她负责放牛和照顾弟弟妹妹。她父亲总是说："我们得把儿子送去上学，将来还指望他们挣钱养家。""我父亲和其他每一个男人都知道自己没有社会福利保障，所以他们投资在男孩身上。"特芮莱说。特芮莱的哥哥堤那西被迫上学，但是表现平庸。特芮莱恳求父母让她上学，但是没有得到许可。堤那西每天下午都会把教科书带回家，特芮莱趁机把书拿来研读，就这样学会了读书写字。很快，她每天晚上都能帮哥哥写作业了。

老师很困惑，堤那西在班上表现很差，但作业总是100分。最后老师发现堤那西的家庭作业跟课堂练习的字迹不同，因此给他吃了鞭子，直到他招供。老师去找他们的爸爸，告诉他特芮莱是个天才，请求让她上学。一番争执之后，父亲准许特芮莱上了两个学期，然后在她11岁左右把她嫁了出去。

特芮莱的丈夫禁止她上学，也痛恨她识字，每当发现她拿一小片旧报纸看来看去，就会毒打她一顿。事实上，她丈夫还因为许许多多其他的理由毒打她。特芮莱痛恨这段婚姻，但是没有办法跳出来。"如果你是个女性，又没有受过教育，还能做什么？"她问。

乔·勒克来到此地，与特芮莱和其他年轻妇女聊天，坚持告诉她们事情不是非如此不可。她不断表示她们能够达到目标，而且一再使用"可达到"这个词。妇女们注意到乔重复使用这个词，于是请口译详细解释"可达到"是什么意思。这让乔有机会进一步了解："你们有什么愿望？"她通过口译询问这些妇女。特芮莱和其他人都对这个问题困惑不解，因为她们其实没有任何愿望。坦白说，对于这个不懂她们的语言又一直抛出奇奇怪怪问题的白人女性，她们心里是相当怀疑的。但是在乔的鼓励下，她们心不甘情不愿地开始思考自己想要什么。特芮莱胆怯地讲出了

特芮莱·特伦特在她出生的小屋前。
（图片由特芮莱·特伦特本人提供）

自己希望有机会接受教育的想法。乔抓住机会，告诉她说她能够做到，而且建议把目标写下来，循序渐进地去追求。刚开始，这对特芮莱来说完全没有任何意义，因为她已经是个二十五六岁的已婚妇女了。

对外援助的角色可以用许多比喻来形容，我们喜欢把救援看作是一种润滑油。在发展中国家的曲轴箱滴下几滴油，就能让这个传动装置再度自如地转动。这就是“国际小母牛组织”在这座村庄所产生的效果。乔·勒克和口译离开之后，特芮莱开始一边带五个孩子，一边疯狂地学习。要是丈夫毒打她，她就躲到娘家去。在朋友的帮助下，她费力地在一张纸上写下自己的目标：“有一天我要去美国，”她写道，“这是目标一。”接着，她一一写下，她要得到学士学位、硕士学位，然后博士学位——对于津巴布韦一名接受正式教育不到一年的已婚放牧妇女来说，这全是荒唐无稽的梦想。特芮莱把这片纸折起来，包上三层塑料袋，放进旧铁罐里，再把铁罐藏在牧地的一块岩石下。接着特芮莱选修了相关课程，也开始存钱。她在课业上表现杰出，信心越来越强，成为“国际小母牛组织”的小区工作者。她的学业表现一流，令所有人惊叹。小母牛的救援工作者鼓励她：去美国留学。

1998年的某一天，她收到俄克拉荷马州立大学寄来的入学通知书。有些邻居认为，像她这样三十几岁的妇女应该把重点放在教育孩子而不是教育自己上。“我自己都没受过教育，哪有资格谈论孩子的教育！”特芮莱如此回应，“如果我教育了自己，就可以教育我的孩子。”就这样，她飞去了美国。在俄克拉荷马州立大学，特芮莱把学分修到上限，晚上去打工赚钱。拿到学士学位后，她回到村庄，把岩石下的铁罐挖出来，拿出写着目标的那张纸，在已经完成的目标旁边打好钩，又把铁罐埋回岩石底下。

后来“国际小母牛组织”提供给特芮莱一份工作，她开始一边在阿肯色州上班，一边继续求学，攻读硕士学位。拿到硕士学位后，她又回到村庄。在和家人团聚之后，她再次挖出那只旧铁罐，又把最近达成的目标打好钩。现在她在西密歇根大学攻读博士学位，也把五个孩子接到了美国。

目前特芮莱已经修完了学分，正在撰写关于非洲穷人艾滋病治疗方案的博士论文。她将成为非洲极具生产力的劳动者，这全是因为“国际小母牛组织”稍微推了她一把。拿到博士学位后，她会再次回到地里挖出那只铁罐。

关于社会运动的学术文献相当多，专家指出近年最显著的改变是女性领导力的急剧上升。在民权运动和反越战运动的领袖级人物中，男性居压倒性多数，这种现象在美国可能已成为历史。从那以后，女性领导了包罗万象的运动，比如“反对酒驾妈妈组织”（Against Drunk Driving），以及各种亲女权主义与反女权主义的运动。虽然女性在政治、企业和政府等职位上还没有大放光彩，但是她们主导了世界大多数地方的公益部门。

在美国，现在领导哈佛大学、普林斯顿大学、麻省理工学院，以及福特基金会和洛克菲勒基金会的都是女性。登记在“国家妇女组织委员会”的诸多团体，代表着1000万名女性。同样的情况在其他各国也是显而易见的。在韩国，女性占据了国民大会14%的席次，却领导着该国八成的非政府组织。在吉尔吉斯斯坦，女性在国会中完全没有席次，但却领导着九成的非政府组织。

19世纪，美国富裕的女性鄙视妇女投票权运动，对于男子学校、教会和慈善机构反倒慷慨解囊。有钱的女性经常对那些公开歧视女性的机构特别慷慨，因此女性投票权运动的大部分资金只好向那些表示出同情的男性筹募。

在近几十年当中，那些富有的美国女性对于国际女性事业依然没有特别慷慨，但是有迹象显示，这样的情况可能正在改变。美国女性目前在慈善领域扮演着越来越重要的角色，而且支持妇女的“女性基金”也蓬勃发展起来，光是在美国就有90个以上。

因此，推动赋权全球妇女的新解放运动时机已经成熟了。政客们应注意了。在美国，2006年的一项民调发现，对于美国的外交政策，调查对象有六成表示“改善其他国家对待妇女的方法态度”是“非常重要的”（另外三成表示“有点重要”）。这项新解放运动应遵守以下原则。

◇**致力于建立横跨自由和保守界线的广泛联盟**。这会更容易达到实际效果。

◇**抗拒吹嘘的诱惑**。人道主义界已经因为夸大的预测破坏了可信度（有媒体人开玩笑表示，救援团体已经把过去的三次大饥荒预测到了十次）。关于女性的研究往往来自强烈关心正义及性别议题的人，他们早在研究之前就已经有了定见。因此对于研究结果请谨慎小心，夸大并没有好处。

◇**帮助女性不代表忽略男性**。比如说，资助阴道杀菌剂的研发至关重要，因为用这种杀菌剂制成的乳液，可以用于防止女性感染艾滋病病毒。但是男孩和男人割除包皮，对于女性一样帮助很大，因为割除包皮会降低男性感染伴侣的机会，减缓艾滋病的蔓延。

◇**美国女性主义必须把眼界放宽**。亚洲性奴役的状况，与美国伊利诺伊州各级学校的体育活动是否遵循《教育法修正案》第九条——即落实无性别歧视的教育政策——息息相关。女性主义在这方面已有长足的进步。同样，美国基督教极端主义者在拯救非洲妇女性命方面的工作，应该跟拯救未出生胎儿一样努力。简言之，我们大家都要变得更有世界性，意识到性别的不公是全球化的。

如果还有第五项原则，那会是：**别过分注重前四项原则**。任何运动都要能随机应变，要孜孜不倦地以实际情况为依据，容许策略因地制宜。比如说，我们一再描述教育女孩是降低生育率、改善儿童健康和创造更为公正、更有活力之社会的最佳良方，但是当我们在撰写这本书时，两项新研究指出，还有另一种东西可改变村庄的生育及性别歧视：电视。

一项由意大利发展经济学家埃利安娜·费拉拉（Eliana La Ferrara）

执行的研究，致力于检视在巴西规模逐渐扩大的“全球电视网”（Rede Globo）的影响。“全球电视网”的肥皂剧相当出名，拥有广大狂热的粉丝，剧中的主要人物都是孩子生得不多的女性。研究发现，当“全球电视网”触及巴西的一块新地区时，随后几年该地区的出生率降低了——这个现象在社会地位较低以及进入生育年龄的妇女当中特别普遍。这表示她们决定仿效她们崇拜的肥皂剧人物，不再生小孩。

第二项研究把焦点放在电视对印度乡村地区的影响上。布朗大学的罗伯特·詹森（Robert Jensen）和芝加哥大学的埃米莉·奥斯特（Emily Oster）这两名学者发现，在有线电视进入村庄之后，妇女得到了更多的自主权——比如未经同意而自行离家的权利，以及参与家庭决议的权利。生育的数量下降，妇女就不那么重男轻女了。大家变得比较不能接受毒打妻子这回事，家庭更可能把女儿送去上学。这些改变之所以发生，是因为这些与世隔绝的村庄非常保守和传统，而电视引进了新的观念。

在电视出现之前，接受调查的村庄妇女当中，62%认为丈夫打妻子是可以接受的，55%明确表示希望下一个孩子是男孩（其余的大多数人也不想要女儿，她们不在乎）；而且2/3的妇女表示她们出去拜访亲友时，需要征得丈夫的同意。然后，电视出现了。印度大多数的热门有线电视节目都以城市的中产阶级家庭为背景，城市的女性拥有工作，可以自由进出。乡村观众这才发现，所谓的“现代”，就是女性要被当成人对待。

电视带来了巨大的影响。“引进有线电视，等同于实行五年左右的女性教育。”两位教授如此报告。这不表示我们应该把送女孩上学的方案撤掉，然后把有线电视引进这些满是殴妻者的村庄，因为这些研究发现尚在实验阶段，还需要在其他地方测试。但是就像我们之前所说的，女性运动必须有创意，愿意学习和融入新方法和新科技。女性运动的议程应广泛、包罗万象，同时着重关注日常生活的四大可怕事实：孕产妇死亡、人口贩卖、性暴力以及造成女孩死亡率远高于男孩的日常性别歧视。解决这些挑战的工具包括女孩教育、家庭计划、小额金融和各方面的“赋权”。

一项有帮助的法案是《消除对妇女一切形式歧视公约》（*Convention on the Elimination of All Forms of Discrimination Against Women*, CEDAW）。1979年联合国大会制定该公约，到目前为止已有185个国家参与。美国一直不愿正式加入此公约，因为共和党担心若把权力交给国际公约，美国主权会慢慢被削弱。这些担忧实在荒唐。此外，联合国应成立一个有威望的机构支持性别平等。目前有一个联合国妇女基金会（UNIFEM），但是规模极小。

美国应仿效英国，设立监督所有对外援助和发展议题的独立内阁部门，这个部门应强调女性的角色。然而说到底，如同我们所证实的，将会改变非洲村庄生活模式的，不太可能是“消除对妇女一切形式歧视公约”或一个新的美国内阁职位，更可能产生作用的是在该村庄设立新学校或健康中心。

举办以教育为主题的联合国会议是好事，但有时候把资金分配给当地会更有帮助。我们希望看到一个草根运动，能够把女性主义组织、福音派教会和介于中间的所有人结合在一起，共同呼吁总统和国会通过三个明确的新方案。理想上，这三个新方案应与欧洲、日本和其他捐助国家的类似运动配合。如果有必要，可从美国的项目开始。第一个方案是为期五年、预算100亿美元的计划，为全世界的女孩提供教育及降低受教育的性别鸿沟。这个新方案会把焦点放在非洲，但也会支持（和督促）阿富汗及巴基斯坦等亚洲国家做得更好。其宗旨不只是资助新学校（还在校门边写上“由美国人民捐赠”），还包括进行一些实验以找到最符合成本效益原则的方式来支持教育。

在一些国家，可给贫穷家庭的女孩提供校服，帮小区居民除虫，给表现最好的女孩提供奖学金，帮助女孩处理月事，支持学校的营养午餐或把墨西哥的“机遇”计划延伸到非洲。这些方法应随机进行严谨测试，然后由外聘的评估者进行评估，才能够判断哪些方法是最经济实惠的。

第二项新方案，是美国应带动全球赞助贫穷国家碘化盐，以防止婴儿还在母体子宫里发育时就因为缺碘而失去大约十分的智商，而每年这样的儿童有几千万名。如同我们在女孩教育那一章（第九章）所讨论的，当母体缺乏一定量的碘时，女性胎儿的大脑发育特别容易受损，因此女孩将会是这个新方案的主要受惠者。加拿大已经有了赞助碘化盐的“微量营养素行动组织”（Micronutrient Initiative），但要做的远不止于此——让人揪心的是，有那么多女孩承受和将要承受无法修复的大脑损害，而根据一项估计，消除这些损害只需花1900万美元购买碘化盐。因此，这个碘化运动的成本非常低，也显示出尽管对外援助受到的批评那么多，但还是有一些方法是便宜、简单又非常经济的。碘化盐可能不是什么有吸引力的帮助，但是几乎比任何形式的对外援助都划算。

第三个新方案是为期12年、预算16亿美元的产科瘘管病根除计划，同时为那些抨击孕产妇死亡的大型国际运动铺路。“世界瘘管基金会”（Worldwide Fistula Fund）总裁暨总经理刘易斯·沃尔医生（Dr. L. Lewis Wall）已经和人道议题的保守者迈克尔·霍罗威茨共同拟出一份巨细靡遗的提案，以此来发起终止瘘管的运动。这份计划包括在非洲各处兴建40家瘘管治疗中心，以及成立一个新机构来协调这项运动。这是在生育健康方面少数由民主党及共和党联合行动的领域，它将会引起媒体和公众注意到改善孕产妇护理的需求，让全世界最为孤苦凄凉的年轻女性得到帮助，提升非洲的产科技术，以及激发出采取后续步骤解决孕产妇死亡问题的活力。

这三个步骤——资助女孩教育运动，赞助碘化盐预防智力障碍，以及根除瘘管——并不会解决世界女性的全部问题。然而，针对这三项措施所采取的行动，会让潜在问题在国际事务议程上变得更重要，也会证明相关问题的确有解决之道。人们一旦看到“的确有”解决之道，就会更愿意用各种方式贡献一己之力。这个运动触及越多人越好。然而，最有效率的支持者将不只是捐助金钱，也将付出时间——也就是在前线担任志愿者。

如果你关心贫穷，就要深入了解贫穷，而不只是一味地想打击贫穷。而要了解贫穷，就要付出时间亲身观察体会。在谈到性交易时，我们提到娥米·芭苏（Urmi Basu），她在加尔各答为遭受拐卖的女性设立了“新光”收容所。几年下来，我们已经引介了几名美国人到“新光”担任志愿者，教那些娼妓的孩子学习英文。起先这几位志愿者觉得非常难以适应。我们介绍给娥米的美国人当中，有一位是西妮·伍兹（Sydnee Woods），她是明尼阿波利斯市的市政府助理律师，因在职场中找不到人生意义，她请上司准许她留职停薪90天，去印度的“新光”工作。被上司斩钉截铁地拒绝后，西妮辞了职，卖掉房子，搬到加尔各答。她觉得调适的过程非常辛苦，如同她在写给我们的电子邮件中所说：

大概花了半年的时间，我才老实跟自己承认我痛恨印度（嗯，至少是加尔各答）。我真的爱极了“新光”——那些小孩、母亲、职员、其他义工、娥米，但是对于生活在加尔各答的其他方面我都讨厌。在那里，身为一个单身的美国黑人女子，我觉得非常辛苦。我不时会碰到怀疑的眼神——不是因为肤色，而是因为我没有结婚，又常常自己一人（在餐厅里、在购物商场等）。那样的瞪视让我承受了极大的压力，我疲惫不堪，即使到后来也没有真正习惯。

我们的建议造成了如此痛苦的经验，这令我们非常内疚。我们问西妮这是否表示她后悔去了印度，她还会不会推荐其他人去做这件事？稍后，她发来一封迥然不同的电子邮件：

我非常高兴我去了那里，我考虑明年再去“新光”。我爱上了所有的孩子，而其中两位，我一定要让他们接受教育，脱离红灯区。我知道自己在那里做了一些好事，这令我心满意足。这次经验（不管是好的还是坏的）永远改变了我。我变得放松、平静，好像天塌下来也不怕，而且轻轻松松就能够面对挫折和克服困难。我从来没有到国外旅行过（除了到百慕大、墨西哥和巴哈马观光之外），现在我无法想象不找机会到国外旅行的生活会是什么样子。我在印度交到了一生的朋友。这很难用文字描述——我脱胎换骨，变成了一个更好的人。我绝对会推荐这样的经验——尤其是推荐给其他单身的黑人女性。这个过程虽然辛苦，但是必要。印度改变了你——它让你面对自己，而那些事情可能是你原本不会去面对的。对我而言，面对自己只会带来好处，这对我就有非常正面的作用。

事实上，加入这场全球运动的主要动机虽然是帮助他人，但结果往往是帮助了自己。如同金融家约翰·坦普尔顿爵士（Sir John Templeton）

所说：“自我改善主要来自帮助他人。”

社会心理学家近年来对于“快乐”这一情绪投入了大量的研究，其中一项惊人的发现是：我们认为会让我们幸福快乐的事物，事实上可能并不会让我们幸福快乐。比如中彩票的人一开始会兴奋得冲上天，但接着就会慢慢调适，一年之后，他们并不比没中彩票的人更为快乐。快乐程度似乎主要是源自内心，而不是明显地受到好坏境遇影响。比如接受肾透析治疗的末期肾病病人，他们一整天的心情跟健康人士对照组比起来并无差别。严重肢体障碍的人虽然一开始非常不开心，但是他们调适得很快。

一项研究发现，意外事故受害者在半身瘫痪仅仅一个月后，大多数人的情绪都能调整过来。其他研究发现，在遭受中等程度的肢体障碍两年之内，受害者的生活满意度可以完全恢复到肢体障碍前的程度。因此，研究“快乐”的弗吉尼亚大学心理学家乔纳森·海特（Jonathan Haidt）建议，如果被卡车撞到而半身瘫痪，或是中了彩票，要记得，一年之后，你快乐与否的程度差别不大，所以过分悲观和过分乐观都不可取。然而，海特教授和其他研究者也表示，有些因素能够持续地影响我们的快乐程度。其中之一是“与超越个人的事物联结”——比如更大的使命或人道目标。传统上，进入教会或其他宗教机构就属于这项因素。而参与任何运动或是人道主义新方案，都能够因带来使命感而提升我们的快乐指数。人类是由神经构建的，会从无私的利他心中得到极大的个人满足。

因此，我们希望你加入这个越来越庞大的行列，用任何你做得到的方式来表示支持——到巴基斯坦穆赫塔尔·马伊的学校担任志愿者，帮助“现在就平等”运动写信，或是赞助“托斯坦”好让一座村庄终止外阴切除。本书篇末列有救援组织名录，或是登录www.charitynavigator.org网站查寻，找出一两个你感兴趣的团体组织。慈善家和捐赠者通常对国外女权运动的兴趣不大，反而把较多金钱投入芭蕾或艺术博物馆等看似较有品位的目标上。若是慈善家对于现实世界女性的布施能够赶上对刻画女性的画作和雕刻的捐助，那就可推动一项强有力的国际女权运动了。

我们并不是要你把所有捐助都放在国外女性的需求上，我们自己也没有如此。但我们希望你捐献一部分投入这些目标，而且不只是捐助金钱，也要付出时间。本书的部分版权收入将捐赠给一些妇女援助组织。如果你是学生，可以查询一下学校是否开设了探讨这些议题的课程或有无海外就学计划，也可以考虑在我们提到的组织担任暑期实习志愿者，或是在上大学前后，休学一年去旅行或实习。如果你是家长，请不要只带孩子去伦敦观光，也应该去印度和非洲走一走。在小镇会议上，问一问候选人孕产妇健康的状况。写信给地方报纸的编辑，呼吁他们大力推广女孩教育。

历史潮流正在把女性从性玩物转变成发展完备的人。赋权女性的经济利益是如此庞大，每个国家都不得不朝那个方向前进。不久之后，我们就会觉得性奴役、荣誉谋杀和硫酸毁容就跟裹小脚一样不可思议。问题在于这样的转变要花多长时间，在转变完成之前，还会有多少女孩被绑架卖到妓院，以及我们每一个人如何选择，是成为这个历史性运动的一分子，还是做一名袖手旁观者。

花十分钟就能付诸行动的四个步骤

万事开头难，现在有几件事情你马上就可以做：

1．登录www.globalgiving.org或www.kiva.org，注册个账户。这两个网站都是一对一的（people-to-people），也就是说他们会直接把你与海外一个需要帮助的人联结，这是你可以一试的绝佳方式。登录“全球捐助网”（Global Giving），你可以选择一个草根方案来捐助教育、健康、救灾活动，或是发展中国家其他十几个需要帮助的领域。Kiva让你可以自行选择海外创业者，然后小额放贷给他们。浏览这两个网站，了解这样的需求，捐助或贷款给你有兴趣的对象，或是帮家人或朋友捐助，当成送给他们的礼物。你还可以登录这个网站www.givology.com，这是美国宾州大学的学生成立的，旨在帮助发展中国家的学生支付小学学费。该网站一开始把重点放在中国，目前已经扩展至印度和非洲。我们自己在“全球捐助网”支持了一项防止孟买离家出走的女孩下海卖淫的计划。而在Kiva，我们贷款给了巴拉圭一名制造家具的妇女。

2．通过“国际计划儿童发展协会”（Plan International）、“国际妇女互助”、“世界展望会”（World Vision）或“美国犹太人世界服务”（American Jewish World Service）来赞助一名女孩或妇女。我们夫妇通过“国际计划儿童发展协会”担任赞助者，与我们在菲律宾、苏丹和多米尼加共和国认养的小孩通信并拜访她们。赞助本身也是教导你的孩子并不是所有小孩都有iPod的一个方式。

3．到www.womensenews.org以及提供类似服务的网站www.worldpulse.com注册，可收到最新的电子邮件信息。这两个网站都会发送关于女性受虐的信息，有时候还会建议读者如何采取行动。

4．登录www.can.care.org加入“关怀行动网”（CARE Action Network）。这有助于你发表己见、反馈并建议那些政策制定者，向他们强调民众想要采取行动反对贫穷和不公平。如果要推动改变，这种公民倡议是必要的。如同之前所说，这起运动不会由总统或国会议员带领，就像当初带领民权或废止奴隶制度运动的也不是总统或国会议员——但如果领导者嗅到了选票，他们就会跟进。在危及国家利益的地方，政府会采取行动；然而，历史一再显示，在危及我们价值观的地方，必须由你我这样的普通人来自主领导。

这四个步骤只是破冰之法而已。之后，你可以翻阅附录中列出的相关信息，找出一家你觉得非常有意义的机构——并投入其中。你可以和朋友们一起合作，也可以组建一家爱心俱乐部以扩大影响力。有的人觉得自己的力量太微弱，无法解决女性受压迫的全球问题。你无需有这种顾虑，因为只要有所付出，就能让实实在在的人受益。

我们还是讲一个故事来证明我们的影响力吧。康涅狄格州奈安蒂克市奈安蒂克社区教会的孩子们，通过“国际小母牛组织”买了六只山羊作为送给非洲的礼物。在“国际小母牛组织”的目录上，这样的山羊每只售价120美元。

其中一只羊送到了乌干达的一户人家，主人姓比阿，他们家住在乌干达与刚果交界的地方。那只羊名叫“好运”，后来证明它的的确确给比阿家带来了好运。很快，它就生了两只羊。比阿家的孩子可以喝上羊奶增加营养，比阿夫妇也可以卖掉一些奶补贴家用。比阿家以前没钱送女儿贝亚特丽斯上学，她只能待在家里做家务。可现在有了卖羊奶的额外收入，比阿夫妇决定送女儿去村里的学校读书。

一年级的孩子一般是六岁，可贝亚特丽斯上一年级时已经九岁了。不过她很刻苦，居然一跃成了班上最优秀的学生。这位姑娘天资聪颖，

九岁的贝亚特丽斯在她的村庄里，她因为被捐赠了一只山羊得以有机会继续上学。

（照片由“国际小母牛组织”提供）

康涅狄格大学2008年度毕业典礼上的贝亚特丽斯。

（照片由“国际小母牛组织”提供/拍摄：希拉·多尔蒂）

后来还获得了乌干达一所一流女子学校的奖学金。最后，她成了村里第一名出国留学的学生——2008年，她从康涅狄格大学毕业了。“我是这个世界上最幸运的女孩，”贝亚特丽斯在毕业典礼上这样说道，接着她对我们说，“这一切都要归功于那只羊！”如今贝亚特丽斯正在考研，与此同时还负责联合国的千禧年发展目标项目。可是，很多其他的女孩就没这么幸运了。她们没有羊。所以，我们应该行动起来，向她们伸出手，让全球女性真正撑起半边天的那一天早日到来。

如果你想了解妇女救援组织

本篇列出专门援助发展中国家妇女的一些组织，但也有许多出色的救援组织团体没有入列，比如国际救援委员会（International Rescue Committee）、联合国儿童基金会（UNICEF）、救助儿童会（Save the Children）及美慈组织（Mercy Corps），因为妇女不是他们唯一的帮助对象。这份名录并未分级、筛选，也不完备，不管大小，都是我们曾经亲眼看到其实际救援活动的组织。请以这份名录作为你进一步研究的起点。若想搜寻更多救援组织的信息，请参考www.charitynavigator.org及 www.givewell.net这两个网站。

◇阿富汗学习学院（Afghan Institute of Learning, www.creatinghope.org）：在阿富汗及巴基斯坦的边界地区为妇女兴办学校和开展其他计划。

◇美国柬埔寨援助机构（American Assistance for Cambodia, www.cambodiaschools.com）：打击人口拐卖，现在成立补助贫穷女孩的计划，以期让女孩得以继续上学。

◇美国人民支持联合国人口基金协会（Americans for UNFPA, www.americansforunfpa.org）：支持联合国人口基金会的工作，类似

“联合国人口基金会3400万名朋友”（34 Million Friends of UNFPA，www.34millionfriends.org）。

◇世界自救妇女（Apne Aap, www.apneaap.org）：在印度——包括在极少得到注意的比哈尔偏远地区，打击性奴役；欢迎义工。

◇阿育王（Ashoka, www.ashoka.org）：考察及投资全球社会企业家的组织，其中有许多社会企业家是女性。

◇孕产妇死亡残疾防范组织（Averting Maternal Death and Disability, www.amddprogram.org）：专攻孕产妇健康的龙头组织。

◇孟加拉国乡村进步委员会（BRAC, www.brac.net）：总部设在孟加拉国的顶尖救援团体，目前业务扩展至非洲和亚洲，在纽约市设有办公室；接受实习生。

◇女性教育运动（Campaign for Female Education, CAMFED, www.camfed.org）：支持非洲女孩的学校教育。

◇国际救援组织“关怀”（CARE, www.care.org）：越来越注重妇女的国际组织。

◇开发与人口活动中心（Center for Development and Population Activities, CEDPA, www.cedpa.org）：致力于妇女及发展的议题。

◇生育自主权中心（Center for Reproductive Rights, www.reproductiverights.org）：总部设于纽约，救援重点放在全球生育健康护理上。

◇终止童妓协会（ECPAT, www.ecpat.net）：一个打击雏妓的团体网络，在东南亚地区尤其活跃。

◇埃德娜·阿丹妇产医院（Edna Adan Maternity Hospital, www.ednahospital.org）：在索马里兰提供孕产妇护理；欢迎义工。

◇意真达（Engender Health, www.engenderhealth.org）：注重发展中国

家的生育健康。

◇现在就平等（Equality Now, www.equalitynow.org）：在全世界游说政府反对性交易和性别压迫。

◇国际家庭护理组织（Family Care International, www.familycareintl.org）：致力于改善孕产妇健康，尤其是在非洲、拉丁美洲和加勒比海地区。

◇瘘管基金会（Fistula Foundation, www.fistulafoundation.org）：支持雷格和凯瑟琳·哈姆林在埃塞俄比亚建立的亚的斯亚贝巴瘘管医院。

◇全球妇女基金（Global Fund for Women, www.globalfundforwomen.org）：类似创投基金，为贫穷国家的妇女团体服务。

◇全球基层组织（Global Grassroots, www.globalgrassroots.org）：新成立的组织，救援对象主要是贫穷国家（尤其是苏丹）的妇女。

◇乡村银行（Grameen Bank, www.grameen-info.org）：开创孟加拉国的小额金融，现在已发展出大量的援助计划。

◇医治非洲（Heal Africa, www.healafrica.org）：在刚果戈马市经营医院，修复妇女瘘管和照顾强暴受害者；欢迎义工。

◇饥饿援助计划（Hunger Project, www.thp.org）：工作重点在于赋权女性以终止饥饿。

◇国际妇女研究中心（International Center for Research on Women,www.icrw.org）：强调性别平等是经济发展的重要条件。

◇国际正义使命团（International Justice Mission, www.ijm.org）：一个以基督徒为主的组织，打击性交易。

◇国际妇女健康联盟（International Women's Health Coalition,www.iwhc.org）：总部设于纽约，是在全球范围内努力争取生育健康自主权的领导者。

◇玛丽斯特普国际（Marie Stopes International, www.mariestopes.org）：总部设在英国，以全球妇女生育健康护理为援助重点。

◇新光（New Light, www.newlightindia.org）：娥米・芭苏主持的组织，在印度加尔各答帮助妓女及她们的孩子；欢迎志愿者。

◇探路者国际（Pathfinder International, www.pathfind.org）：在全球超过25个国家支持生育健康。

◇国际人口服务（Population Services International, www.psi.org）：总部设于美国华盛顿特区，致力于生育健康领域的私营机构。

◇支持女性（Pro Mujer, www.promujer.org）：通过小额金融和商业训练支持拉丁美洲的妇女。

◇自雇妇女协会（Self Employed Women's Association, SEWA, www.sewa.org）：协助印度贫穷妇女自行创业的庞大联盟；接受义工。

◇希望共享国际组织（Shared Hope International, www.sharedhope.org）：在全球打击性交易。

◇索玛丽・曼基金会（Somaly Mam Foundation, www.somaly.org）：由一名小时候遭拐卖的女性领导，在柬埔寨打击性奴役。

◇托斯坦（Tostan, www.tostan.org）：在非洲与当地部族村庄沟通外阴切除议题最为成功的组织；接受实习生。

◇生命之声（Vital Voices, www.vitalvoices.org）：在许多国家支持女权，在打击人口拐卖方面特别活跃。

◇白丝带安全孕产联盟（White Ribbon Alliance for Safe Motherhood, www.whiteribbonalliance.org）：发起全球对抗孕产妇死亡的运动。

◇国际妇女互助（Women for Women International, www.womenforwomen.org）：成立网络平台，让女性赞助人帮助发展中国家的穷困妇女。

◇国际妇女运动（Women's Campaign International, www.womenscampaigninternational.org）：致力于提升全球妇女参与政治的程度及民主进程。

◇女性尊严计划（Women's Dignity Project, www.womensdignity.org）：由一位美国女性成立，促进坦桑尼亚的产妇阴道瘘管修复工作。

◇女性学习伙伴计划（Women's Learning Partnership, www.learningpartnership.org）：加强发展中国家的女性领导及权益。

◇女性难民委员会（Women's Refugee Commission, www.womensrefugeecommission.org）：隶属于国际救援委员会，注重妇女儿童及难民。

◇女性世界银行（Women's World Banking, www.womensworldbanking.org）：支持全球协助妇女的小额金融机构。

◇世界女性成功组织（Women Thrive Worldwide, www.womenthrive.org）：国际倡议团体，援助对象主要是贫穷国家妇女。

◇ 世界瘘管基金会（Worldwide Fistula Fund,www.world widefistulafund.org）：致力于改善孕产妇健康，目前在尼日尔兴建瘘管医院。

致谢

本书得以付梓，稿源主要来自我们夫妇几年来共同为《纽约时报》撰写的报道，对协助报道顺利进行的有缘人，我们皆深怀感激；包括发行人阿瑟·苏兹贝格（Arthur Sulzberger Jr.），他邀请尼可撰写专栏，而且与家族成员一道，不惜血本地支持《纽约时报》报道全世界的重要新闻。

近年来，我们看到其他新闻组织由于担心后果而不愿报道国际新闻，想到自己作为苏兹贝格家族报社的一分子，我们备感欣慰之余，也与有荣焉。比起季度盈利，他们更坚定地信守和致力于自己的使命。对此每一个真正关心新闻的人都应该心怀感激。在《纽约时报》，我们要特别感谢比尔·凯勒（Bill Keller）、盖尔·柯林斯（Gail Collins），以及尼可的现任编辑安德鲁·罗森塔尔（Andrew Rosenthal）。安德鲁不仅批准尼可休假从而让本书得以完成，也得忍受尼可不时消失于丛林和战争地区。那卡·纳撒尼尔（Naka Nathaniel）先前是《纽约时报》的摄影师，从伊拉克战争期间开始，五年来固定陪伴尼可出差，他们在一个又一个国家一起遭逮捕，那卡是位完美伙伴。还有《纽约时报》的华盛顿首席特派记者大卫·桑格（David Sanger），他是我们的大学好友，此后一直担任我们的绝佳参谋，我们有什么新点子都会先跟他讨论。

特别感谢《纽约时报》从喀布尔到约翰内斯堡的许多海外特派记者，当我们拜访那些城市时，他们敞开家门和办公室让我们使用，也为我们打通了人脉。许多年前，比尔·萨菲尔（Bill Safire）介绍我们认识了顶尖的出版经纪人安妮·西宝德（Anne Sibbald）与莫特·詹克洛（Mort Janklow），从那时起，他们就一直给予我们极大的帮助，也是我们每一本书的助产士。我们在克诺夫（Knopf）出版社的编辑乔纳森·西格尔（Jonathan Segal）是位编辑圈的炼金术士，他一开始就对我们这本书的出版计划深具信心，在成书的每一阶段都用心打造。巨细靡遗的编辑工作在大部分出版企业已成为消失的艺术，但是乔纳森和克诺夫出版社仍然坚持不懈。

几位人士阅读了整部原稿，提供了详尽的建议，包括麻省理工学院的迪弗洛（Esther Duflo）、哥伦比亚大学的乔希·鲁辛（Josh Ruxin）、“关怀”组织的海伦妮·盖尔（Helene Gayle）、休利特基金会（Hewlett Foundation）的萨拉·席美兹（Sara Seims），以及《纽约时报》的贾森·德帕尔（Jason DeParle）、考特妮·沙利文（Courtney Sullivan）与娜塔莎·叶菲莫夫（Natasha Yefimov）。

还有一群特别人士在电影、电视及网络等多媒体世界孜孜不倦地传播本书的信息。米凯拉·比亚兹利（Mikaela Beardsley）召集了一群独特出色的专业人士，包括电影制作人杰米·戈登（Jamie Gordon），以及芬顿公关公司（Fenton Communications）的莉萨·威特（Lisa Witter），还有筑桥公司（The Bridge）的阿什莉·马多克斯（Ashley Maddox）及迪·波酷（Dee Poku）。他们热情地致力于发起一个代表世界女性的新运动。

此外，蜕变电玩（Games for Change）的苏珊娜·赛格曼（Suzanne

萨阿德·艾哈迈德向我们讲述贾贾威德民兵曾对她施予的暴行。
（拍摄：尼可拉斯）

Seggerman）和电子线冒险（E-line Ventures）的艾伦·格申菲尔德（Alan Gershenfeld）奉献心血及专业技术，为本书设计了电玩游戏，我们再次一并感谢。

我们把第一本拙作献给父母，拉迪斯·克里斯多夫（Ladis Kristof）与简·克里斯多夫（Jane Kristof）以及戴维·邓恩（David WuDunn）与爱丽丝·邓恩（Alice WuDunn）；然而就算我们把撰写的每一本书和每一篇文章都献给他们，也难以回报父母恩。还有我们的三个孩子：格雷戈里（Gregory）、杰弗里（Geoffrey）与卡罗琳（Caroline），我们忙着报道及写作，让他们受到一定程度的忽视。我们常在餐桌上跟他们讨论本书中的内容，征求他们的意见，他们会指出那些空洞无意义的想法，这对我们帮助良多。

这本书的核心内容，是我们多年来在亚洲、非洲和拉丁美洲所进行的一连串报道。我们请妇女描述私密、可怕或羞辱的经验，这冒犯了她们的隐私，但令人意外的是，她们往往同意受访。有时候，她们甚至冒着受到当局惩罚或社群排斥的风险配合我们，希望贡献一己之力对抗压迫。

我们永远不会忘记苏丹西部达尔富尔地区那个25岁的妇女萨阿德·艾哈迈德（Suad Ahmed）。我们是在乍得的难民营认识她的，那时难民营四周被贾贾威德民兵组织包围。有一次，萨阿德与她亲爱的妹妹海莉玛冒险出去捡木柴时，看到贾贾威德民兵向她们冲过来。萨阿德吩咐海莉玛奔回营地，勇敢地把自己当作诱饵，跳出来吸引民兵的注意力，然后往反方向奔跑，好让海莉玛趁机逃走。贾贾威德民兵看到萨阿德就向她追过去，追到后对她拳打脚踢，然后八个民兵轮奸了她。她让我们把她的故事公开，并且用她的真名。我们问她为什么，她回答："告诉世人我的遭遇，使用我的真名，这是我能够还击贾贾威德民兵的唯一方式。"

对于萨阿德这样的妇女，我们背负了极大的情感责任，不只因为她们的协助，也因为她们对于大我目标的勇气及奉献，让我们深受触动。这些妇女有许多是不识字的、贫穷的，而且住在偏远村庄——但是她们却教会我们很多事情。我们很荣幸能尊她们为师。

图书在版编目（CIP）数据

天空的另一半 / (美) 尼可拉斯·D.克里斯多夫，(美) 雪莉·邓恩著；吴茵茵译. — 杭州：浙江人民出版社，2018.3（2023.4重印）

书名原文: Half the sky

ISBN 978-7-213-08654-0

Ⅰ. ①天… Ⅱ. ①尼… ②雪… ③吴… Ⅲ. ①纪实文学—美国—现代 Ⅳ. ①I712.55

中国版本图书馆CIP数据核字（2018）第029442号

浙江省版权局著作权合同登记章
图字：11-2018-63

天空的另一半 TIANKONG DE LING YIBAN

（美）尼可拉斯·D. 克里斯多夫 （美）雪莉·邓恩 著
吴茵茵 译

出版发行 浙江人民出版社（杭州市体育场路 347 号 邮编 310006）
责任编辑 钱 丛 徐 婷
责任校对 杨 帆
封面设计 门乃婷工作室
电脑制版 刘珍珍
印 刷 三河市冀华印务有限公司
开 本 880 毫米 ×1230 毫米 1 / 32
印 张 10
字 数 230 千字
版 次 2018 年 3 月第 1 版
印 次 2023 年 4 月第 10 次印刷
书 号 ISBN 978-7-213-08654-0
定 价 48.00 元

如发现印装质量问题，影响阅读，请与市场部联系调换。
质量投诉电话：010-82069336